八獄の界

死相学探偵 6

三津田信三

角川ホラー文庫
20071

一 崇拝する人々

「お前なぁ」
弦矢俊一郎《つるやしゅんいちろう》は昼食から事務所に戻ったとたん、思わず声を上げた。なぜなら来客用の二人掛けの長ソファの上に我が物顔で、ぶくぶく猫が寝ていたからだ。

にゃー。

すかさず可愛い鳴き声が聞こえたが、もちろんぶくぶく猫ではない。床の上に寝そべっていた鯖虎猫《さばとらねこ》の僕が、「お帰り」と言ったのだ。

「どうして僕が床で、こいつがソファなんだよ」

すでに何回も同じやり取りをしているため、怒りながらも呆《あき》れる俊一郎に、「お客さんだから」と僕が答えた。当たり前だが僕が人間の言葉をしゃべるわけではない。俊一郎がそう理解したのである。

「これが客の態度か」

自分のことを言われているのに、ぶくぶく猫はまったく知らん顔で、でんっと横たわっている。その横柄でふてぶてしい様子を見ているうちに、さらに俊一郎は腹が立ってきた。

「だいたいこいつは、僕のご飯も横取りするじゃないか」

ぶくぶく猫の太り具合から考えても、飼い主に充分過ぎるほど餌を与えられているに違いない。それなのにこの猫は、僕のために用意した食事に、さも当然のように横から口を突っこむのだ。

「特別なときにあげようと思って買っておいた、最高級笹かまを盗み食いしたのも、こいつだろ」

ぴくっと僕の両耳が動いた。笹かまぼこは僕の大好物である。しかも最高級品というのだから、とっさに反応したのも無理はない。だが僕は、あくまでも「友だちだから」とぶくぶく猫を庇《かば》った。

「まったく、お前のように可愛くて賢い猫の一番の友だちが、よりによってなんでこれなんだ」

俊一郎の嘆きに、にゃーにゃーと僕が抗議の声を上げた。メタルを悪く言うなと訴えている。

信じられないことに、ぶくぶく猫の名前は「メタル」といった。近所に住む年配の女性の飼い猫なのだが、俊一郎は彼女に会ったことがない。僕は向こうの家に何度も行っているようだが、飼い主も相当な肥満だという。いつも何かを食べていて、それをメタルにも与えるらしい。

「お前にもくれるのか」

そう訊《き》くと、自分に出されるのは賞味期限切れの食べ物ばかりだと、僕が困ったように答えた。

「まさか食べてないだろな」

慌てる俊一郎とは対照的に、もちろんとばかりに僕が鳴いた。

「人間の食べ物を、猫にやるなんて、その飼い主は何を考えてるんだ」

だからこそメタルは異様なほど太ってしまい、ぶくぶく猫になったのだろう。そういう意味では、この猫も被害者なのだ……と俊一郎は思いかけたが、改めてメタルを見てから首をふった。

いや、この可愛げのなさは、きっと天性に違いない。

それに動物は飼い主に似ると言われる。おそらく外見だけでなく、この傲慢《ごうまん》な無愛想さも飼い主の女性にそっくりなのだろう。

「向こうの家には、もう行くな」

猫を通じて下手に関係ができることを、何より俊一郎は懼《おそ》れた。それで釘《くぎ》を刺したのだが、僕も最近は訪問を躊躇《ちゅうちょ》しているらしい。

「どうして？」

その返事を聞いて、開いた口が塞《ふさ》がらなくなった。

福々しいメタルに比べて、お前は貧相だねぇ。

向こうの家を訪れるたびに、ぶくぶく猫の飼い主に、そう言われるというのだ。だからメタルの家に行くのは良いが、あの飼い主にはあまり会いたくないと、僕が悲しそうに鳴いた。

「何だとぉ。ぶくぶく婆《ばば》ぁが」

俊一郎の怒りに火がついた。

「祖母《ばあ》ちゃんに頼んで、ぶくぶく猫もろとも、食べても食べても痩《や》せる呪いをかけてやろうか」

もしかすると結果的に、本人が大喜びするかもしれない呪術《じゅじゅつ》だったが、その皮肉に気づかないほど怒る俊一郎を、にゃにゃと僕が必死になだめたのは、つい先日のことである。

奈良の杏羅《あんら》町に住む俊一郎の祖母の弦矢愛《あい》は、拝み屋だった。そう呼んですますには、あまりにも大きな能力を持ち、かつ絶大な人気を誇っていたが、「昔はどこの村にでもおった、ただの拝み屋に過ぎんわ」と、本人はいつも言っている。

もっともそんな謙虚さとは裏腹に、信者たちから「愛染様《あいぜんさま》」という愛称で奉られることが、実は好きだったりする。拝み料は寸志のはずなのに、相手が金持ちと見て取れば、あれこれ理由をつけて大金を吹っかける。俊一郎に言わせると、「まったく食えない婆さん」なのである。

この祖母から俊一郎は、非常に特殊な能力を受け継いだ。祖母に同じ力があるわけではないので正確には違うが、一種の隔世遺伝であることは間違いない。その能力とは、「他人の容姿に現れた死相を視《み》る」という異能だった。ただし、この力のせいで彼は、「悪魔っ子」「死神」「化物」と罵声《ばせい》を浴びせられ、かなり辛《つら》い子供時代を過ごす羽目になった。

俊一郎の特殊な力を「死視《しし》」と名づけたのは、孤高の怪奇幻想作家である祖父の弦矢駿作《しゅんさく》だった。祖母の仕事の手伝いをしていた彼に、東京に出て独り立ちするように勧めたのも祖父である。

その結果、古書の街としても有名な神保町《じんぼうちょう》の産土《うぶすな》ビルに、彼は〈弦矢俊一郎探偵事務所〉を構えることになった。依頼人に現れた死相の謎を解いて命を救う。本来は忌むべき己の能力を他人のために役立て、かつ自らの仕事にする。まさに一石二鳥の祖父のアイデアだった。

とはいえ当初は、肝心の依頼人と上手《うま》くコミュニケーションが取れずに、とても難儀した。子供のころの過酷な体験が、すっかり彼を人嫌いにしており、重度の人間不信に陥っていた。奈良の家では、いざとなれば祖父母が助けてくれた。だが、ここでは独りでやっていかなければならない。

それでも事件のたびに、祖母には電話で何度も助言を受けた。『死相学』という大部の研究書を著している祖父も同じである。また俊一郎を追って祖父母の家を飛び出して上京した――その方法は未《いま》だに謎だったが――猫の僕も、大いに協力してくれた。事件を通じて知り合った警察関係者の――そもそも警察の上層部には祖母のファンが多かったのだが――少なからぬ支援もあった。そのお蔭《かげ》でいくつもの事件を解決し、気がつけば探偵事務所を開いてから、そろそろ一年が経とうとしている。

もう一年かぁ。

昼食を摂《と》りに外へ出たときも、春めいた陽気に誘われて、気持ち良く散歩したほどである。その気分のまま事務所へ帰ってきたのに、今日も俊一郎を出迎えたのは無愛想で不細工で不躾《ぶしつけ》な、ぶすっとした顔つきのぶくぶく猫だった。

「おい、いつまでソファに寝てるつもりだ」

俊一郎がきつく叱りつけても、まったく動じる気配がない。彼のほうを、ちらっとも見ないのだからお手上げである。それどころかこれ見よがしに、大きな欠伸《あくび》をしている。

「こうなったら箒《ほうき》で、たたき出すしかないか」

事務所に掃除機などという便利なものはない。祖母が引っ越し荷物の中に入れてくれた、昔ながらの箒と塵取《ちりと》りがあるだけだ。

「せいぜい寝とけ。すぐにたたき出してやる」

奥の部屋に箒を取りに行こうとする俊一郎を、にゃーにゃーと僕が止めていると、

「おう、いるか」

いきなり事務所の扉が開いて、すっかり腐れ縁となった刑事の曲矢《まがりや》が、ずかずかと入ってきた。

「うわっ」

ぶくぶく猫に匹敵する、またはそれ以上の厄介な存在が現れたと、瞬時に俊一郎は天を仰ぐ仕草をした。

「何だよ、その態度は？」

それが曲矢にも分かったのか、さっそく絡んでくる。

「探偵事務所を訪ねてきたお客様に、お前はそういう対応をするのか」

「誰がお客様だよ」

「俺だよ、俺」

そう言いながら自分の顔を指差した。

「どうせ面倒な相談事を持ってきたんだろ」

俊一郎が憎まれ口をたたいたが、意外にも当たったらしく、うっと珍しく曲矢が怯《ひる》んだ。だが、それで引かないのが、この刑事である。

「俺の持ちこんだ案件を受けるお蔭で、お前には依頼料が入るんだろ。立派なお客様じゃねぇか」

「ここに行くように指示したのは、新恒《にいがき》警部だろう。それに依頼料を出すのは万年安月給の平刑事じゃなく、警視庁じゃないか」

「てめぇ」

「あっ、ごめん。平刑事じゃなかった。出世したんだ。曲矢主任だっけ？」

「主任になっても、安月給は同じだ」

まったく自慢にならない事実を、わざわざ曲矢は口にしながら、

「お前への支払いが、そもそも高いんだよ」

「そんなこと言われても、こっちから料金を提示した覚えはないぞ」

では、どうやって値段を決めているのか――と俊一郎が不思議に思っていると、とんでもない返しがあった。

「ああ、いつも愛染様の言い値だからな」

「えっ……」

道理で高額なわけだ。独りで頑張っている孫を想って……と普通なら考えるところだが、あの祖母に限ってそれはない。

滞納している調査費を、俺から取り立てるためだ。

祖母は警察だけでなく各界にも顔が広いため、しばしば俊一郎は依頼人や関係者の身元調査を頼むのだが、その費用が莫迦《ばか》にならない。一応つけはきくのだが、その取り立てが半端ではなくきつい。どこの闇金融かというくらいである。

「おいおい、根暗な引き籠《こも》り小僧は、そんな大事なことも知らなかったのか。一人前のふりしても、まだまだ祖母ちゃんの庇護《ひご》が必要みてぇだな」

違う！

はっきり否定したかったが、曲矢の指摘にはぐうの音も出ない。この一年で少なくと

も独り立ちしたつもりだった。しかし実際は祖母の掌《てのひら》の上から、ただの一歩も出ていなかったのかもしれない。

俊一郎は忸怩《じくじ》たる思いを抱きながらも、その一方で曲矢への報復を考えた。厳しい現実に気づかせてくれたという意味では、彼に感謝している。だが、このままやられっ放しですませるつもりはない。

あっ、ぶくぶく猫だ。

曲矢は顔と言動に似ず、猫が苦手だった。ただ、この男がややこしいのは、にもかかわらず実は猫好きというところにある。本当は愛猫家《あいびょうか》なのに、猫が目の前にいるとびくついてしまう。撫《な》でたいのに、どうしても手を出せない。猫が寄って来ようものなら、慌てて逃げ出す始末である。

それでも鯖虎猫の僕には、かなり慣れはじめていた。曲矢の妹の亜弓《あゆみ》が事務所に出入りして、「僕にゃん」と可愛がっていることも、きっと影響しているに違いない。とはいえその僕にさえ、まだまともには触れない。僕があらぬ方を向いている隙に、さっと軽く撫でるのが精一杯である。

そんな曲矢を、ぶくぶく猫と対面させたら……。

邪悪な考えにほくそ笑みながら、俊一郎は長ソファへと刑事を誘《いざな》った。

「まぁ座ってくれ」

「ようやくかよ。お客様には真っ先に、ソファを勧めるもんだろ」

「いや、失礼した」

曲矢の文句に何の反論もせず、むしろ俊一郎は謝りながら、これから起きる騒動を想像して、にやにや笑いを抑えきれなかった。

「何だよ。気色の悪いやつだなぁ」

ところが曲矢は、そう言いながら何ら騒ぐことなく長ソファに座ってしまった。それも踏ん反り返っている。

「あれ？」

びっくりして周囲を見回したものの、あの巨体がどこにも見えない。俊一郎と曲矢がやり合っている間に、さっさとソファを下りてしまったらしい。

まったく肝心なときに……。

追い出そうとすると居座るくせに、必要なときにいなくなる。あの巨体に似ず神出鬼没の猫である。キッチンの窓は僕のために少しだけ開けてあるが、あの隙間を通れるとは思えない。どうやって事務所に出入りしているのか。

ぶくぶく猫が見えなくなり、本当なら喜ぶところを、俊一郎が大いに残念がっていると、

「失礼します」

堅苦しい挨拶《あいさつ》と共に、曲矢の部下の唯木《ゆいき》が入ってきた。しかも彼女だけでなく、もう一人が背後に立っている。

「彼は同じ部署の、城崎《しろさき》です」

唯木に紹介され、城崎が軽く頭を下げた。二十代後半の唯木より若そうに見えるが、その鋭い眼差《まなざ》しは彼女よりも警察官らしく映った。

「いつまで突っ立ってんだ。さっさと座れ」

曲矢の怒声に、二人は応接セットまで近寄ったが、そこで佇《たたず》んだ。長ソファの真ん中には、でんっと曲矢が腰かけている。その対面に一人用のソファが二脚あるが、そこに二人が座ると俊一郎の場所がなくなる。誰が見ても明らかなのに、曲矢はまったく気にしていない。

単に鈍感なだけか。

俊一郎はため息をつくと、二人に一人用のソファを勧めて、自分には事務机の椅子を持ってきた。

「おい、エリコの珈琲《コーヒー》を頼んでくれ」

「エリカだよ」

俊一郎が贔屓《ひいき》にしている喫茶店〈エリカ〉の珈琲を、実は曲矢も密《ひそ》かに気に入っているらしい。そのため事務所に顔を出すたびに、出前を取れとうるさい。もちろん代金は俊一郎に払わせる。最初は珈琲代くらいと思っていたが、それも積み重なると意外と莫迦にならない。

「経費削減のため、出前は止めた」

「けち臭いこと言うな」

案の定、曲矢は納得しない。

「けちはどっちだ。仕事でもないのに勝手に寄って、うちを喫茶店代わりにして、ただで珈琲を飲んで帰るくせに」

「高額の依頼料を取ってるやつが、何を言うか」

「その半分以上が、祖母《ばあ》ちゃんへの支払いで消えて終わりだ」

「えっ……。やっぱりそうなのか」

「うん」

「……いや、実はそうじゃねぇかなと勘ぐってたんだが、やっぱりなぁ。お前も大変だな」

二人の間に、ふっと共感めいたものが生まれた。だが、それも次の一瞬で見事に霧散した。

「こんにちは」

ノックと共に扉が開いて、亜弓が入ってきたからだ。

「なんでお前が、ここに来る？」

曲矢が怖い顔で睨《にら》むも、それが少しも通じていないようで、

「だから言ってるでしょ。お兄ちゃんがお世話になってるから、そのお返しだよ」

当たり前のように彼女が答えた。

「学校の勉強は?」

「教科書もノートも、ちゃんと持ってきてるよ」

ぽんぽんと亜弓が鞄《かばん》をたたいて、得意そうな顔をした。

彼女は看護学校に通う学生だった。いつも大量の課題に追われており、事務所に来る暇などないはずなのだが、しょっちゅう顔を出す。そして来客の接待や掃除をしながら、奥の部屋で勉強をする。

「事務所の用事なんてしなくていいから、学校か図書館に行けよ」

俊一郎は何度もそう言って断ったのだが、

「兄がお世話になってますから」

彼女はその一点張りだった。そんな頑固なところは、少し曲矢に似ているかもしれない。その他は容姿も性格も含めて、幸い違っていたけれど。

亜弓が事務所に出入りすることを、当初は俊一郎も迷惑がっていた。一年前に比べると改善されたが、他人との付き合いが苦手なことに変わりはない。曲矢とは幸か不幸か、互いに悪口を言い合う関係のためか、いっしょにいても苦痛は覚えない。とはいえ亜弓は別である。そう構えていたのだが、意外にも違った。鬱陶《うっとう》しいと感じることもあるが、むしろ気がつくと彼女がいる、という自然な状態が増えた。それに実際のところ、事務所の雑用を一手に引き受けてくれるので、俊一郎も大いに助かっていた。もちろん僕も、彼女には懐いている。

ただし一つだけ大きな問題があった。亜弓の兄が、あの曲矢だということだ。彼は歳の離れた妹を、それこそ溺愛《できあい》している。可愛い妹を俊一郎に奪われるのではないかと、もう心配で堪《たま》らないらしい。

「すぐにお茶を淹《い》れますね」

そう言って亜弓が奥に引っこむと、さっそく曲矢が嚙《か》みついてきた。

「おい、うちの妹を、いいように使ってんじゃねぇぞ」

「勝手に来るんだから、仕方ないだろ」

「何だとぉ。てめぇ、妹の好意につけこみやがって」

「だから、こっちとしては――」

「ちゃんとバイト代を払え」

「なっ……」

「当たり前だ。真面目に看護師を目指してる苦学生に、ただ働きさせようなんて、そんな不逞《ふてい》な料簡《りょうけん》が通るか」

どうも話の流れが変な方向にそれ出した。俊一郎は思わず助けを求めようと唯木に顔を向けたが、彼女は捜査資料らしき紙面に目を落としており、まったく二人の会話を聞いていない。

新顔の城崎はと見ると、すっかり呆《あき》れている様子である。その態度には俊一郎だけでなく、曲矢に対する不信感も見受けられる気がした。

なんか、まずいぞ。

曲矢が部下や後輩からどう思われようと、別に俊一郎には何の関係もない。だが今後、このメンバーで事件に取り組むことでもあれば、そうは言っていられなくなる。相手は普通の犯罪者ではないのだ。こちらの人間関係に少しでも綻《ほころ》びがあれば、絶対にそこを突いてくる邪《よこしま》な存在なのだ。

なおも絡んでくる曲矢を、すかさず俊一郎はなだめにかかった。

「それじゃバイト料は、前向きに考えるということで」

「えっ、そうなのか」

あっさり認めたのが、曲矢には信じられないらしい。

「そんなこと言って、お前、ちゃんと払えるのか」

「善処する」

「てめぇ、無能な政治家じゃねぇんだぞ」

「約束は守る。で、今日の用件は何だ？　三人もやって来たところを見ると、ただ事じゃなさそうだけど」

「おお、実はそうなんだ」

曲矢の絡み癖は厄介だったが、いったん大事な話に入ると、さっと頭を切り替えるところは評価できた。もっとも少しの切っ掛けで、また元に戻る心配も大いにあったのだが。

になった。


「黒術師の件だ」

覚悟をしていたとはいえ、その名を聞いたとたん、俊一郎は何とも言えない厭《いや》な気分になった。

「また恐ろしい事件に、あいつが関わってるのか」

「いや、そうじゃない」

ところが曲矢は、俊一郎の懼《おそ》れをあっさり否定した。しかし、そこから重苦しい口調で、

「そうじゃねぇけど、やつが事件を陰で操る以上のことが、どうやら起ころうとしているみたいでな」

「どういう意味だ？」

不安がる俊一郎に、とんでもない事実を曲矢が口にした。

「ネット上で黒術師を崇《あが》め奉る者たちが、少しずつ出はじめてるんだよ」

二　殺した者勝ち

「……嘘だろ」

出てきた。

俊一郎が愕然《がくぜん》としていると、亜弓が人数分の珈琲《コーヒー》カップを盆に載せて、奥の部屋から出てきた。

とたんに曲矢が口を閉じたので、俊一郎も黙った。とても亜弓に聞かせられる話ではない。彼女がカップを配り終わって奥に引っこむまで、その場には妙に緊張した空気が流れた。

「まずい珈琲だな」

真っ先に口をつけた曲矢が、ぼそりとつぶやく。

「断っとくけど、豆はいいぞ」

すかさず俊一郎が言い返すと、

「それじゃ何か、亜弓の淹れ方が悪いってのか」

「悪いとは言ってない」

「じゃ何だ?」

「下手なだけだ」

「てめぇ」

「インターネット上における、黒術師に関する書きこみは——」

そこへ唯木が、ごく自然に割って入った。いったん話が肝心な案件に入った以上、いつものふざけた応酬は終わりだと、まるで言っているようである。

「過去にもありました。ただし、あくまでも都市伝説レベルで、本気にする者は、ほとんどいませんでした」

「黒捜課では、ネットの監視までやってるのか」

驚いた俊一郎が尋ねると、「ああ」と曲矢がうなずいた。

黒術師とは恐るべき呪術《じゅじゅつ》の使い手で、その正体も含めてすべてが謎の人物である。やつは人間なら誰もが持つ心の闇の部分に働きかけ、その人が抱える恨みや妬《ねた》みや嫉《そね》みを増大させ、事件を起こすように仕向ける。その結果、多くの者は人殺しに手を染める羽目になる。しかも事件は、しばしば連続殺人へと発展してしまう。

もっとも黒術師に唆《そそのか》された犯人が、直接殺しを行なうことはない。必ずやつの呪術が使われるからだ。

「あなたの手を汚さずに、恨みが晴らせます」

「警察に逮捕されることなく、邪魔な他の遺産相続人を排除できます」

「被害者たちを殺すのは事実ですが、それには呪術を用います。ですから仮に、あなたが犯人だと疑われても、この日本では絶対に罪には問われません」

そのような甘言を黒術師は弄《ろう》して、黒い欲望を持った人々を誘惑する。自分はあなたの味方であり、呪術によって助けるので、これほど安全な犯罪はないと、言わば「勧誘」するのである。

黒術師が断言する通り、法治国家の日本では——世界の多くの国も同様だが——呪術殺人は罪にならない。というよりも呪術によって人間を殺せるとは、そもそも認められていない。そのため殺人罪が成立しないのだ。

しかし、恐ろしいことに黒術師の呪術は本物だった。拝み屋として相当な力を持つ俊一郎の祖母でさえ、やつの能力は認めている。そんな邪悪な存在が、この日本で自由に動き回っていた。やつに目をつけられさえしなければ、罪を犯さなかったかもしれない人々が、安易に殺人犯になる。その犯人によって、多くの人命が奪われる。だが決して罪に問うことはできない。

このままでは今に大変な事態を招いてしまう。そう懼《おそ》れた警察の上層部は、警視庁内に極秘の部署を設けた。黒術師に対抗するための組織である。対外的には実在していない部署のため、何の名称もない。それでは不便なので、一応〈黒捜課〉と呼ばれている。警部の新恒も、主任の曲矢も、捜査員の唯木と城崎も、みんなこの課に属していた。

「ネットの監視は、表の警察も行なっています」

曲矢のあとを受けて、唯木が続けた。彼女が「表」と言ったのは、自分たちが「裏」の警察だという認識があるからだろう。

「彼らの監視範囲は、それこそ切りがないでしょうが、我々は違います。黒術師のみを追っているからです」

「前は都市伝説レベルの扱いだったけど、最近はそうじゃないってこと？」

もっとも気になる点を俊一郎が尋ねると、唯木は険しい顔をしながら、

「最初の書きこみがあったのは――確認できる限りですが――六蠱《むこ》の連続殺人事件のあ

とでした。あの事件の場合、犯人は被害者に近づく必要がありました。もちろん実際の猟奇的な犯行には、黒術師の呪術が使われたと思われます。しかし犯人が自らの手で、被害者の遺体の損壊に関わったのは間違いありません。ですから犯人は逮捕され、それが報道されたわけです」

「でも、殺人の罪には問えなかった……」

俊一郎の指摘に、唯木が唇を嚙《か》んでいると、

「犯人は逮捕のあと、勾留《こうりゅう》中に精神を病んでな。その後、専門の病院に入れられる羽目になった」

新事実を曲矢が教えてくれた。

「原因は？」

「分からん。黒術師の呪術の影響ではないか……と愛染様は見立てたけど、具体的な説明まではできんと言われた」

「つまり――」

唯木があとを受けて、

「一部のネット住民たちの間に伝わったのは、あの連続殺人事件の犯人は捕まったものの、結局は裁判に持ちこめなかった。仮に起訴できたとしても、殺人罪では無理だった。なぜなら肝心の犯行は、黒術師の呪術によってなされたからだ――という情報でした」

それを聞いて俊一郎は、非常に厭な予感を覚えた。そして彼の心配は、残念ながら当

たっていた。

「次に書きこみがあったのは、大面《おおつら》家の遺言状殺人事件のあとです。あの事件の犯人は逮捕されていませんが、特殊な施設に送られました。すべては秘密裡《ひみつり》に進められ、どこの何という施設かも極秘でしたが、そういう措置が取られたことは、どうやら漏れてしまったようです」

「どちらの事件も、決して犯人が罰せられたわけではないと、ネット住民たちに知られたということか」

俊一郎の確認に、唯木は再び険しい表情になると、

「それからすぐでした。問題の書きこみが現れたのは……」

「何と？」

彼女は資料に目を落としながら、

「まず『これなら、やったもん勝ちじゃねぇか』と一人目が書くと、『人を殺しても罪に問われないなら、やりたい放題だよ』とか、『殺した者勝ちってことだ』などと賛同する者が続出しました。ついには『黒術師様様だな』とか、『うちにも来て欲しい』という文章まで現れました」

「しかし――」

俊一郎は少し考えてから、

「ネットの書きこみなんて、そんなものじゃないのか。どれほど威勢の良いことや、ま

たは物騒な文章を上げていても、実際にやる能力も、その気も本人にはない。そういう世界でしょう」

「最初は我々も、そのように見ていました。ただ、その勢いが一向に衰える様子もなく、むしろ増している、より深化している、そう判断せざるを得ない状態にまで、もう来ているようなのです」

「でも結局、犯人たちは何の利益も受けていない。それどころか人生を棒にふっている。それは書きこんでいる者たちも、充分に理解してるんですよね」

「はい。恐らく間違いありません」

「それなのに『やった者勝ち』と考えるなんて、頭が可怪《おか》しいんじゃないか」

「新恒警部は、『著しく倫理観が欠如している』と嘆かれていました」

「問題はだ」

低く重たい声で曲矢が、いかにもやり切れないという口調で、

「そういう阿《あ》呆《ほう》なやつらが、ネット上とはいえ集まって、徒《いたずら》に黒術師を崇《あが》め奉り出したことだ」

「単なるネット上の騒ぎだけでは、もはや収まらなくなってきたわけか」

「とはいえ黒術師と、具体的に連絡を取ろうと試みる莫迦《ばか》には、すぐに黒捜課の捜査員が出向いて、きつく釘《くぎ》を刺しているので、今のところ実害はない」

「そんな注意勧告だけで、大丈夫なのか」

案じる俊一郎に、にやっと曲矢は笑いながら、

「それこそお前が言ったように、やつらの多くは、現実的な対応に弱い。いきなり警察官がやって来て、すべてお見通しだと言われたとたん、あっさりと降参する。もちろん中には強情な莫迦もいるが、なーに警察がその気になりゃ、いくらでも引っ張る方法はあるからな」

とても警察官とは思えない台詞《せりふ》を吐いたが、この場合は仕方がないかと俊一郎も感じた。黒術師と接触した結果、本人だけなら自業自得かもしれないが、必ず周囲にも被害者が出るからだ。

「次に警戒すべきは、オフ会ってことか」

黒術師の崇拝者たちがネット上の関係だけでなく、実際に集まって交流しはじめたら厄介なことになり兼ねない。そう俊一郎は考えたのだが、

「いや、幸いそこまでは、まだいってない」

曲矢の返答を聞いて、少し安心した。

「個別に行なった黒捜課の脅しも、ちゃんと効いてるようでな。そういう芽はあったようだが、なんとか事前に摘み取れたわけだ」

「それは良かった」

ほっとしながらも俊一郎は、待てよ……と気を取り直した。それで終わっているのなら、こうして曲矢たちが訪ねてくるはずがない。

「オフ会は防げたけど、他に何かあるのか」

「ああ、こっちが予想もしなかった動きがな」

「動き？　ネット住民たちのか」

俊一郎の質問には答えず、曲矢は急に別の話をした。

「黒捜課の捜査員たちが日々、黒術師の動向を探っているのは、お前も知ってるだろ」

「具体的な活動は分からないけど、たまに祖母《ばあ》ちゃんから、こういう情報が入ったらしい――という話は聞くことがある。しかし正体不明だろ。どこに潜伏しているのかも分からない状態で、よく探れるな」

俊一郎が素直に感心すると、とたんに曲矢は得意そうな顔になって、

「蛇《じゃ》の道は蛇《へび》って言うだろ。警察を舐《な》めんじゃねぇ」

「さすが新恒警部だな」

「なんで新恒をほめんだよ」

「黒捜課の責任者だろ。黒術師の動向を探るための策も、新恒警部が考えてるんじゃないのか」

どうやら図星だったらしく、曲矢がむすっとしている。

「現場経験の浅いエリート警部が――という評価を、どこかの万年平刑事がしていたような気がするけど」

「てめぇ」

「あっ、平じゃない。よーやく出世して、今は主任様だった」

「根暗の引き籠《こも》り祖母ちゃん子の探偵小僧が、何を偉そうに――」

「誰が祖母ちゃん子だ」

「そこかよ、反応するのは」

「根暗も引き籠りも認めるけど、祖母ちゃん子は取り消せ」

「やっぱお前、変わってるわ」

「シスコンのヤクザ刑事に言われたくないな」

「な、な、何だとぉ！」

曲矢がソファから、がばっと立ち上がった。シスコンとは自分の姉妹に対して強い愛着を持ってしまうシスターコンプレックスの略である。

「て、て、てめぇは――」

今にも曲矢が爆発しそうになったとき、奥の扉が急に開くと、

「お兄ちゃん、大声出さないの」

亜弓が物凄《ものすご》く怖い顔を覗《のぞ》かせた。

「……おっ、おう」

「お仕事の打ち合わせでしょ。怒鳴る必要はありません。私もうるさくて、勉強に集中できないよ」

「……す、すまん。以後、気をつける」

そこで亜弓は一転、にこっと笑顔になると、

「みなさん、珈琲《コーヒー》のお代わりはいかがですか」

ふるふると俊一郎も唯木も城崎も首をふった。曲矢も同じである。

「お邪魔しました」

一礼して亜弓が奥に引っこむと、しばらく沈黙の時が流れてから、何事もなかったかのように唯木が口を開いた。

「黒捜課では新恒警部の指揮の下、捜査員たちの地道な努力が、少しずつ実を結びはじめています。その結果、まだまだ不確かとはいえ、黒術師の様々な情報が集まりつつあります」

「そういうことだ」

曲矢はソファに座り直すと、打って変わって静かな口調で続けた。

「それらの情報を整理して、詳細に吟味しているうちに、実はある計画が浮かび上がってきた」

「黒術師の？」

こっくりとうなずく曲矢を見ながら、俊一郎は尋ねた。

「もしかして、ネット上の崇拝者たちと関係あるのか」

「そうだ」

「まさか黒術師が、そいつらにコンタクトを取ろうとしてるとか」

「どこかに集めるつもりらしい」

予想外の答えに、俊一郎はびっくりした。

「人選はどうするんだ？　仮に黒術師が呼びかけても、いざとなると尻込《しりご》みする者が続出するんじゃないか。第一どうやって集める？　デモの参加を募るように、ネットに書きこみするのか」

「まぁ待て」

逸《はや》る俊一郎を、やんわりと曲矢が止めた。たいてい逆の場合がほとんどだが、このときばかりは違った。

「唯木も説明したように、黒術師の情報に関しては、まだまだ不確かなものが多い。今回の件も、十数人の捜査員たちの報告を基にして、ようやく突き止めることができた。いや、それも正確に言うと、黒術師の計画を察知できたのではないか――と、こっちが早合点しているだけの懼《おそ》れもある」

「曲矢主任、そんなことはありません」

すかさず唯木が異を唱えたが、曲矢は無視したまま、

「とりあえず今、我々が把握してるのは、黒術師が何らかの方法で、ネット上の崇拝者たちに連絡を取ったらしいこと。その内容が、今週末の土曜日、朝の九時に、都内の某所に行くと、一台のバスが待ってるので、それに乗車しろということ。これだけに過ぎない」

「そのバスに乗りこめば、黒術師のところへ連れて行ってくれるのか」

にわかには信じられない話である。黒捜課が必死に捜している当人の下へ、わざわざ送ってくれるかもしれないのだ。俊一郎が疑ったのも無理はない。

「さぁな。バスに乗ってからは、さっぱり分からん」

もっとも疑う以前に、すべては不明らしい。

「それでも募るのは、黒術師の崇拝者たちなんだろ。となると可能性が高いのは、やっぱり本人との面談じゃないか」

「恐らくな。次の事件の実行者を物色するためか、自分の取り巻きを増やす魂胆か、いずれにしろ黒術師は、そいつらを利用するつもりだろ」

「それは間違いないよ」

黒術師の新たな動きを知り、俊一郎の心は沈んだ。しかも曲矢の次の一言で、さらに暗い気持ちになってしまった。

「こちらがつかんだ情報では、この恐ろしいバスツアーに参加できるのは、若いやつらだけらしいってことだ」

「年齢制限があるのか」

「実際のところは不明だが、十代から二十代を集めるつもりではないか……という見立ては、それなりに信憑性《しんぴょうせい》があると思う」

「人数は？」

「さっぱり分からん」

「即戦力を求めているわけでは、ひょっとしてないのかもしれない」

俊一郎のつぶやきに、曲矢がぎょっとした様子で、

「どういう意味だ？」

「若いやつだけを集めて、黒術師が一から教育するつもりだとしたら」

「おいおい」

と言いつつも曲矢は、とっさに絶望的な顔を見せた。

「黒術師の目的はともかく――」

だが、すぐに気を取り直すと、

「これに乗らない手はない」

「……まさか」

驚く俊一郎に、曲矢は予想通りの言葉を返した。

「ああ、潜入捜査をするんだ」

「しかし、いくら何でも危険だろ」

ここで俊一郎は、どうして城崎が曲矢たちについて来たのか、その理由がようやく分かった気がした。

彼は潜入捜査官に、きっと志願したんだ。

俊一郎の読みは、実は当たっていた。だが、そこから曲矢が口にした台詞《せりふ》が、とんで

もなかった。

「そういった危険を承知で頼むんだが、お前、そのバスに乗ってくれんか」

三　潜入捜査

「お、俺が……」

まったく心構えをしていなかったため、とにかく俊一郎は魂消《たまげ》た。

「そう、お前が」

しかし曲矢は、あくまでも真面目に言っているらしい。

「ど、どうして？」

「うちで若手と言えば、この唯木と城崎しかいない。二人とも二十代だが——」

「だったら、条件に合うじゃないか」

当然の突っ込みを俊一郎がすると、曲矢は何も分かっていないないなとばかりに、

「あのな、よーく考えてみろ。ネット上で黒術師を賛美して、『やったもん勝ち』とかほざいてるやつらが、この二人みたいに精悍《せいかん》な顔つきをしてると思うか」

「それは……」

あまりにも穿《うが》った見方だろうと返しかけて、とっさに俊一郎はためらった。もっともだと感じた部分が少しはあったからである。

「俺もネットの書きこみには目を通したが、とにかく酷《ひど》いもんだ。何にでも文句をつける。少しでも気に入らない意見があると、徹底的にたたく。反論は許さない。感情的に批判する。世の中や他人は阿呆《あほう》の間抜けで、自分だけが正しい。なのに正当に評価されない。それは他の人間が莫迦《ばか》だからだ。そんな自分にとって、黒術師こそ救いである。その呪術《じゅじゅつ》を使うのに相応《ふさわ》しいのは、自分しかいない。ざっとまとめると、こんな感じだ」

「そこには偏見が入ってると、さすがに思うけど――」

「お前なぁ」

「いや、言いたいことは分かる」

曲矢が怒り出す前に、俊一郎は慌てて付け加えた。

「だからといって見た目だけで、黒術師側も判断しないだろう」

「本当に、そう思うか」

曲矢が二人のほうに顎《あご》をしゃくったので、俊一郎も改めて唯木と城崎に目をやった。

その結果、見れば見るほど曲矢の心配も納得できる、という気がしてきた。

髪の毛を短く切った唯木は、きびきびとした態度とも相まって、確かに警察官か自衛官のように映る。一方の城崎は彼女より若い分、まだ学生っぽいかもしれない。しかし、この鋭い目つきは別だろう。曲がったことが嫌いと、明らかに主張している眼差《まなざ》しである。

そんな俊一郎の考えを見て取ったのか、

「無辜《むこ》の一般市民を十人ほど並べて、その中に唯木と城崎を入れるとする。ここから警察官と思う人物を、二人だけ選べという問題があったとしたら、ほぼ百パーセントの正解者が出ると思わんか」

曲矢が絶妙な問いかけをしてきた。

「……確かに」

百パーセントは有り得ないと思いながらも、この二人を疑う者は多いに違いないと、やっぱり俊一郎も感じた。

「まして今回やろうとしてるのは、警察官当てクイズじゃねぇ。れっきとした潜入捜査だ。それなのに最初から、私は警察官でございます――なんて気配のある者を、わざわざ潜入させる危険を冒せるか」

「うん、それは理解できた」

いったん俊一郎は認めてから、おもむろに怖い顔を作ると、

「けど、だからって、どうして俺なんだよ」

「他にいない」

「あのな」

「まず全国の警察官の中から、今回の任務に適した者を探している暇がない。仮にそういう者が運良く見つかっても、短時間で黒術師のことを説明して、ちゃんと理解させるのは難しい。リスクが高過ぎる」

「それは分かるけど……」

「黒術師を充分に知りつくし、かつ問題のバスツアーに参加できる条件に当てはまるのは、関係者ではお前だけなんだよ」

「充分に知りつくし——って、黒術師に関しては、ほとんど何も分かってないに等しいだろ」

「俺が言ってるのは、やつの恐ろしさを肝に銘じてるってことだ。潜入捜査と呼び方は大仰だが、実際にやるのはバスの行先を突き止めるだけで、それ以上のことはやらない。目的地に着いたら、さっさと逃げてきてもらう。だから一見、誰にでもできそうだが、相手は黒術師だ。それなりの知識が必要になると、新恒も見ている。もっともやつを理解してるって意味では、間違いなく一番の愛染様も、やっぱり同じ意見だった」

「祖母《ばあ》ちゃんには、もう相談したのか」

「ああ、新恒が真っ先に意見を求めた」

「何て言った？」

「自分が女子大生に扮《ふん》して、バスに乗ると提案した。恐ろしいことに、真剣にだ」

「…………」

「絶対にばれないと、愛染様は自信満々だったらしい。そう新恒から聞いてる」

「新恒警部は……」

「もちろん、丁重に断った。愛染様なら見抜かれる心配は絶対にないが、もしものことがあった場合、世界中の男性が嘆きますから――というフォローつきでな」

「……迷惑をかけた。すまん」

「愛染様は言ったらしい。さすがに学生らしさを出すのは無理か――ってな。それ以外の十代や二十代なら、充分に化けられると思ってるあたりに、あの人の怖さがあるよな」

「うん。我が祖母ながら、まったく恐ろしい」

しみじみと二人がうなずき合っているところへ、

「そもそも素人を起用するのが、やはり間違いだと思います」

城崎の含みを持たせた声が響いた。

「素人って、こいつは違うだろ」

いつもは「駆け出しの探偵小僧」扱いをする曲矢に、そう言われて俊一郎は身体が痒《かゆ》くなる感じを覚えた。

「しかし、民間人であることに、何ら変わりはありません」

「お前、こいつに関する資料を読んでないのか」

「いえ、すべて目を通しました」

「だったら弦矢俊一郎がどんな人物か、ちゃんと分かっただろ」

「だからといって彼に、警察官の真似事ができるかというと、それは別の問題なはずです」

「その議論は黒捜課で、散々したはずだ」

いらついた口調で曲矢は返すと、再び俊一郎に顔を向けた。

「お前の起用には、新恒も反対した」

「そうなのか」

「城崎と同様、民間人を捜査に巻きこむわけにはいかないと、新恒は最後まで悩んでいたな」

そう聞いても俊一郎は、新恒と城崎では根本の部分が異なっているのではないか、という気がした。新恒が俊一郎の身の危険の心配をしているのに対し、城崎は死相学探偵としての彼の能力に疑問を抱いている。そんな風に受け取れたからだ。

思えば事務所に入ってきたときから、城崎の眼差しには妙な気配があった。あれは死相学などという怪しい代物を売りにして、胡散臭《うさんくさ》い探偵事務所を開いている俊一郎に向けられた、言わば疑心の視線だったのだ。

黒捜課の俺に関する資料を読んでいても、そういう疑いが消えないということは、かなり厄介だな。

俊一郎は心の中でため息をついた。ただ考えてみれば、曲矢も同じだった。最初は俊一郎のことを毛嫌いしていた。相変わらず会えば悪態をつかれるが、当初はそれが相手の本心だった。それが今では、単なるおふざけレベルになっている。時間はかかったが、曲矢が俊一郎の能力を認めた証拠だろう。

また同じような人が現れたと諦《あきら》めて、気長に付き合うしかないか。それに曲矢刑事に比べると、絶対に城崎さんのほうがましに違いないからな。

——などと俊一郎が思っていることも知らずに、曲矢と城崎のやり合いが再度はじまった。

「新恒警部がためらわれたのも、当然です」

まず城崎が口火を切った。

「いくら黒術師に関する知識があり、特殊な能力を持っているかもしれないからといって、何の訓練も受けていない民間人を潜入捜査に投入するのは、絶対に避けるべきです」

「かもしれない——って何だよ。こいつには正真正銘、他人の容姿に現れた死相が視《み》えるんだよ」

すかさず曲矢が言い返す。

「そうだとしても、それが今回の任務で、いったい何の役に立ちますか」

「死視の力だけじゃねぇ。何度も言うように、愛染様を除けば、こいつほど黒術師のことを分かってる者は、他にいねぇんだよ」

「黒術師については、私も充分に学びました」

「頭でお勉強しただけだろ。あいつの恐ろしさを知るには、やつが起こした事件に、実際に関わる必要がある」

「それは理解できますが、バスに黒術師が乗りこむわけではありません」

城崎の指摘に、俊一郎が反応した。

「黒術師の代わりに、黒衣の女が乗ってくるんじゃないか」

それに応《こた》えたのは曲矢だった。

「いや、こっちがつかんでる情報では、黒術師側の者は、誰もバスには乗らないらしい。だからこそ、面が割れてる可能性のあるお前でも、きっと大丈夫だろうと見なしたわけだ。そうでなきゃ、こんなこと頼めるか」

「あっ、なるほど」

言われてみれば、確かにそうである。

ちなみに黒衣の女とは、黒術師とは別の意味で謎の人物だった。いつ、どこで、誰を勧誘するか、それを決めるのは黒術師と思われたが、実際に接触を持つのは、この黒衣の女だと考えられている。これまでの「犯人」たちの証言からも、ほぼ間違いなかった。ただ、その正体は黒術師と同様、まったくの謎に包まれていた。

「黒術師側の者が一人もいないのですから、やつの事件に関わった経験のない私が乗りこんでも、大丈夫ではありませんか」

なおも城崎が主張すると、

「駄目だ。お前には、まだ早い」

曲矢がきつい口調で、はっきりと言い切った。

「それでも素人よりは、絶対ましなはずです」

しかし城崎も、まったく引かない。

「こいつに会ってみて――」

すると曲矢は俊一郎を指差しながら、

「どう見ても頼りなさそうな探偵坊主に、大事な潜入捜査を任せられるかって思ったのは、まぁ分かる」

勝手なことをほざき出した。だが、ここで俊一郎が相手にしては、よけいにややこしくなると考え、ぐっと我慢した。

「確かにこいつは、見た目だけでなく、実際の捜査でも俺の足を引っ張りやがる」

逆だよ逆――と俊一郎は、すぐに心の中で突っこんだ。

「それでも俺は怒ることなく――」

嘘をつくな。

「こいつの面倒を見てるわけだ」

大嘘つきか。

「ただな」

何だよ。

「そんな探偵坊主でも、さすがに探偵事務所の看板をあげて一年も経つと、それなりに探偵の才が育つわけだ」

えっ……。

「今回の任務で必要なのは、警察官としての訓練や経験の有無じゃねぇ。こいつが伸ばした探偵の才だと、俺は思ってる」

素直ではない表現ながら曲矢にほめられて、俊一郎は居心地の悪い思いをした。それは口にした当人も同じらしく、まったく彼のほうを見ようともしない。

「探偵の才だなんて……」

さも莫迦《ばか》にしたような城崎の物言いに、曲矢の顔が険しくなった。

「それは新恒も認めてるぞ」

「しかし――」

「認めてると言えば、こいつに潜入捜査を打診することも、警部は納得してる。お前は上の決定に、けちをつける気か」

普段から上司に逆らってばかりいる曲矢の台詞《せりふ》とは思えなかったが、もちろん俊一郎は黙っていた。

「いえ、そういうわけではありません」

城崎は真面目に答えると、

「しかし新恒警部は、ここでよく話し合うようにとも、おっしゃったはずです」

ことというのは、俊一郎の探偵事務所のことらしい。

曲矢の注意を引いてから、俊一郎は尋ねた。

「最初は反対していた新恒警部が、どうして俺の起用を認めたんだ？」

「愛染様の意見を重視したんだよ」

「祖母《ばあ》ちゃんの？」

「すぐに動ける関係者の中で、すべての条件をクリアしてるのは、孫だけだろう。ここはあの子に任せてはどうか——ってな」

まだまだ祖母には半人前扱いされていたが、思っていたより評価されていることを知り、俊一郎は胸が熱くなった。

「もっとも愛染様は、お前への報酬がいくらになるか、すぐ新恒に見積もりを出させていたけどな」

「………」

熱くなった胸が急激に冷めていく。

「金の問題じゃないでしょう」

憤る城崎に、俊一郎は合わせる顔がなかった。だが一方で、すでに決意を固めてもいた。

「分かった。やるよ」

「おっ、そうか」

「ちょっといいか」

曲矢は単純に喜んだが、城崎は納得できないとばかりに、

「話し合いは、どうなるんですか」

「新恒が言ったのは、俺たちで議論して決めろってことじゃねえ。こいつに事実を知らせて、充分に検討させたうえで、返事をもらえって意味だ。そのためには何時間でも、ちゃんと話し合えって言ったんだよ」

「そんな……」

不満そうな城崎とは違い、純粋に好奇心からという様子で唯木が口を開いた。

「弦矢さんは、どうして引き受ける気になったんですか」

「それは祖母ちゃんの――」

と言いかけて口籠《くちごも》ったが、わざと曲矢がそっぽを向いたので、そのまま素直に答えることにした。

「判断を信用してるから、かな」

「愛染様を信頼なさってるわけですね」

金の話は別だけどね……という言葉を吞《の》みこみつつ、俊一郎はうなずいた。

「よし、決まった」

曲矢はぱんっと両手を派手に打ち鳴らすと、

「そんじゃ、具体的な打ち合わせに入るぞ」

城崎の横槍《よこやり》を防ぐためか、さっさと話を先に進めはじめた。

「先程も言ったように、こちらで分かってる情報は、極めて少ない。おさらいしとくと、今週末の土曜の朝九時という集合日時、対象は十代から二十代のネット住民という参加者の顔触れ、新宿《しんじゅく》の某所という集合場所――」

「バスに乗るのは、新宿か」

「あそこはバスターミナルが多いからな」

「で、新宿の某所というのも、ちゃんと判明してるんだよな」

俊一郎の確認に、曲矢は難しい顔をしながら、

「集合場所は当日、お前に教える。近くまで俺が連れて行くから、いらん心配はするな」

「それならいい。ただ、そこだけ隠してるのは、なんか妙だなと思ってな」

すると曲矢が、にやりと笑いつつ、

「ほうっ、いかにも探偵らしい、なかなか鋭い突っこみじゃねぇか」

「というと？」

「このバスツアーの件を知ってるのは、新恒と愛染様、俺と唯木と城崎、それにお前の六人だけだ」

「その情報を探り出した捜査員たちは、そこに含まれないのか」

怪訝《けげん》そうに俊一郎が訊《き》くと、曲矢は首をふりながら、

「彼らの多くは、自分が突き止めた情報しか知らない。必要に応じて新恒が、他の情報も伝えているが、すべてを知っている者はいない。俺も新恒から聞かされるまで、そう

だったからな」

「用心のためか」

「ああ。下手に漏れて、関係のない人間に来られても困る。それで最後まで秘密にされたのが、具体的な集合場所ってわけだ。新宿ではツアーバスの発着が非常に盛んだ。日時だけ分かっていても、どこに集まれば良いか知らないと、このバスに乗るのはかなり難しいだろ」

「確かにな」

「当初は新恒と愛染様の二人だけで、この件は検討された。ついで俺が加わった。そこに唯木と城崎を入れたのは、黒捜課ではこの二人の年齢が、もっともネット住民たちに近かったからだ。だが話した通り、こいつらではミスキャストの懼《おそ》れがある。さらに検討した結果、愛染様の勧めもあり、お前に白羽の矢が立ったわけだ」

「よく分かった」

改めて覚悟を決めた俊一郎に、曲矢が説明を続けた。

「これに関わってる捜査員は多いが、こちらで把握してる情報は少ない。日時と場所と参加者の条件を突き止められたのも、膨大な情報を分析した結果だ。あと分かってるのは、当日は黒術師側の者は誰も来ない、バスと運転手はツアー会社から派遣される、ということくらいだ」

「それなら、そのツアー会社に訊けば——」

「行先が判明すると、俺らも考えた。しかし極秘に探ったところ、会社側も知らないことが分かった」

「黒術師側は、どうするつもりなんだろう」

「新恒の考えはこうだ。まず多額の報酬を支払って、ツアー会社に黒術師側の条件を呑ませる。例えば最初の目的地だけ指示があり、そこに着くと運転手の携帯に電話がかかり、次に行くべき場所を教える。あるいは事前にカーナビのCD—ROMが会社に送られてきて、当日はその指示通りにバスを走らせる。運転手がカーナビに登録された最終の目的地を見ようとしても、決して確認できないようになっている。そんな手を使ってくるんじゃねえかってことだ」

走行中の車の現在位置を示し、目的地までのルートを案内するカーナビゲーションの機能を使った、言わば誘導装置である。

「なるほど。ミステリーツアーってわけか」

「そこでだ」

曲矢は真剣な顔になると、

「お前が何より注意しなきゃならんのは、集まった参加者の中に、黒術師側らしい者がいそうだと少しでも感じたら、すぐにその場から逃げることだ」

「でも——」

「こちらの推測では、黒術師側は誰も来ないことになってる。この判断の信憑性《しんぴょうせい》は高いと、新恒も愛染様も考えてる。だがな、こういう潜入捜査の場合、念には念を入れる必要がある。だからお前も、この件は肝に銘じておいてくれ」

「それは分かった。けど――」

俊一郎の訴えを察したのか、すかさず曲矢が言い放った。

「黒術師側らしい者って、どんなやつだなんて、俺に訊くなよ」

「おいおい」

「そんなの分かるわけねぇだろ」

「同じことが、俺にも言えないか」

「お前は探偵だろ。それくらいの見分けがつかなくて、どうする」

無茶苦茶な返答だったが、仕方がないと俊一郎も諦《あきら》めた。黒捜課の情報収集力と分析力を、ここは信じるしかない。

「それから次に大事なのは、バスの行先を突き止めることだ。いったい目的地はどこなのか。これさえ分かれば、もう任務は終わったと思っていい。他の参加者といっしょに、黒術師の懐に飛び込もうなんて考えるなよ。着いた先がどこであれ、さっさと逃げろ。逃げながら、こっちに連絡しろ」

「黒捜課は、バスを尾《つ》けるのか」

「当たり前だ」

曲矢は即答したが、その口調が少し弱々しい。

「ただし、かなり離れて尾行することになる。だからお前に何かあった場合、すぐには駆けつけられない」

「充分に注意するよ」

まだ曲矢は何か言いたそうだったが、上着の内ポケットから新品のスマートフォンを取り出すと、それを俊一郎に渡した。

「お前に隠しマイクや発信機をつけるかどうか、その判断が難しかった。下手に装着してばれてしまった場合、言い逃れはできんからな」

「その代わりが、これか」

俊一郎がスマホを見やると、曲矢は苦笑しながら、

「かといってスパイ映画もどきの、秘密兵器になるわけじゃねぇ」

「そうなのか」

失望の念を漏らす俊一郎に、曲矢の突っこみが入る。

「当たり前だ。子供の遊びじゃねぇんだぞ」

「けど、何かあるんだろ」

「普通のスマホのGPS機能よりも、高性能のものが内蔵されてる。電源を入れてなくても、お前の居場所が分かる仕掛けだ」

これまでの曲矢の話の中で、はじめて俊一郎が安堵《あんど》感《かん》を覚える説明だった。

「もちろん電話もメールも、ちゃんと使える。隠しマイクや発信機をつけるリスクを考

えると、これ一台を持たせたほうが、はるかにいいわけだ」

「バスに乗る前に、携帯やスマホは一時的に没収されるかもしれないぞ」

「お前の携帯も持って行って、没収があったら、そっちを出せ。まぁ身体検査をされたら終わりだけどな。ただ、本当に黒術師側の者がいないのなら、そこまではしないだろう」

「むしろバスそのものに、呪術《じゅじゅつ》的な結界でも張るんじゃないか」

「ほうっ」

「そうして集まった者たちが、外部と連絡を取れないようにする。黒術師が不利になる行為を、崇拝者たちがするわけないけど、『バスは今、どこどこを走ってます』と発信されるだけでも、きっと黒術師側は警戒するだろう」

「愛染様も、お前と同じ意見だった」

そう聞いて俊一郎は、少しうれしくなった。

「だから何を持たせても、実は無駄かもしれん」

曲矢の台詞《せりふ》に、普段なら「無責任だぞ」と怒るところだが、俊一郎は何も言わなかった。相手が黒術師では、どんな文明の利器でも通用しないだろうと、無意識に納得していたせいかもしれない。

いずれにしろ俊一郎は、こうして謎のバスツアーに、たった一人で潜入する羽目になったのである。

四　黒のミステリーツアー

弦矢俊一郎は当日を迎えるまで、妙に落ち着かなかった。潜入捜査など初体験だけに、自分でも仕方ないと思うものの、どうにも心がざわつく。大したことを求められてるわけじゃない。そう考えようとするのだが、肝心のバスツアーの詳細が不明なだけに、むしろ不安感が増す始末である。

本業のほうで大きな仕事が入らなかったのが、せめてもの救いだった。どの依頼人も数時間の相談だけで、なんとか解決できた。死視した死相の様相が、どれも過去の事例に当てはまったからだ。そのため依頼人に訪れる予定の死因も、あまり手こずらずに特定することができて、俊一郎はほっとした。

死相学探偵の仕事の他に、普段と違うことをしたのは、いつも以上に僕を構ったくらいだろうか。毎日のように僕の相手はしているが、もはや睡眠や食事と同じで、彼にとっては自然である。当たり前の行ないに過ぎない。だがこの数日間は、かなり意図的に僕と遊んだ。

これで最後かもしれない。

縁起でもないが、万一ということもある。上手《うま》く逃げ出せずに、バスに乗ったまま黒術師の本拠地まで連れて行かれる。そんな事態に陥らないとも限らない。仮にそうなったら、果たして無事に戻れるかどうか。

悪い想像を少しでもすると、もう駄目だった。不安を紛らわす意味でも、つい僕に構ってしまう。

もちろん当の僕は、大喜びである。とにかく自分を可愛がってくれる人が、この猫は大好きなのだ。その相手が子猫のころからいっしょに育った俊一郎なのだから、まさに僕にとっては至福の一時だった。

僕と遊びながらも、つい自分が抱く懼《おそ》れを口にしそうになり、そのたびに俊一郎は我慢した。僕は普通の猫ではない。わずかでも彼の心情を漏らせば、たちまち騒ぎ出すだろう。そんな心配はかけたくない。

いや、ほんとは僕も、もう察してるんじゃないか。

疲れて膝《ひざ》の上で寝そべる僕を、俊一郎は優しく撫《な》でながら、ふと思った。僕ほどの賢い猫が、まったく何も感じないはずがないのだから。

すると僕が、急に顔を上げた。そして俊一郎を、じっと見つめた。

しばらく見つめ合ったあと、俊一郎が抱き上げると、僕が頬ずりをしてきた。それだけで「あぁ、こいつは分かってるんだ」と理解できた。しかし彼は何も言わなかったし、僕も同じだった。ただ頰と頰をつけただけである。

当日の土曜の朝、起床した俊一郎が、いつも通り僕の朝ご飯を用意していると、ノックの音がして、

「おはようございます」

元気良く亜弓が、奥の部屋まで入ってきた。

「……な、何だよ、こんな朝っぱらから」

びっくりする俊一郎をよそに、亜弓は僕にも朝の挨拶《あいさつ》をしてから、手早く朝食を作りはじめた。

「おいおい、何をしてる？」

「朝ご飯ですよ。あっ、和食のほうが良かったですか」

亜弓が心配そうな顔をしたので、慌てて俊一郎は、

「確かに朝はパンだけど……」

「なーんだ。なら問題ないですね」

「いや、そういうことじゃなくて。こんな場面を曲矢に、君の兄に見られたら、どんな誤解を受けるか――」

「俺がどうしたって？」

そこへ当の曲矢が現れたので、うんざりして俊一郎は言った。

「迎えにくるには、あまりにも早過ぎるんじゃないか」

「飯を食う時間があるからな」

「えっ、ここで食べるのか」

「まさかお前、亜弓の作った飯を独り占めするつもりか」

「独り占めも何も、彼女が勝手に――」

「俺が頼んでやったんだ」

訳が分からずに俊一郎が黙っていると、

「最後の朝飯くらい、美味《うま》いもんを食わせてやろうっていう、俺の仏心だよ」

「誰が最後だよ。不吉なこと言うな」

「まぁまぁ、言葉の綾《あや》じゃねぇか」

結局、俊一郎は曲矢兄妹《きょうだい》といっしょに、朝食を摂《と》る羽目になった。三人の側では朝ご飯を食べ終わった僕が、せっせと毛づくろいをしている。

食後の珈琲《コーヒー》を亜弓が淹《い》れようとすると、しきりに曲矢が目配せしてきた。俊一郎はため息をついてから、「自分がやる」と言って代わった。彼が豆を挽《ひ》いて準備をする横で、その手順を亜弓が熱心に眺めている。

珈琲ができるまでの間、曲矢と僕は互いに距離を開けた状態で、じっと見つめ合っていた。曲矢は撫でて可愛がりたいと願うものの、それを実行する勇気がない。僕は膝に上がって撫でて欲しいと思うものの、相手の緊張が伝わってくるだけに、どうにも身動きができない。両者の気持ちを代弁すると、こんな感じだろうか。

そのうち僕が飽きて、ふいっと事務所のほうへ行ってしまった。そのとたん、「ほうっ」と曲矢が安堵《あんど》の息を吐いた。

「少しは慣れたはずなのに、相変わらずだな」

珈琲を飲みながら、にやにや俊一郎が笑うと、

「うるせぇ」

ぶすっとした顔と口調で、曲矢が返した。

「準備はできてんのか」

「実際に泊まりはしないけど、二泊分の用意をしてある」

「カモフラージュ用に、それは必要だな。他に探偵道具なんかないのか」

「あるか。俺は少年探偵団か」

「似たようなもんだろ」

いつもの応酬を二人がしていると、

「良かったら、私が荷物のチェックをしましょうか」

亜弓が会話に入ってきたので、俊一郎は急いで断った。

前に泊まりの仕事があったとき、彼の下着も含めて彼女がすべて用意したことがある。もちろん勝手に——本人は好意で——したわけだが、曲矢は知らない。もし今、それを下手に蒸し返されでもしたら、曲矢にあらぬ疑いをかけられてしまう。

「そろそろ時間じゃないか」

さっさと事務所を出るに越したことはない。そう考えた俊一郎は、まだ珈琲を飲んでいる曲矢を促した。

「いや、時間ならある。ここで焦っても仕方ない。まぁゆっくりしろ」

しかし、曲矢は呑気《のんき》だった。せっかちな性格のくせに、変に余裕を見せている。

「やっぱり、この前のように――」

荷物は自分が整えましょうと、きっと亜弓は言うつもりなのだ。そう察した俊一郎は、いきなり大声を上げた。

「あっ、曲矢さんに、僕が飛びつこうとしてる」

「な、な、何ぃ」

慌てて立ち上がる曲矢、床にこぼれる珈琲、雑巾《ぞうきん》を取りに行く亜弓、騒ぎを聞きつけて戻ってきた僕――という状況を冷静に見て取りつつ、どうにか誤魔化すことができたと、俊一郎はほくそ笑んだ。

一通り片づけが終わるのを待って、曲矢が出発を口にした。

「まだ早いが、道が混むかもしれん」

「うん。遅れでもしたらことだ」

事務所を出る二人を、亜弓と僕が見送った。

「僕にゃんの世話は、ちゃんとやりますから。心配しないで下さい」

亜弓が僕を抱き上げながら言った。

「……それじゃ、頼みます」

不本意ながらも頭を下げる俊一郎の横で、曲矢が苦虫《にがむし》を嚙《か》みつぶしたような顔をしている。妹が事務所に出入りするのが、どうにも気に入らないのだ。ただ、その用事が僕の面倒を見ることなので、彼も許しているらしい。

お互い様だよ。

俊一郎は胸の内でぼやいた。

亜弓が事務所に来るようになり、大いに助かっているのは事実である。とはいえ以前の僕との暮らしが、時折無性に懐かしくなる。それに彼女が絡むと、とかく曲矢が出てきてうるさい。その損害を被るのは、いつも俊一郎なのだ。

にゃーにゃ。

気をつけて行くように、という僕の鳴き声に見送られ、俊一郎は曲矢と共に探偵事務所をあとにした。

産土《うぶすな》ビルから外へ出て、近くに曲矢が停めた警察車両には見えない乗用車の、後部座席に鞄《かばん》を入れかけて、はっと俊一郎は固まった。

まさか……。

急いで鞄を開けると、念入りに中を検《あらた》め出した。

「こんなとこで、何やってんだ？」

運転席に乗りこみかけたまま、曲矢が呆気《あっけ》に取られている。

「ほら前に、この鞄の中に僕が、密《ひそ》かに隠れてたことがあっただろ」

「ああっ、そういやあったな」

「また同じ手を使ったんじゃないかと、ふと思ってさ」

「けど、事務所の前で別れたばかりだぞ」

「あの化猫にかかれば、それくらい何でもないよ」

「ぼ、ぼ、僕にゃんを、ば、化猫なんて言うな！」

本気で怒る曲矢を相手にせず、俊一郎は鞄の中を念入りに検めた。その結果、僕が「密航」していないことが分かり、とりあえず安堵した。

「いつもの現場とは違うからな。今回は大人しくお留守番していてくれ」

事務所の方向に目を向けながら、俊一郎が心の中で僕に語りかけていると、「さっさと乗れ」と曲矢に急《せ》かされた。

車は一路、やや混雑している都内を、新宿へ向けて走った。これなら余裕で目的地に着けそうである。もっとも集合場所がどこなのか、俊一郎はよく知らない。車が走り出してすぐ、曲矢から新宿の住所は聞いている。しかし人混みが苦手で、仕事の用件以外で出かけることの少ない彼には、まったく見当のつかぬ場所だった。

そろそろ新宿だという地点で、それまで無駄口をたたいていた曲矢が、いきなり真剣な声を出した。

「よし、最後の情報を伝えるぞ」

「まだあったのか」

驚く俊一郎に取り合わず、曲矢が続けた。

「いいか、バスを見分けるキーワードは、白黒の『黒』だ」

「バスの色か」

「さぁな。けど黒いバスなんて、俺は見たことねぇぞ」

「だからこそ、目印になるんじゃないのか」

「何にしろ、黒を手掛かりにバスを探せってことだ」

「了解」

集合場所の手前で俊一郎は車から降りると、あとは徒歩で近づいて行く。それとなく周囲を見回しながら歩いたが、新恒をはじめ誰の姿も見えない。間違いなく唯木も城崎も来ているはずだが、まったく目に留まらない。

さすがプロだな。

感心しながら、念のためにと曲矢を捜しかけて、やっぱり止めた。これで彼だけ見つけることができたら、色んな意味で心配になってしまう。

集合場所のバスターミナル付近には、すでに何台ものバスが停まっていた。どれも大型の観光バスばかりである。ちなみに黒系の車体は一台もない。

この中に？

思わず俊一郎は半信半疑になった。それでも一台ずつ、じっくりとバスを確かめはじめた。すると早くも二台目で、該当するバスを見つけた。

「歓迎　黒のミステリーツアー御一行様」

そう記された横長のプレートが、バスのフロントガラスの上部に貼られている。しかも周囲には、俊一郎と同年代か少し年上くらいの数人が、互いを意識しながらも無視しつつ佇《たたず》んでいた。

これに間違いないな。

俊一郎は確信したが、まだ時間があったので、念のため他も見て回ることにした。しかし、「黒」というキーワードに当てはまるバスは、それ以外に一台もなかった。あとはどれも真っ当な観光バスばかりだった。

黒のミステリーツアーバスまで戻ると、参加者らしき人たちの数が増えていた。もっとも誰もが独りで立ち、他人との間に距離を置いている。会話をしている者は皆無で、ほとんど全員がスマホに目を落とす光景は、ある意味どこでも見られるありふれた眺めだった。

にもかかわらず俊一郎は、その場に独特の空気を感じた。野外にいるのに、まるで狭い室内に籠《こも》っているような、そんな息苦しさがある。それぞれが自宅から暗くて重い気配を纏《まと》ったまま、ここまで来たのではないかと思えるほど、そのバスの周囲だけ雰囲気が怪しい。

これもネット住民たちに対する偏見ゆえか。

　または黒術師が絡んでいる証拠なのか。

　それは俊一郎にも判断できなかった。ただ意外だったのは、集まった顔触れの多彩さである。てっきり引き籠りのオタクっぽい連中ばかりが来ると思っていたのに、そういう外見の者は一人しかいない。むしろ全身が黒ずくめの男や、派手な蝶々《ちょうちょう》柄の服を着た女など、個性的な者が多い。驚いたのは中学生くらいの紅顔の少年と、高校生らしい小柄な少女がいたことである。

　親には黙って出てきたのか。

　以前の俊一郎なら、本人の自由だと気にもしなかっただろう。だが今は、この場で諭して帰すべきではないかと考えた。そんなことをすれば、もちろん潜入捜査は台なしになる。とはいえ未成年が黒術師の下へ連れて行かれるのを、みすみす見逃して良いものか。

　俊一郎が悩んでいると、ぷしゅっと音を立ててバスの扉が開き、五十代後半くらいの運転手が顔を見せた。かなり太っているせいか、さほど高低差がないにもかかわらず、バスのステップを降りるだけで、もう息をついている。

「お、お待たせしました。えーっ、時間になりましたので、く、黒にご参加の方は、どうぞお乗り下さい」

　両目をしょぼしょぼさせながら、片手に持った紙面を確認しつつ、運転手が不明瞭《ふめいりょう》な声でアナウンスをはじめた。

その有様を目にしただけで、彼が黒術師側の者ではなく、単にバスを運転するために雇われた人物であることが、はっきり分かった。演技の可能性を疑う余地など微塵《みじん》もないことは、誰が見ても明らかだろう。

ところが、運転手がアナウンスを終えても、誰もバスに乗らない。全員がその場から動こうとしない。

「えーっと……」

たちまち運転手が焦り出した。何度も紙面に目を落としては、言い忘れたことがないかを確かめている。それから再度、同じ台詞《せりふ》を繰り返した。

「あのー、お待たせしました。じ、時間になりましたので、黒の、えー黒ですね。白黒の、色の黒です。その黒にご参加の方は、ど、どうぞバスにお乗り下さい」

それでも誰一人、まったく動き出さない。他の参加者の顔を、ちらちらと見やるばかりで、全員がその場に佇んでいる。

「く、黒の集まりじゃ、ないんですか」

運転手は泣きそうな、それでいて今にも怒りそうな、なんとも複雑な表情で、必死に話している。

「そう呼びかけるようにと、私は指示を受けているだけです。黒が何を意味してるのかも、まったく知りません。それは参加者様のほうで分かるから、別に気にしなくていいと……あっ、こ、こちらの話です。えーっと……」

しばらく黙りこんだあと、運転者が三たび紙面に視線を落として、

「お待たせしました――」

またしても同じ台詞を読み上げかけたので、気の毒になった俊一郎は、急いでバスに乗ろうとした。するともう一人、彼と同様の行動を取った者がいた。二十代半ばくらいの、物腰の柔らかそうな男である。

バスのステップの手前で、ちょうど二人が鉢合わせすると、

「あっ、どうぞ」

そう言って男は、先を譲った。

俊一郎は軽く一礼してからバスに乗りこみ、まず運転席にあるプレートに目を留めた。そこで「的場《まとば》明夫《あきお》」という運転手の名前を確かめてから、どこに座ろうかと少し迷った。的場のあの様子では、とても実のある話は聞けそうにもない。つまり運転席の真後ろに座っても、あまり得るものはないわけだ。となると参加者たち全員に目が届く後ろの席が、この場合は最良かもしれない。

とっさに俊一郎は状況を判断して、一番奥の席まで行き、バスの進行方向の左側に腰かけた。そこなら運転席も目に入る。

俊一郎に先を譲った男は、同じ左側の一番前の座席を選んだ。言わば運転席の横というか、左斜め後ろである。彼ら二人に続いて、他の参加者たちも次々に乗りこんできた。そして誰もが窓側の席に、独りで座っていった。しかも示し合わせたかのごとく、ちゃ

んと交互に左と右の座席に分かれ、かつ自分の前後の座席が空くようにしている。そんな風に全員がバラバラに座れたのは、四十数席もある大型バスなのに、俊一郎を除くと参加者がわずか八人だったからだ。そのため彼と最後に座った八番目の人物の間には、二列分の席が空くことになった。

これが普通のツアーなら、大赤字だな。

最後に運転手の的場が乗りこむのを見て、俊一郎は苦笑した。

少なくとも三十人以上は集まると、黒術師は見ていたのではないか。だから大型バスを用意した。しかし蓋《ふた》を開けてみると、なんと九人しか参加しなかった。この事実を知ったとき、果たして黒術師はどんな反応を見せるのか。

ネット上では好き勝手にコメントした崇拝者たちも、いざ黒術師本人に会えるとなると——その確証はないが、可能性は大きい——さすがに尻《しり》ごみしたのだろう。だが考えてみれば、これは当然の反応かもしれない。何しろ対峙《たいじ》する相手は、あまりにも得体の知れぬ存在なのだ。自分たちに好意的である保証も、実は何もない。ひょっとすると生きて帰れない懼《おそ》れさえある。そんな無謀なバスツアーに参加するのは、いったいどんな人間なのか。

よほどの変わり者か、自暴自棄になっているやつか、現代社会に対して鬱屈《うっくつ》した思いを抱く人物か、それとも救いようのない阿呆《あほう》か……。

ただし、一通り八人を見回した限りでは、特に危険と感じる者はいなかった。確かに二人ほど、ぴりぴりした雰囲気を纏った人物はいるが、都内の雑踏を歩けば普通に出会うレベルである。特別その二人が危ないとも思えない。

バラバラに座った参加者たちを、それとなく観察しながら、ふと俊一郎は考えた。

念のために全員を死視しておくべきか。

特に理由はなかった。己の崇拝者たちの皆殺しを、黒術師が企《たくら》んでいるわけがない以上、無闇な死視などするべきではない。そう強く感じているのに、一方で検《あらた》めておいたほうが良くはないか、と告げる自分もいた。

事前にできる対応は、とりあえずやっておくか。

俊一郎は決心すると、一人目から順番に死視をはじめた。正直そこにあったのは、一応の確認という軽い気持ちだった。だが、死視が二人目、三人目と進むに従い、彼の顔が強《こわ》張《ば》り出した。

どういうことだ？

なぜなら八人の参加者の全員に、くっきりと死相が視《み》えていたからである。いや、八人だけではない。運転手の的場にも、同じ死相が出ていた。その視え方は、真っ黒な影が身体全体を覆っている……ある意味オーソドックスなものだった。ただし通常なら何か一つくらい特徴があるはずなのに、誰もが同じように視える。そのため死相から死因を推理するのは、ほぼ無理そうである。

俊一郎が愕然《がくぜん》としていると、的場が通路を歩きながら何かを配り出した。

「主催者様から、これを参加者のみな様の左胸に、必ず着けていただくようにと、強く申しつかっております」

そう説明する的場の左胸には、非常に奇妙なものが下がっていた。透明なビニールケースに入った、和紙のような白い紙片である。そこに名前が記されていれば名札になるが、描かれているのは何重もの円だった。二重丸の複数形とでも言えば良いだろうか。

俊一郎は死視の衝撃から、なかなか立ち直れないまま、それを受け取った。何の気なしに数えてみたところ、墨汁で描かれたらしい歪《いびつ》な円は、全部で八つあった。とても小さな円の周りに、一回り大きな円が描かれ、その外側をまた一回り大きな円が囲む。その繰り返しで八つの円が、真っ白な紙に記されている。

これは……、きっと何かの呪術《じゅじゅつ》だ。

そう悟ったとたん、はっと我に返った。死視のショックはまだ残っていたが、呪符のようなものを目にして、皮肉にも和らいでしまったらしい。

当然、予測しておくべき事態だった。このバスツアーの主催者は、あの黒術師なのだ。まったく何もないまま呑気《のんき》に、目的地までバスに乗っていられると考えるほうが可怪《おか》しい。

これを身に着けたら、どんな現象が起こるにしろ、恐らく俺たちの側が不利になるに違いない。

そんな俊一郎の懸念を裏づけるかのように、的場が注意を促した。

「よろしいですか。安全ピンで胸に留めて下さい。脱ぐかもしれない上着ではなく、直接シャツにお願いします。ポケットに入れるだけでは駄目です。外れないように、しっかり留めて下さい。着けていただけましたか。これを着けない方は、すぐにバスを降りていただくようにと、主催者様から言われております」

的場は通路を前へ戻りながら、一人ずつ確認している。いくら主催者側の頼みとはいえ、ここまで徹底しているのは変ではないか。そう俊一郎は思いかけたが、すぐに納得した。

きっと高額の料金が支払われているんだ。

少しくらい胡散臭《うさんくさ》いと感じても、観光会社としては、単にバスを走らせるだけである。新宿からどこかまで、ただ参加者を送り届ければ良い。その仕事の中に奇っ怪な紙片の配布と、それを全員に必ず着けさせる役目が入っていた。通常なら業務外の行為なので断るのかもしれないが、あまりにも報酬が高かった。だから引き受けた。

そんなところか。

俊一郎がためらいつつも、呪符を安全ピンで胸に留めているうちに、運転席に戻った的場がエンジンをかけ、いよいよバスが動きはじめた。

「お待たせいたしました。これより黒のミステリーツアーに出発いたします」

マイクを通した的場の声を聞きながら、曲矢から受け取ったスマホを使い、俊一郎はメールを打ち出した。

すでに黒捜課では、バスと運転手と参加者の写真を撮っているに違いない。しかし念のために、的場を含めた九人の容姿と印象を、俊一郎はメールで送ることにした。そこには全員に死相が視えている件と、八重の円が描かれた白い紙片のことも書くつもりだった。

ところが、とりあえず参加者たちの情報を先に伝えようとして、メールが送信できないことに気づいた。何度やっても同じである。

冗談じゃないぞ。

電話をかけてみたが、やっぱり通じない。ネットの接続も駄目だった。

いっさいの通信手段をいきなり断たれたまま、どこへ向かうのかもまったく分からず、運転手と参加者の全員に死相が出ている状態で、俊一郎を乗せたバスは走り出してしまったのである。

五　着　信

「えぇー、最初にお断りしておきたいことが、少しあります」

スマホを持ったまま俊一郎が愕然としていると、運転手の的場のためらいがちな声が突然、車内マイクから流れはじめた。

「——と申しましても、これからお話しするのは、主催者様側のアナウンスではなくて、私の個人的な説明です」

そう前置きをして的場が語り出したのは、なんと新恒が睨《にら》んだ通りの、バスの運行方法についてだった。

「このバスはミステリーツアーのため、みな様には目的地をお教えすることができませんが、実は私も知らないのです。私は主催者様側から送られてきた、カーナビのデータ通りに、ただバスを走らせるだけです。途中の休憩も、すべてカーナビの指示に従うようにと、主催者様に言われております」

そこで二番目にバスへ乗りこんだ男が、何か言ったらしいのだが、俊一郎には聞こえなかった。だが、それも的場がすぐに説明した。

「今、一番前のお客様から、目的地がどこに設定してあるのか、カーナビを確認することはできないのか、とご質問がありましたが——。はい、できません。私に分かるのは、バスを進めるべき方向だけです」

的場は少し言葉を切ると、

「えーっ、ご清聴、誠にありがとうございました」

いささか場違いな挨拶《あいさつ》で、とうとつにアナウンスを終えた。

どうして彼は、わざわざ説明したのか。別に黙っていても、何の支障もないのではないか。

俊一郎は不思議に感じたが、なんとなく分かる気もした。

恐らく的場は不安なのだ。主催者も参加者も、どちらも得体が知れない。肝心の目的地も不明である。バスの運転は仕事だから仕方ないが、できるだけ双方とは関わりたくない。そこで最初から自分は無関係だと、まったく何も知らないのだと、はっきりさせておきたかったのではないか。

つまり逆に考えれば的場という運転手は、はじめに俊一郎が睨んだ通り、黒捜課にとって何の役にも立たないと見なすべきだろう。

それにしても困ったな。

これほど早くスマホが無用の長物と化すとは、さすがに考えてもいなかった。

原因は……。

胸に着けさせられた妖《あや》しい紙片かもしれない。なぜなら参加者たちの誰もが、今や携帯やスマホを片手で差し上げながら、しきりに動かしていたからだ。

きっと全員の携帯やスマホに、「圏外」の表示が出てるに違いない。

そんな現象が起き出したのは、この奇妙な紙片を的場が配り終わったあとではないか。

ただの偶然として片づけるには、あまりにタイミングが合っている。

一種の結界か。

参加者たちが勝手に外部と連絡を取らないように、これは黒術師が仕掛けた結界の術なのかもしれない。

尾行に関しては、黒捜課が万全の態勢で臨んでいる。よって曲矢たちが、バスを見失う危険はないだろう。ただし黒術師側が、何の警戒もしていないとは思えない。すでに八重の円による呪術を施した節がある。これ以外にも万一を想定して、いくつもの対策を立てているに違いない。

問題は、そんな不測の事態に陥ったとき、どうするかだ。

スマホが使えないとなると、連絡の取りようがない。バスの最後尾に乗っているため、後方の窓から外に何らかのサインを送ることはできる。しかし曲矢たちの車が、すぐ後ろを走っているとは限らない。尾行するのであれば、二、三台ほど他の車を間にはさむのではないか。また仮に合図を送れる機会があっても、どんなサインをすれば良いのか。手旗信号か。

もちろん俊一郎は知らないし、もしできたとしても目立って仕方ない。参加者たちには気づかれなくても、バックミラー越しに運転手には見られてしまう。そうなったとき、あの的場がどうするか、まったく予測がつかない。

そもそも合図の方法がないから、こんなこと考えるだけ無駄か。

俊一郎が自嘲《じちょう》的な気分になったときだった。

ちり、ちり、ちりん、ちり、ちり、ちりん……。

突然、すぐ側で鈴の音が響き渡った。いや、それは彼の席だけでなく、参加者たち全員の座席で鳴っていた。

スマホの着信音？

とっさに曲矢からの連絡かと思い、急いでチェックしたが、それなら全員の席で鳴るはずがない。第一まだ「圏外」の表示が出ている。

だったら、これは……。

確かにメールが一件、スマホに届いていた。件名には「黒」とだけある。何とも言えぬ厭《いや》な気分を覚えながら、そのメールを開くと、次のような文面が現れた。


黒のミステリーツアーにようこそ。

私は黒術師です。あなたの到着を、心よりお待ちしています。目的地に着くまで、どうぞバスの旅を楽しんで下さい。

なお、バス会社から配布された「八獄の界」のお守りは、必ず身に着けること。これにより八つの地獄の結界が、あなたの周囲に張られます。あらゆる外敵から守ってくれる、有り難いお守りです。決して外さないように。

それでは、のちほどお会いしましょう。


なんと黒術師からのメールだった。しかも例の紙片は、「八獄の界」という結界を張るための呪符《じゅふ》だと書かれている。

ならば呪符を取り去れば、問題の結界は消えて、スマホも繋《つな》がるのではないか。

そう俊一郎は考えたが、胸に右手を伸ばしたところで、待てよ……とためらった。そんなに単純だろうか……と己の推理を疑った。

こんなメールが届いているのに、勝手に呪符を外した場合、それは黒術師への裏切りと見なされるのではないか。そういう者が無事ですむとは思えない。きっと報復措置が待っているはずだ。

死ぬ可能性もあるか。

もちろん表向きは、心臓発作などによる突然死を装うつもりだろう。もし参加者の全員が呪符を外して、全員が死ぬという不自然な事態が起きても、警察は何も突き止められない。原因不明の集団の突然死……。そう結論づけるだけである。

みんなに死相が出てるのは、いずれ全員がこの呪符を外すからか。

今のところ、もっとも可能性の高い「死因」と言える。ただ、全員が黒術師の言いつけを無視するとは、ちょっと思えない。メールにも「決して外さないように」とある。よほどの出来事がない限り、みんな着けたままにするだろう。

いや、それが黒術師の狙いだとしたら……。

この呪符を胸に留めているせいで、全員が死ぬとは考えられないか。その可能性も考慮するべきではないのか。

なんか頭が痛くなってきたな。

いずれにしろ今は、うかつに外さないほうが良いと判断して、呪符に伸ばした右手を俊一郎は下ろした。

車内の様子をうかがうと、全員が興奮しているように感じられた。あの黒術師からメールが届いたのだから無理もない。やつが参加者たち個人のメールアドレスを知っているはずがなく、また登録した覚えのない着信音が鳴った事実も、みんなの感情に大いに訴えたようである。そんな芸当は黒術師なら容易《たやす》いに違いない。だが、それを個人レベルでやられると、さすがに俊一郎も感心してしまった。これでバスに乗ったあとも、半信半疑だった者も、完全に安心できたことだろう。

こっちは不安が増すばかりだけどな。

俊一郎は心の中でぼやいた。いくら祖母の勧めがあったとはいえ、安易に潜入捜査など引き受けるべきではなかったのではないか。

やがてバスは一般道を離れて、インターチェンジから高速道路へ入った。相変わらず自分がどこにいるのか、俊一郎にはさっぱり分からない。それでもバスの向かう先が、どうやら信州《しんしゅう》方面らしいと理解できた。

黒術師と関係あるのか。

やつが関わった過去の事件を振り返っても、まったく関連性は見えてこない。目的地そのものに意味はないのか。それとも黒術師の出自に纏《まつ》わる土地なのか。

いずれにしろ謎だらけの存在の、その一端に迫ることができるのは間違いない。そう考えるだけで、俊一郎の身体は震えた。

バスは高速道路を一時間半ほど走ってから、最初のトイレ休憩のためにサービスエリアへ入った。土曜日の午前中のため、店舗もトイレも混んでいる。それでも俊一郎は、曲矢たちの接触があるかもしれないと考え、わざとサービスエリア内をぶらぶらした。しかし彼に近づく者は、誰もいない。

休憩は十分と言われている。ぎりぎりまで歩いてから、諦《あきら》めてトイレに行くと、すうっと横に中年の男が立った。

もしやと思って視線を向けると、相手が上着の内側で、ちらっと密《ひそ》かに警察手帳を見せた。

「盗聴の心配はないと思う」

俊一郎の囁《ささや》きに、男も小声で応《こた》える。

「バスの中の様子を、ネットに上げ続けている者がいます」

「えっ、でも……」

「お蔭《かげ》で八獄の界の存在を知ることができ、あなたと連絡が取れない理由も分かりました。その人物は八獄の界の札を、恐らく着けたふりをしたのだと、愛染様はおっしゃっています」

「ば、祖母《ばあ》ちゃんが……」

「もちろん尾行には加わっていませんが、黒捜課の本部に詰めておられます」

俊一郎に教えなかったのは、新恒の判断というよりも、きっと祖母の希望だろう。

「これ以上の会話は危険です。次の休憩のときも、必ずトイレに行って下さい」

そう言うと男は、すっと立ち去ってしまった。そのとき俊一郎の上着に、軽く触れた気がした。

ぴんときた彼が個室に入って、上着のポケットを探ると、折りたたんだメモが出てきた。そこには「愛染様より」と書かれた、八獄の界に関する簡単な説明と注意が記されていた。

祖母によると八獄の界とは、等活地獄、黒縄《こくじよう》地獄、衆合《しゆごう》地獄、叫喚地獄、大叫喚地獄、焦熱地獄、大焦熱地獄、阿鼻《あび》地獄という八つの地獄を、被術者の周囲に結界として張り巡らせる、非常に高度な術のことらしい。本来なら護摩壇を使った祈禱《きとう》が必要だが、それを黒術師は呪符だけで成し遂げている。まったく恐ろしい存在だと、祖母でさえ慄《おのの》いているようだった。

あらゆる結界の中でも、八獄の界は最強に属するという。そのため完璧《かんぺき》に被術者を護《まも》ってくれる。ただし諸刃《もろは》の剣《つるぎ》でもある。あまりにも防御力が強いため、外界の働きかけを、すべて拒絶し兼ねない危険が付き纏う。それを排除することで被術者が不利益を被る場合でも、お構いなしに実行する懼《おそ》れがあるらしい。

いったん呪符を身に着けたら、安易に取ってはならない。そんなことをすれば被術者自身が、八つの地獄に落ちるかもしれない。術者が八獄の界を解くまで、呪符には触れないほうが良い。この結界を破るには、八つの地獄を一つずつ壊していかなければならず、かなりの時間と能力を要する。それができるのは世界広しといえども、美貌《びぼう》の呪術師と誉れ高い愛染様くらいであろう。

——という意味のメモ書きがあった。

最後の明らかに変なアピールは、祖母が強引に付け足させたに違いない。

こんなときに祖母ちゃんは、まったく何を考えてんのか。

俊一郎は呆《あき》れたが、思わず脱力する最後の文章のお蔭で、知らぬ間に入っていた肩の力が、ふっと抜けた気もした。

そうか。祖母ちゃんは、俺の緊張を解《ほぐ》そうとして……。

と感謝しかけたが、やっぱり違うなと彼は首をふった。

単に自己顕示欲が強いだけだな。

メモを細かく千切ってトイレに流し、そっと個室を出る。時計を見ると出発の時間まで、もう一分を切っていた。

俊一郎は急いでバスまで戻った。車内に入ると、すでに他の参加者たちは席に着いていた。それとなく一人ずつを観察しながら、後ろの自分の席まで歩く。呪符を着けずにネットにアクセスしたのは誰か、できれば確かめたかった。

運転席から通路を見て、右側の一番前に座っているのは、最初の乗車の際に、俊一郎に先を譲った例の温和そうな、二十代半ばの男である。言わばクラス委員タイプに見えるため、とても黒術師の崇拝者とは思えないのだが、だったら黒のミステリーツアーに参加するわけがない。外見と物腰に騙《だま》されないようにしなければと、改めて俊一郎は思った。

左側の二列目には、派手な蝶々《ちょうちょう》柄の服を着て高いヒールをはき、ブランド物の鞄《かばん》を持った、モデル並みのスタイルと顔立ちの二十歳前後の女が座っていた。大学生というよりは水商売関係に見えるが、実際は分からない。学生でも、そういうアルバイトをしている者はいるだろう。俊一郎が通り過ぎるとき、勝気そうな眼差《まなざ》しを向けてきたので、彼はどぎまぎしてしまった。

右側の三列目は、二十代前半の図体《ずうたい》の大きな男が、ちょっと窮屈そうに座っていた。大人しそうな性格に見えるが、参加者の中では一番力がありそうである。

左側の四列目は、中学生の少年だった。ちらっと俊一郎に視線を向けたが、目が合うと慌ててうつむき、両の頰を少し赤くしている。自分だけ場違いではないかと、もしかすると感じているのかもしれない。

右側の五列目には、眼鏡をかけた目つきの鋭い男がいた。参加者では最年長らしく見える。といっても二十代後半である。特に理由はないが、なんとなく冷たい印象を俊一郎は受けた。

左側の六列目には、十六、七歳くらいの高校生の少女が座っている。蝶々女に比べると小柄なうえ、服装も地味だった。眼鏡男が理系のイメージなら、彼女は文系が似合いそうである。夢見がちで空想癖のある少女という表現が、ぴったりのように俊一郎には映った。

右側の七列目だけが、唯一このツアーに相応《ふさわ》しそうな人物だった。参加者の中で一人だけリュックサックを背負い、オタクっぽい雰囲気を持った、二十歳前後の小太りの男だったからだ。もちろん偏見に過ぎないが、いかにもネット住民という気配を漂わせている。

そして最後の左側の八列目には、とにかく衣服から鞄まで、すべて黒ずくめの男がいた。年齢は二十代前半だろうか。黒いサングラスをかけているため、まったく表情は読めない。ちょっと無気味な人物である。

以上の八人に目をやりながら歩いたが、上着を脱いでいる者は一人もおらず、残念ながら呪符《じゅふ》の確認はできなかった。

俊一郎は最後尾の席ではなく、七人目のオタクっぽい男から一列空けた、右側の九列目の座席に移ることにした。あまり他の参加者から離れて座るのは、この場合は得策ではないという判断からである。

彼が席に着くのを持って、的場はバスを発車させた。その直後、次は昼食を兼ねた休憩になるというアナウンスが車内に流れた。つまり二回目の休憩では、黒捜課の捜査員ともっと話せる機会があるかもしれないわけだ。

それにしても、いったい誰が……。

黒術師の言いつけを破り、呪符の着用を拒否したのか。このツアーの様子をネットに上げたのは、いかなる目的からなのか。黒術師に敵対する者という可能性はあるのか。それとも単なる天邪鬼《あまのじゃく》な性格の者か。

とはいえその人物のお蔭で、このツアーの特殊な状況が、曲矢たちに伝わったのである。そういう意味では有り難い存在と言える。

誰なのか突き止めて、味方にできればいいんだけど。

そうすれば自由に、曲矢たちと連絡を取り合える。もっとも相手が黒術師の崇拝者であることを考えると、かなり望みは薄い。逆にスパイがいると告発されるのが落ちかもしれない。

いや、待てよ。

八獄の界の呪符を着けろという黒術師の指示を、その人物は破っているわけだ。それを黒術師側に知られたら、きっと制裁があるぞと脅して、こちらに協力させることができるのではないか。

そんな風に俊一郎が考えていると、

ちり、ちり、ちりん、ちり、ちり、ちり、ちりん……。

またしても鈴の音が鳴り響いた。

まさか、立て続けに？

スマホを見ると、件名には「黒2」とある。やっぱり黒術師からのメールだった。今度は何かと開いてみて、俊一郎の顔から血の気が引いた。


黒術師です。

携帯もスマホも使えずに、みなさん退屈しているかもしれませんね。

そこで私から、とても楽しいゲームの提案をしたいと思います。

数日前のことですが、この黒のミステリーツアーに関して、非常に面白い情報が入りました。

それは今回の参加者の中に、いつも私の活動の邪魔をする敵が、どうやら潜りこもうとしているらしい――という報告でした。

この敵の潜入は、幸いにも今朝の段階で、ちゃんと確認されています。

そうです。今みなさんが乗っているバスの中に、私たちの敵が一人、ぬけぬけと紛れこんでいるのです。

みなさん、バスが目的地に着くまでの間に、その敵を突き止めてみませんか。

敵の正体を見事に暴いた方には、「あなたの望みを何でも叶《かな》える」という褒美を、私から贈ります。

では、みなさんのご健闘を祈っています。

六　奇妙な昼食会

どうして俺の存在がばれたんだ？

俊一郎の頭の中は、たちまち真っ白になった。

なぜ？

その疑問符だけが、ぐるぐると回り続けている。そのせいで、まともに思考が働かない。ただ呆然《ぼうぜん》とするばかりである。

それが正常に戻ったのは、車内に満ちた声にならないざわめきを、ふっと感じ取ったせいだ。

他の八人全員が、どうやら色めき立っているらしい。座席から顔を上げて、じっと車内を見回す者こそいないが、みんなが興奮しているのは、嫌というほど伝わってくる。ツアーに潜入した敵を突き止めれば、どんな願いでも黒術師が叶えてくれる。やつの崇拝者に対する、これ以上の褒美はないだろう。

「四面楚歌《しめんそか》ってわけか」

久しぶりに口を突いて出た四字熟語に、俊一郎は思わず苦笑した。

まだ依頼人とのコミュニケーションが上手《うま》く取れなかったころ、相手の話から連想した四字熟語を、彼は突然つぶやくことがあった。それらは子供のとき、祖父母から教わった言葉だった。普段の会話で——特に俊一郎の年齢で——使うことは、めったにない熟語ばかりである。だからこそ依頼人たちはびっくりして、会話のきっかけにもなった。だが気がつけば、もう口にしなくなっていた。

それが今、ふっと脳裏に浮かんだのは、果たして良いことなのか、それとも悪い徴候なのか。

ちなみに四面楚歌とは、周りをすべて敵に囲まれ、まったくの援軍も望めず、自分独りだけの状態を指す。まさに俊一郎が置かれた状況である。

ただ幸いなのは、参加者の八人がすぐに一致団結して、共通の敵を捜せるとは思えないところだろうか。このバスに乗る前も、乗ってからも、サービスエリアでの休憩中も、他のメンバーに話しかける者は一人もいなかった。八人全員が自分の殻に閉じ籠《こも》っている感じだった。

ただし、油断は禁物だろう。あのクラス委員タイプの男が、みんなに呼びかけるかもしれない。誰か場をまとめる者がいれば、一気に「犯人捜し」が行なわれる可能性もある。

我が身に迫る危機をいかに回避するか、という難題を考えつつ、なぜ彼の潜入がばれたのか、という疑問にも俊一郎は悩んだ。

ちなみに盗聴器の存在は、真っ先に否定できた。黒捜課の仕事が増えるに従い、探偵事務所内に盗聴器が仕掛けられていないかを、定期的に曲矢が発見器で調べていたからだ。

今回の潜入捜査を事前に知っていたのは、黒捜課の新恒警部、曲矢主任、唯木捜査官、城崎捜査官、そして祖母と俊一郎の計六人だけである。もちろん今朝の時点で、黒捜課の他の捜査員たちも同じ立場になっただろう。しかし、それまでは極秘扱いだったはずなのだ。

ここで問題となるのが、黒術師のメールの文面である。「私の活動の邪魔をする敵が、どうやら潜りこもうとしている」という「非常に面白い情報」を入手したのが、「数日前」だという点だ。つまり先の六人しか潜入捜査の計画を知らない段階で、黒術師側に漏れていたことになる。

いったい誰がばらしたのか。

六人の中に裏切り者がいるというのか。

まず俊一郎自身は除外できる。次は当然ながら祖母である。曲矢もちょっと考えられないし、新恒も有り得ないだろう。残るのは、唯木と城崎の二人だ。

唯木との付き合いは、大面家の遺言状殺人事件からで、まだ浅い。それでも捜査官としての実直さは、充分に感じ取っていた。そんな彼女が、実は黒術師側の者だったと仮に言われても、にわかには信じられないだろう。

もう一人の城崎は、今回はじめて会った。唯木とは別の意味で、一本筋が通っていそうな性格に見える。とはいえ彼については、ほとんど何も知らないに等しい。今のところ一番疑わしいのは、やはり彼になるだろうか。

密告者の正体も問題だが、それ以上に厄介なのは、潜入捜査がばれてしまっている今の状況を、まだ曲矢たちが知らないことだ。一方の黒術師は、バスツアーの中の敵の存在に気づいている。となると黒捜課の尾行を警戒するのではないか。つまり黒術師のほうが、はるかに有利なのだ。バスツアーが進むに従い、黒捜課の面々が危険に曝《さら》される懼《おそ》れは、きっと増すに違いない。

なんとか伝えないと。

チャンスがあるとすれば、次の休憩だろう。だが参加者の中に敵がいると判明した現状で、そう上手く捜査員と接触できるかどうか。

何か良い手はないかと考えながらも、俊一郎はあることが気になっていた。それは黒術師が、潜入した敵の正体を知っているのかどうか、という点である。もっとも死相学探偵の弦矢俊一郎だと、仮に察知していた場合は、彼の特徴をメールに記したに違いない。でも、そういう情報はなかった。そこまではばれていないと、ここは判断すべきかもしれない。ただし、そう言い切るには、ややためらいを覚えた。理由は二つある。

一つは密告者が誰であれ、潜入捜査をする者の正体まで、まず間違いなく伝えていると考えられるからだ。バスツアーに潜りこむ者はいるが、それが誰かまでは分からない。

そんな中途半端な報告を、普通はしないだろう。そもそも潜入捜査が本決まりになったのは、俊一郎が引き受けたからである。その事実を密告者が伝えないわけがない。

二つ目の理由は、黒術師自身の性格にある。参加者たちに俊一郎の特徴を伝えれば、確かに彼はすぐに捕まるだろう。だが、それでは面白くないと考えたのではないか。敵がいるとだけ伝え、何でも望みを叶えることを褒美に、崇拝者たちに俊一郎を狩らせる。いつ自分の正体が暴かれるかと、彼はずっと怯《おび》える羽目になる。その状況を想像して、黒術師は楽しむ。誰かが俊一郎を捕まえることを、やつは別に期待していないのかもしれない。バスが目的地に着きさえすれば、自然に彼は囚《とら》われの身となるのだから。要はそれまでのお遊びである。

とにかく正体がばれない限り、ぎりぎりまで潜入しよう。

俊一郎は改めて覚悟を決めると、手帳の破った頁を使い、この現状を簡潔にまとめたメモを作った。次の休憩で接触してくるはずの捜査員に、できれば密《ひそ》かに手渡しするためである。

高速道路が渋滞したせいで、昼食を摂《と》るサービスエリアに着いたとき、予定より四十分ほど遅れていた。運転手の的場はしきりに謝ったが、参加者の誰も文句一つ言わなかった。

駐車場でバスが停まり、前方の扉が開いたところで、

「ちょっといいかな。提案があります」

一番前に座ったクラス委員タイプの男が、通路に立ちながら声を上げた。

「主催者からのメールには、みんなも目を通したと思います。だから今回の昼食を兼ねた休憩では、単独行動は絶対にしない、という決まりを作るべきではないか。そう考えたんだけど、みなさんの意見はどうですか」

「いいんじゃない」

最初に答えたのは、蝶々《ちょうちょう》女だった。

「賛成です」

次に中学生が、律儀に右手を挙げて応じた。すると少年に倣うように、他の者たちも挙手しはじめた。最後の一人になる前にと、俊一郎も素早く同調した。

まずいな。

当然ながら心の中では、大いにぼやいた。一瞬、メモは始末したほうが良いかと迷った。とはいえ個人の身体検査までは、さすがにしないだろう。いつどこでチャンスが訪れるか分からない。そう考えて持っておくことにした。

九人はバスを降りると、そのままレストランへ向かった。昼時を少し過ぎているとはいえ、まだかなり混んでいる。全員がいっしょに座れそうにもない。

別々に食べるしかないんじゃないか。

俊一郎がそう言おうとしたとき、レストランのウェイトレスが、ツアー名を訊《き》いてきた。とっさに委員長男が、「黒のミステリーツアーです」と答えると、なんと別室に通された。これには誰もが驚いた。

「主催者側で、予約してあったの」

蝶々女がつぶやいたが、委員長男は首をかしげた。

「それなら運転手さんが、バスの中で言ってくれたはずです」

「あっ、そうね」

そこへ中学生の、なんとも無邪気な声が聞こえた。

「あの方の、お力じゃないですか」

それに応《こた》える者はいなかったが、九人の間に妙な空気が流れた。

まさか……。

そんなことは有り得ない、と俊一郎は思ったものの、ふに落ちない気持ちがあったのも事実だった。

あのウェイトレスは、なぜツアー名を訊いてきたのか。まるで事前に、九人のグループが来ることを知っていたかのように。

九人が通されたのは、小会議室とでも呼べそうな部屋だった。サービスエリアのレストランには、あまり必要なさそうな空間である。それとも団体客用なのか。誰もが戸惑った様子で席に着いた。

すると注文もしていないのに、コースランチがすぐに運ばれてきた。この迅速な対応は、どう見ても予約していたとしか思えない。

俊一郎は先程のウェイトレスに、どういうことか尋ねようとした。しかし、料理を配《はい》膳《ぜん》する者たちの中に、彼女の姿が見えない。

湯気の立つ料理を前にして、誰も箸《はし》をつけずにいると、

「ちょっと訳が分からないけど、これも主催者の好意でしょう」

委員長男がそう言って、ランチを食べはじめた。それに釣られたように、他の参加者たちも箸を手に取り出した。

それにしても怪しいな。

恐る恐る料理を口に運びながら、俊一郎は疑った。

バスツアーに潜入した敵に勝手な行動を取らせない、という暗黙の目的のために、単独行動は絶対にしないと決めたとたん、混雑しているレストランの個室に、全員がすんなり入れた。あたかも敵を突き止める秘密の会合を、ここで開いて下さいと言わんばかりではないか。

でも……。

それにはレストランの従業員たちを、いきなり操る必要がある。もちろん黒術師なら、造作のない芸当だろう。とはいえ、たかがこんなことのために、そこまでやるだろうか。まさかこのレストランそのものが、最初から黒術師の息がかかった施設だとでもいうのか。

委員長男の言ではないが、確かにまったく訳が分からない。そのため俊一郎が覚えた

のは、……薄気味が悪い。

ただそれだけだった。黒術師が裏で糸を引く猟奇的な連続殺人事件が、世間にもたらす戦慄《せんりつ》とは比べものにならないが、ある意味それ以上の恐怖を、ひょっとすると彼は感じていたかもしれない。

デザートと食後の飲み物が出るまで、ほとんど誰もしゃべらなかった。普通なら気まずい空気が流れるところだが、そんな雰囲気はあまりない。全員が第三者との接触を、少なからず厭《いと》う性格だったことが、この場合は幸いしたのだろう。

「さて、どうしますか」

まず口を開いたのは、予想通り委員長男だった。

「こういう場を、せっかく設けてもらったのだから、この中の誰がスパイなのか、それを話し合う場を持つべきじゃないでしょうか」

「その前に――」

俊一郎は右手を挙げて全員の注目を集めつつ、左手で上着をめくって八獄の界の呪符《じゅふ》を見せながら、

「これに対する注意を、みんなに呼びかけたいんだけど」

そんな言動を取ったのには、二つの狙いがあった。

一つは彼の上着をめくる動作に釣られて、他の者にも同じ動きをさせ、誰が呪符を身

に着けていないかを突き止めることだった。だが、とっさに反応したのは二、三人だけで、しかも上着の内側までは覗《のぞ》けずに、この試みは失敗した。

もう一つは祖母から受けた注意を、なんとか全員に伝えることである。ここにいる八人は、黒術師の崇拝者たちと言っても良い。つまり近い将来、何らかの事件を起こす「犯人候補」とも見なせた。しかし、だからといって見捨てるわけにはいかない。呪符の扱いによっては、命を落とす危険もあると、やはり教えておくべきだろう。

問題は、どう話すかだ。

祖母の言葉通りに伝えると、なぜそんな知識を持っているのか、きっと不審がられるに違いない。下手をすれば、一気にスパイだと決めつけられる懼《おそ》れもある。そのため俊一郎は考えあぐねていたのだが、まとまらないうちに説明する羽目になってしまった。

「どういうことですか」

委員長男に促され、とにかく彼は話しはじめた。

「この八獄の界とは、我々の周りに結界を張るものだと、メールで説明があった。つまり八獄の界の『界』は、『結界』を意味していることになる」

「なるほど」

「すると『八獄』は、八大地獄を指してるのかもしれない」

「地獄って、そんなに種類があるんですか」

委員長男の疑問に、俊一郎が答えようとすると、横から女子高生に訊かれた。

「血の池や針の山や、そういう地獄のことでしょうか」

「うん、それも含まれる。八大地獄の第一は、罪人が互いに傷つけ合い、最後は骨だけになるけど、風が吹けば元の身体に戻って、また同じことを繰り返す等活地獄。第二は鬼が罪人を熱した鉄の地面に寝かせ、熱い鉄の墨縄で身体に墨を打ち、その通りに熱い鉄の斧《おの》で切断する黒縄地獄。第三は鬼によって鉄の山に追いやられた罪人が、両側から迫る山や、空から落ちてくる山に潰《つぶ》される衆合地獄。第四は鬼が罪人に弓を射る、鉄の棒で頭を打つ、熱い釜《かま》に投げこむ、金鋏《かなばさみ》で口をこじ開けて煮えた銅を流しこむなどの叫喚地獄。第五は鬼が熱い金鋏で罪人の舌を抜き、また目をくり貫《ぬ》くが、すぐ元通りになるため何度でも繰り返される大叫喚地獄。第六は鬼が罪人を熱い鉄の地面に寝かせ、頭から足まで熱した鉄の棒で打って、身体を肉団子にする焦熱地獄。第七は鬼が罪人を火《か》焔《えん》の塊に落とす大焦熱地獄。第八は前の七つの地獄の苦しみを合わせて千倍にした責苦が待つ阿鼻《あび》地獄。これが基本になる八つの地獄だけど、それらには――」

つい夢中で俊一郎は話してしまい、いつの間にか八人に、じっと見つめられていることに気づいた。

まずいな。変に思われたか。

とっさに取りつくろうとしたが、彼よりも先に委員長男に言われた。

「へぇ、詳しいですね」

それが単純に感心しているように聞こえたため、あれ……と俊一郎は戸惑った。

「詳しく説明し過ぎよ。想像したじゃない」

蝶々《ちょうちょう》女は文句をつけたが、本気で怒っている様子ではない。

「血の池と針の山は、どの地獄に入るんですか」

さらに女子高生の呑気《のんき》な質問を受け、自分が襤褸《ぼろ》を出したと感じたのは、勘違いらしいと安堵《あんど》した。

「八大地獄と言っても、第一の等活地獄には別に十六の地獄が付随するなど、いくつもの世界がある。個々の地獄も、実はかなり省略して説明した。実際はもっと複雑なんだ。だから――」

彼女の問いかけに、俊一郎が答えていると、

「そういう解説は、個人的にあとでしてもらうとして、八獄の界の件に戻してもらえますか」

委員長男に笑いながら頼まれた。

「あっ、つまり、そういった八つの地獄の結界が、我々の周囲に張られているのだとしたら、決して安易に胸の呪符を外さないほうが良い、ということを注意したかったんだ」

「もし外したら、どうなります？」

「正直、それは分からない。けど、八大地獄のどれかに落ちても、別に不思議じゃないと思う」

「なるほど。妙に説得力がありますね」

委員長男は面白がっているような眼差《まなざ》しを、俊一郎に向けながら、

「そういう方面に、君は詳しいみたいですね」

子供のころ、嫌というほど祖母《ばあ》ちゃんに聞かされたからな……という言葉を呑《の》みこみ、俊一郎は応《こた》えた。

「少し民俗学に興味があるだけで、別に専門家じゃない」

「それでも頼もしいですね」

どういう意味で言ったのかは分からないが、とりあえず不信感は誰にも抱かれなかったらしい。

ほっとしかけて、彼は視線を感じた。とっさに見やると、黒ずくめ男の眼差しとぶつかった。そこには他の七人にはない、疑惑の色が浮かんでいるように映った。この男だけは、何か引っかかるものを感じたのだろうか。

要注意人物だな。

俊一郎が自分自身に言い聞かせていると、

「それで、肝心のスパイ捜しは、いったいどうやる？」

鋭い目つきの眼鏡男が、核心を突く発言をした。

「個人の情報がまったくない状態で、異分子が誰かを突き止めるのは、ほとんど不可能じゃないか」

「言われてみれば、そうだけど――」

　蝶々女が小首をかしげつつ、

「こういう話し合いの場を持つべきだと言った彼や、結界について注意を呼びかけた彼なんかは、やっぱり違うんじゃない」

　なかなか面白い指摘をした。もちろん前者は委員長男で、後者は俊一郎である。しかし、もっと面白かったのは、それを受けた中学生の見解だった。

「……でも、自分に容疑がかからないようにと、わざとそう言った可能性もありますよね」

　顔を少し赤くして、恥ずかしそうに話す様子とは裏腹に、その内容はかなり手厳しい。もっとも蝶々女は、そんな少年の顔を目にして、「あら、可愛いじゃない」などと言っている。

「俺は、少年に一票だな」

「同じく少年に一票」

　眼鏡男に続けて、黒ずくめ男が同調すると、

「私は、お姉さんに一票です」

　同性のよしみなのか、女子高生が反対の意思表明をした。長身男とオタクっぽい男は、相変わらず黙ったままである。

「話し合いに入る前に、各自のニックネームを決めませんか。呼び名がないと、何かと不便ですから」

この委員長男の提案には、全員が賛成した。

「あなたには、クラス委員がぴったりね」

さっそく蝶々女が、当人のイメージを口にしたので、

「委員長は、どうだろう」

俊一郎が微妙に修正すると、それがあっさり通った。

「自己申請も可です」

という委員長の言葉に、中学生は「小林君《こばやし》」、眼鏡男は「ドクター」、女子高生は「猫娘《ねこむすめ》」を名乗り、これもすんなり認められた。

小林君は江戸川乱歩《えどがわらんぽ》の少年探偵シリーズで活躍する少年探偵団の団長である小林芳雄《よしお》から、猫娘は水木《みずき》しげるの「ゲゲゲの鬼太郎」に出てくる妖怪《ようかい》から、それぞれ取られたと分かるが、ドクターは謎だった。ただ彼から受ける印象で、何年も医大の受験に失敗している浪人生か、入学したものの落ちこぼれて退学した元学生か、いずれかのような気もする。仮にその見立てが正しければ、ドクターという呼称は、なんとも自虐的ではないだろうか。

長身男を「ビッグ」、オタクっぽい男を「アキバ」、黒ずくめ男を「ブラック」と命名したのは、すべて蝶々女である。そして当の彼女は、委員長の意見が通って、「蝶々夫人」になりかけたが、

「なんとか夫人て、なんか小母《おば》さんぽくって嫌よ」

と難癖をつけたため、結局「蝶々さん」になった。

もっとも彼女が、長崎の没落藩士の娘である蝶々さんと、アメリカ海軍の士官ピンカートンとの悲劇の恋愛を描いた「蝶々夫人」（アメリカ作家の短編を基に戯曲化したものを、プッチーニが作曲したオペラ）を知っていたかは疑問である。もちろん委員長は、その知識があったからこそ命名したのだろう。

俊一郎の呼び名は、なぜか最後まで決まらなかった。小林君が「名探偵」を提案したとき、彼はどきっとした。ばれているはずがない。そう思うものの、少年の顔が無邪気だったからこそ、逆に怖くなった。この子は侮れない……とさえ感じたほどだ。だが実際は、単に自分が小林君だから、明智小五郎《あけちこごろう》に代わる名探偵が欲しいだけだと分かり、一気に拍子抜けした。

緊張感がないのか、度胸がすわってるのか。

どちらにしても興味深い少年である。もしかすると呪符《じゅふ》を着けていないのは、彼なのかもしれない。

蝶々さんは「教授」を推したので、俊一郎は喜んだ。ブラム・ストーカー『吸血鬼ドラキュラ』に登場するヴァン・ヘルシング教授みたいではないか。しかし残念ながら、一人の賛同者も得られなかった。

そこで彼は、自ら「博士」を提案した。レ・ファニュの短篇「緑茶」で活躍するマルチン・ヘッセリウス博士が頭にあったからだ。でも、これも却下された。そこで「館長」はどうかと問うた。H・P・ラヴクラフト「ダンウィッチの怪」に出てくるヘンリー・アーミティッジ館長である。だが、これも駄目だった。

結局、俊一郎は「学者」と呼ばれることになった。教授や博士や館長といった呼称からの連想で、みんなが受け入れられたのが、どうやら学者だったようだ。

各自の呼び名が決まると、それまで開いていた全員の距離が、少しだけ縮まった感じがした。さすがに友好的と言える雰囲気ではなかったが、それまでの無関心さが薄れたのは間違いない。

もっともこの変化は、参加者の中に紛れこんだ異分子を見つけるためのもので、俊一郎が歓迎できる展開では決してなかった。にもかかわらず彼も、みんなが悪くない関係になった気がして、それが嫌でなかったのは、なかなか面白い現象である。

委員長、蝶々さん、小林君、猫娘といった存在が、ともすれば重苦しくなるこの場の空気を、実は軽くしていたせいかもしれない。

俊一郎にとって幸いだったのは、肝心のスパイ捜しが何一つ、具体的に進まなかったことだ。ドクターが指摘したように、個人情報が何もない状態で、それが誰かを突き止めるのは不可能だと、改めて分かっただけである。

だからといって自分の身元を明かす者など、当然ながら一人もいなかった。そのため話し合いは、まったく成果がないままに終わった。新たに判明したのは、小林君がホラー映画マニアで、猫娘は怪談好き、ブラックがオカルトに詳しい、といったことくらいである。

レストランを出る前に、俊一郎は例のウェイトレスを捜してみた。しかし、彼女の姿はどこにも見えない。

委員長も同じ疑問を持っていたのか、年配のウェイターを捉《つか》まえて、こう尋ねているのが聞こえた。

「私たちを別室に案内してくれた、ウェイトレスさんはいませんか。ちょっとお礼が言いたいので」

ところが、彼女の容姿を伝えても、ウェイターには首をふられた。

「そういう従業員は、うちにはおりませんが」

しかもウェイターは続けて、こうも言った。

「それに別室とは、どういう意味でしょうか」

委員長は適当に誤魔化すと、その場を急いで離れたので、俊一郎も慌ててレストランから出た。

薄気味の悪いランチだったな。

そんな思いを抱えつつ、黒捜課の捜査員にメモを渡すために、俊一郎はトイレへ向かった。彼にとっては、この二回目の休憩でもっとも重要な場面を、これから迎えることになる。

すると当たり前のように、委員長たちもついて来た。本当にトイレに行きたかった者もいただろうが、単独行動をしないという取り決めが、ちゃんと働いている証拠だと、俊一郎は気を引き締めた。

さて、どうやって切り抜けるか。

七　死地人峠

サービスエリアのトイレを目指しながら、俊一郎は周囲を見回した。一回目の休憩のときに接触してきた捜査員がいないか、それとなく確かめるためである。しかし、どこを眺めても彼の姿はない。

こういった場合、同じ人物は差し向けないか。

そうなると俊一郎のほうで、相手を認めるのは無理になる。向こうからの働きかけを待つしかない。とはいえ他の参加者たちの目のあるトイレでは、かなり難しいのではないか。前回と違い、今度は参加者の男たち全員が、彼の近くにいる。少しでも第三者と接触する素振りを見せれば、たちまち怪しまれてしまう。

個室を利用するか。

俊一郎の行動を見た捜査員が、隣の個室に入って合図をくれれば、壁の下からメモを渡すことができる。下が塞《ふさ》がっていれば、上越しに投げれば良い。

だがトイレに入った瞬間、それがいかに甘い計画だったかを思い知らされた。ほとんどの個室が塞がっていたからだ。二つだけ空いているが、かなり離れている。

駄目か。

残る手段は個室に入って、どこかにメモを隠す方法しかない。恐らく捜査員は今この瞬間も、俊一郎を視界にとらえているはずである。彼がどの個室を利用したか、まず間違いなく見ているだろう。

頼むぞ。

俊一郎は祈るような気持ちで、奥のほうの個室に入った。そこで念のために、まずスマホを試した。しかし、やっぱり繫《つな》がらない。

それからメモの隠し場所を探しはじめたが、このまま水洗タンクの上に置いても大丈夫ではないかと、ふと考えた。彼が個室から出るのと入れ替わりに、きっと捜査員が入るだろう。ならば目につき易いところに置くのが一番ではないか。

でも……。

万一ということもある。まったくの第三者が先に入り、メモを見つけて読むかもしれない。しかも前に使用した人の忘れ物だと思い、わざわざ個室から出て、俊一郎を呼び止めたらどうなるか。

やっぱり危険だな。隠したほうがいい。

真っ先に思いついたのは、水洗タンクの中だった。アクション系の映画で、拳銃《けんじゅう》や麻薬をビニール袋に入れ、それをトイレの水洗タンクに隠すシーンを、これまでに何度も観た覚えがある。

けど、ビニール袋がない。

次に目をつけたのは、トイレットペーパーの芯《しん》の中だった。もっとも、それよりも上手《うま》い隠し場所があった。紙を数メートルほど引っ張り、メモを紙の間にはさんでから、また巻き戻すのである。これだと第三者が先に入っても、恐らくメモを発見する前に用をすませて、個室を出て行くだろう。

ただし、捜査員より先に入る者が一人とは限らない。運悪く二人も三人もいた場合は、あっさり見つかってしまう。また、この方法には大きな問題があった。巻き戻しを丁寧にやらないと、トイレットペーパーに違和感を持たれる点である。だが、そんな時間は少しもない。

俊一郎は迷った末に、三つあった予備のトイレットペーパーの一つに隠すことにした。外装を破らないようにめくり、その間にメモを入れる。それから外装を整えて、まったく手つかずに見える状態に戻す。

ちゃんと見つけてくれよ。

忘れずに水を流してから出ると、そこにブラックがいた。

えっ……。

彼が個室から出てくるのを、どうやら待っていたらしい。ずらっと並んだ個室を確かめると、すべて塞がっている。だからブラックが目の前に立っているのは、別に不自然ではなかった。

けど……。

俊一郎が入った個室の前で待っていたのは、あくまでも偶然なのか。それとも何か意図があるのか。

一瞬の間のあと、俊一郎が軽くうなずいて身を避《よ》けると、まったく無反応のままブラックが個室に入った。扉に耳をつけて中の様子をうかがいたかったが、もちろんできない。そんな行為をすれば、目立って仕方ない。

仕方なく出入口まで戻ると、他の利用者たちの邪魔にならない隅で、委員長たちが固まっていた。どうやら全員そろうまで待っているらしい。

「あとはブラックだけです」

委員長の言い方から、個室を使ったのは俊一郎とブラックの二人のみだと、なんとなく分かった。その事実が、さらに俊一郎を不安にさせた。

ちょっと長くないか。

あの個室内を隅々まで、ブラックが探し回っている姿が、あたかも見えるようである。

俊一郎がメモを隠したなどと、彼に分かるはずがない。そう思って自分をなだめるのだが、どうにも気になる。

やがてブラックが個室から出てきた。彼はまっすぐこちらへ近づきながら、ちらっと俊一郎に目をやった。その眼差《まなざ》しに意味があるのかないのか、まったく判断がつかない。

「これで全員ですね。バスに戻りましょう」

委員長の一言で、みんながトイレから出た。その前に俊一郎は、自分とブラックが利用した個室に、次にどんな人物が入るのかを確認しようとした。しかし、ほんの数秒の余裕しかなく、残念ながら無理だった。

ブラックはメモを見つけたのか。

もしメモが無事なら、捜査員は発見できるのか。

後者の問題について、俊一郎はあまり心配していなかった。黒捜課は精鋭ぞろいである。曲矢のような例外もいるが、他は全員が優秀に違いない。そもそも指揮を執る新恒に、彼は大きな信頼を寄せていた。あの警部の部下なら、きっと期待に応《こた》えてくれるだろう。

一方の前者は、どうにも推理が立てにくい。ブラックはみんなと合流したあと、特に何も言わなかった。そのためメモは無事なのだと、俊一郎も一時は喜びかけた。でも仮に見つけていた場合、よく考えると目的地に着くまで、むしろ黙っているのではないか。手柄を横取りされないように、黒術師に会えるまでは、誰にもしゃべらないのが自然かもしれない。

とにかくブラックには気をつけよう。

女子トイレから蝶々さんと猫娘が現れるのを待って、全員でバスに戻った。だが扉が閉まっていて、車内に入れない。的場は運転席にいるものの、どうも熟睡しているようで、いくら扉をノックしても起きなかった。

「運転手さん、開けて下さい！」

ついに委員長が声を上げながら、強く扉をたたき出した。それでも的場が目を覚ますまでは少しかかった。

「……いやぁ、申し訳ありません。つい、うとうとしてしまいました」

的場は乗車する参加者の一人ずつに、頭を下げて平謝りに謝ってから、ようやくバスを発車させた。

黒捜課の捜査員が、あのメモを無事に手に入れたとして——。祖母はいかなる意見を述べるのか。新恒はどんな判断を下すつもりなのか。それによって黒捜課は、次にどういう動きを見せるのか。

高速道路を走るバスの中で、一心に俊一郎は考え続けた。

新恒警部は潜入捜査の中止を口にするかもしれない。あの人なら、「これ以上、弦矢君を危険に曝《さら》すわけにはいきません」とか言いそうだからな。けど祖母《ばあ》ちゃんは、きっと「まだまだ」と反対するだろう。特に根拠はないけど、なんとなく「まだいけるんちゃうか」という感覚で……。

やれやれ、勘弁してくれ。

祖母の反応が手に取るように分かるだけに、俊一郎は絶望的な気分になった。とはいえ彼自身も、まだ大丈夫だとは思っていた。ここで止めたら何も得るものがない。黒術師に関する新たな情報を、せめて一つはつかみたかった。

いいや、やつの居所を突き止めるんだ。

つい弱気になってしまった己を、彼は叱咤《しった》した。

黒捜課がどう動くにしろ、それは三回目の休憩のときに行なわれるに違いない。トイレの個室は、もう使えないと見るべきだろう。休憩のたびに利用するのは、絶対に避けたほうが良い。怪しまれるだけである。それ以外の場所で、捜査員と接触する必要がある。

けど、サービスエリアのどこで？

俊一郎が思い悩んでいると、まったく予想外の車内アナウンスが流れはじめた。

「えーっ、次のインターで降りるようにと、カーナビの指示が出ました。あとは一般道を走るようです。次回の休憩も含めて、また何か新しい指示がありましたら、みな様にお知らせいたします」

車内がざわついた。高速を降りるということは、かなり目的地に近づいている証拠ではないか。誰もがそう感じたのだろう。

三回目の休憩は、ないかもしれないな。

その可能性を思い描き、俊一郎は興奮した。あと数十分であの黒術師と、もしかすると相見《あいまみ》えるかもしれないのだ。そう考えただけで、ぶるっと身体が震えた。それが武者震いなのか、恐ろしさのあまりの身震いなのか、彼自身にも分からない。

高速を降りてからバスは、片田舎の平坦《へいたん》な道を辿《たど》り続けた。それが急勾配《きゅうこうばい》の坂に変わったのは、十数分ほど走ってからである。どうやら山を越えるらしい。車窓の景色も小さな町並みから、鬱蒼《うっそう》と茂った樹木の群れに変化している。

目的地は山中の施設か。

バスの座席で一番後ろにいるのは、それまで通り俊一郎だった。ただし最後尾の席ではない。そのためふり向いても、どんな車がバスのあとに続いているのか、ほとんど見えない。仮に確認できても、どれが黒捜課の尾行車かは分からない。だが彼は、どうしても目にしたくなった。万一、このまま目的地までノンストップで行くのであれば、なおさらである。

俊一郎が席を移ろうとしたそのとき、猫娘が急に立ち上がった。しかも彼女は、通路を後方へと歩いてくる。

あの子も席替えか。

最後尾に座られたら厄介だなと思っていると、なんと猫娘は彼の真後ろの席に着いてしまった。

まさか……。

ブラックだけでなく猫娘にも、「スパイは学者に違いない」と疑われているのか。だから彼女は監視するために、わざわざ席を移動したのだろうか。ここで彼が最後尾に移ったら、あたかも逃げたように映るのではないか。

どうするべきか俊一郎が迷っていると、

「あのー」

猫娘の遠慮がちな声が聞こえた。

「俺に用？」

無視するわけにもいかないので、とりあえず無愛想に応えると、

「……バスが向かってるの、ひょっとして〈七人峠《しちにんとうげ》〉じゃないですか」

勇気をふり絞ってという感じで、彼女が話しかけてきた。

「えっ？」

思わず聞き返す俊一郎に、

「学者さん、あの峠のこと知らないの」

猫娘の優越感に満ちた返答があり、正直かちんときた。しかし、ここは下手に出ても聞いておくべきかもしれない。

「その峠の話、教えてくれるかな」

へそを曲げた僕をなだめる際に使う、それこそ猫なで声で頼むと、

「昔ね、ある旅人が、その峠を越えようとしてたの」

猫娘が生き生きとしゃべり出した。ただし、今時の女子高生の口調ではない。その事

実が、彼女が日ごろ置かれている現状を密《ひそ》かに物語っているようで、俊一郎は気になった。とはいえ今は、彼女の話に耳を傾けるだけである。

「すると前方に、行き倒れてる商人風の男を見つけた。介抱しようとしたけど、もう息がない。せめて身元を確かめて、形見の品を遺族に届けようと思い、荷物を検《あらた》めて驚いた。男が持っていたのは、なんと動物のものらしき骨だった。気味悪くなった旅人は、その場から急いで離れた。ところが、しばらく進むと、また行き倒れてる男がいる。しかもすでに死んでおり、やっぱり荷物の中からは、得体の知れぬ骨が出てきた。旅人は怖くなって駆け出した。けど山道なので、すぐに疲れた。歩調を戻して登っていると、三体目の死人に行き当たった。あとはその繰り返しだった。次から次へと、どこまで行っても遺体に遭遇する。四人目から荷物の中は覗《のぞ》かなくなった。けど、恐らく全員が同じ謎の骨を持ってるようだった。もう関わるのはごめんだと旅人は思った。だから六人目を見つけても、知らんふりで通り過ぎた。七人目も同じだった。もう少しで峠だという地点で、八人目に出会《でくわ》した。でも最初から目をそむけて、急ぎ足になったところで、いきなり足をつかまれた。旅人が悲鳴を上げながら倒れると、死人が這《は》いながら寄ってきた。旅人は必死に逃げようとした。ところが腰が抜けたようになって、まったく動けない。一方の死人は、旅人の片脚にすがりながら、どんどん這い上がってくる。太腿《ふともも》、腰、腹と、死人の顔が近づいてくる。旅人は絶叫した。叫び続けた。それで気づくのが遅れたけど、よく見ると死人が何かしゃべってる。もちろん聞きたくないけど、まったく気にならないわけじゃない。そこで叫ぶのを止めて、少し耳を傾けてみた。すると微《かす》かに、『助けて……』と言ってる。驚いてよくよく確かめたところ、死人ではなく生きた人間だった。慌てて介抱して、『何があったのですか』と尋ねると――」

「八人で御嶽山《おんたけさん》に向かう途中だった、と答えた」

俊一郎は我慢できずに、先走ってしまった。

「……おんたけさん？」

ところが、猫娘はきょとんとしている。

「あれ、違うのか」

「八人が目指してたのは、神様の御山なんです」

「それなら、やっぱり御嶽山だよ」

「その山って……」

「長野から岐阜にまたがる活火山で、昔から修験の場とされている。だから神様の山と呼んでも、まぁ間違いではない」

「なぁーんだ。学者さん、やっぱり知ってたんじゃないですか」

がっかりしながらも、どこか感心している様子である。

「いや、七人峠という名前は、はじめて聞いた。ただ、そういった伝承は、同じような話が各地に残ってるものだ。たまたま俺も、似た話を知ってただけだよ」

もちろん子供のころに、祖母から聞かされた昔話である。

「学者さんのお話では、八人はどういう人たちでした？」

「米穀を扱う問屋だ」

「米国って、アメリカ？」

「そんなわけないだろ。米などの穀類のことだよ。それを彼らは大量に買いつけしていた。しかし、その年の天候が良かったため、このままでは豊作となり、米価が下落する懼《おそ》れが大いにある。そうなったら大損だ。そこで親しい同業者と誘い合い、御嶽山へ行くことにした。といっても祈願のためではない。ある意味、逆の祈願とも言えるけど」

「骨を御山に捨てて、神様を怒らせようとしたんですよね」

「うん。山頂を汚すことで御山の怒りを買い、暴風と大雨をもたらすことで、豊作になりそうな作物を根こそぎ荒らして、米価を吊《つ》り上げようとしたわけだ」

「八人が持っていた骨は、何でした？」

「馬の骨じゃないか」

「そうです」

「でも、彼らを待っていたのは、厳しい神罰だった。八人のうち七人もが命を落とした。一人だけ生き残らせたのは、己らの過ちと神罰の恐ろしさを、彼の口から世間に知らしめるためだった」

「あっ、そうか。一人だけ助かったのには、そういう意味があったんですね」

「君が知ってる話は、そこが違うのか」

「というより、そんな説明は何もありません。ただ一人が生き残った……というだけです」

「つまり八人のうち七人が死んだから、七人峠と呼ばれるようになったのか」

「元々は『死ぬ』に『地面』の『地』に『人』と書いて、〈死地人峠〉だったとも言われてます」

「へぇ。それが人数の七人になったのは、伝承の内容にも因るけど、〈七人みさき〉の影響もあるんじゃないか」

「何ですか、それ？」

猫娘が興味津々に訊《き》いてきた。

「主に海で亡くなった人の死霊が、七人一組になって現れるんだが、これに出会した者は高熱を発して死ぬ。すると七人みさきの中の一人が成仏できて、新たに死んだ者がそこに加わることになる。だから亡霊の顔触れは変わるけど、絶えず七体で彷徨《さまよ》うところは同じなんだ」

「……怖いですね」

猫娘は怯《おび》えながらも、気になる台詞《せりふ》をつぶやいた。

「けど七人峠の馬骨婆《ばこつばば》のほうが、もっと救いはないかも……」

「そんな化物が、七人峠にはいるのか」

思わず尋ねた俊一郎に、彼女は得意そうな口調で、

「学者さんが知ってる話には、馬骨婆が出てこないんですね」

「その名前も、はじめて聞いた」

「八人が御山に向かった目的も、持って行った骨も、学者さんの説明通りです。違うのは、御山に入ったあと……」

そう言うと猫娘は、俊一郎が中断させた伝承の続きを語り出した。

「一人だけ生き残った男は、問屋仲間の引率者だった。だから御山に入ったときも、彼が先頭を歩いた。他の七人は一列になって、彼のあとからついてくる。ちゃんと休憩を取りながら、彼らは順調に進んでいた。そうして麓《ふもと》から三分の二ほどを登った地点で、そろそろ次の休みを取ろうかと男が思っていると、登山道の端で休んでいる老婆が目についた。非常に小柄で、お地蔵さんのような人である。普通ならいっしょに座るところだが、自分たちの目的を考えると、あまり他人とは関わりたくない。だから男は、老婆を無視して通り過ぎようとした。それに老婆は、見るからに妙だった。薄くて襤褸《ぼろ》い着物をまとっているだけで、とても峠越えができる格好ではない。しかも、目が見えないらしい。こんな山中に、どうして盲目の老婆がいるのか。そう考えると、なんだか気味が悪くなってきた。急いで横を登ろうとして、『もし、そこのお方、峠までおぶって下さらんか』と、老婆に声をかけられた。男はぎくっとしたが、そのまま気づかぬふりで通り過ぎた。すると老婆は、男の次に登ってきた者にも、『もし』と呼びかけている。しかし、もちろん二番目も相手をしない。きっと老婆は全員に声をかけるけど、おぶうやつなど誰もいないだろうと男は思った」

　ここで猫娘は一息つくと、

「しばらく登ってから、そろそろ次の休憩を取ろうとして、男は立ち止まった。見下ろすと、くねくねと曲がって藪《やぶ》に覆われた山道を、二人目、三人目、四人目と仲間たちが上がってくる。五人目、六人目、七人目と数えたところで、男は固まった。最後の八人目が、あの老婆をおんぶしている。男は信じられなかった。そいつが八人の中で、特に性格が優しいわけでもなかったからだ。むしろ目の前で年寄りが倒れていても、平気で通り過ぎるかもしれない。そんな男なのに、なぜあの老婆を背負っているのか。まったく訳が分からない。急に怖くなった男は、予定の休憩を取り止めて、また登りはじめた。でも、そろそろ休む時間だったためか、少し進んだだけで疲れてきた。仕方なく立ち止まり、山道を見下ろした。すると二人目、三人目……と登ってくる仲間の姿が見える。八人目はまだ老婆をおんぶしているのか。それを確かめようと思っていたら、なんと七人目が老婆を背負っている。数え違えたんだと、もう一度やってみたが、やはり七人目だった。しかも、老婆をおんぶした男のあとに、いくら待っても八人目が現れない。ぞおっと寒気を覚えた男は、またしても休憩を止めて、山道を登り出した。だが、しばらく進むと、やっぱり疲れてくる。そこで立ち止まり、つい下に目をやる。二人目、三人目……と仲間を数えていくと、いつの間にか六人目が老婆を背負っている。その後ろには、七人目の姿がまったくない。恐ろしさのあまり、男は走り出した。とはいえ登りの山道である。いくらも行かないうちに、息が切れはじめた。それで立ち止まり、もうふり向きたくないと思いながらも、やっぱり下に目を向けてしまう。すると二人目、三人目……と登ってくる者たちの五人目が、あの老婆をおんぶしている。その後に続くはずの、三人の姿はどこにもない。そこから男は、もう二度と立ち止まらず、後ろを向くこともなく、ひたすら峠を目指して歩き続けた。しばらくすると後ろから、『おい』と三人目に声をかけられた。男が無視して登っていると、『おい。なんか変だぞ』と言われた。それでも男が答えないと、もう黙ってしまった。男は自分の後ろに続く、二人目と三人目の気配までは、いつも感じていた。四人目からは無理だったが、この二人は、どうにか察知することができた。その彼らの足が突然、速くなった。ぐんぐんと男を追い上げ出した。けど、それも長くは続かなかった。やがて三人目の気配が消えたからだ。それから少しして、後ろを必死に登ってくる二人目の息遣いが、ふっと聞こえなくなった」

ここで猫娘は再び一息つくと、

「その代わりに、『もし、そこのお方、どうか峠までおぶって下さらんか』という老婆の声がした。もちろん男は無視した。でも何度も何度も後ろから、『もし、そこのお方――』と呼ばれる。その声を耳にするたびに、物凄《ものすご》く厭《いや》な気分になる。二度と聞きたくないと思う。けど、あの老婆を背負うのは、絶対にごめんだ。『もし、そこのお方――』と声がする。厭な気持ちになる。『もし――』と言われる。厭でたまらない。

『もし――』寒気がする。『もし――』頭が痛い。『もし――』助けてくれ。『もし――』『もし――』『もし――』と後ろから呼ばれ続けて、ついに男は心の中で叫んだ。うるさい、分かった！　そのとたん、ずんっと背中が重くなった。まるで大きな岩を背負ったかのような、物凄い重量を感じた。本当なら、その場で倒れてしまうくらいの重さである。それなのに男の足は、前へと出た。なぜか歩き続けようとした。これまで通りに、山道を登ろうとする。無理だ……と男は心の中で悲鳴を上げたが、まったく足は止まらない。そのうち心臓が、ばくばく高鳴り出した。吐く息も荒い。こんな状態が続けば、今に死んでしまう。そう思うと怖くてたまらない。でも、どうにもできない。顔面蒼白《そうはく》になりながら、それでも男は山を登った。もう駄目だ……と諦《あきら》めかけたとき、急に背中が軽くなって、そのまま倒れこんだ。そこは峠だった。男は自分が間一髪で助かったことを知った。しかし、まったく動くことができない。このまま野垂れ死にするのか。そう嘆いているうちに、ふっと意識を失った。気がつくと、こちらに近づいてくる何者かの気配がある。そこで必死に腕を伸ばしたところ、旅人の片脚をつかむことができた。という体験を、男は旅人に語ったのです」

猫娘の予想以上に長い話が、ようやく終わった。

「なかなか面白い怪談になってるな」

俊一郎が素直な感想を述べると、彼女が声を低めて、

「それでね、七人峠を越えるときは、この馬骨婆に気をつける必要があるんです」

「今でも、出るのか」

冗談っぽく彼は訊いたのだが、猫娘は真剣だった。

「はい。『おんぶしてくれ』って言う、目の見えないお婆さんが、山道の途中で出るそうです」

「で、無視して通り過ぎたら、どこまでも『おんぶしてくれ』って言いながら、追いかけてくるわけか」

具体的に想像すると、実はかなり怖いかもしれない。

「それじゃ助かる方法がないな」

「とにかく峠まで、なんとか逃げるしかないです。ただ、こんな話もあります。『おんぶしてくれ』って言われたら、『自分は何人目か』って尋ねる。それで『八人目だ』という答えだったら、仮に背負っても大丈夫らしいんです」

「伝承では、八人目の男だけが助かっているからか」

「そうだと思います。でも、おんぶするのは厭ですよね」

そのとき俊一郎は、ふと視線を感じた。右手を見やると、通路をはさんだ反対側の座席に、なんとブラックがいた。猫娘の話を聞くのに夢中で、まったく彼の動きに気づかなかったらしい。

俺たちの会話を漏れ聞いて、わざわざ確かめに来たのか。

俊一郎がじっと見つめても、ブラックは知らん顔をしている。その間に猫娘が、そそくさと元の席に戻ってしまった。きっと彼女も、ブラックが聞き耳を立てていたことが分かったのだろう。

良い機会だから、彼に話しかけてみるか。

俊一郎がそう考えたのを、まるで読んだかのように、すうっとブラックも元の席に戻ってしまった。

やっぱり目をつけられたと、これは判断すべきだな。

願わくは目的地に着くまで、その疑いを彼女だけの胸に留《とど》めておいて欲しい。そして黒術師に告げられる前に、なんとか俊一郎は逃げ出さなければならない。

つい思いつめていると、バスが妙に揺れはじめた。山道を登り出してからは急なカーブが多く、これまでも車体は右に、左にと大きく動いた。だが、今はカーブを曲がっているというより、闇雲に蛇行している状態ではないか。

まさか……。

俊一郎が前方に目をやったのと、バスが崖《がけ》側のガードレールを突き破ったのは、ほぼ同時だった。

まったく何もない空間に、バスの車体が飛び出すのを感じながら、彼は座席にうずくまって頭を抱えた。

全員に現れていた死相……。

あの意味は、バス事故だったんだ……。

異様に長い、それでいて非常に短い時が流れる間、俊一郎の脳裏に浮かんだのは、記憶の片隅に残った父と母であり、祖母と祖父であり、そして僕だった。その背後には、曲矢、新恒、亜弓の姿もあった。そういった人たちが、次々と現れては消えていった。

やがて、とてつもない衝撃を身体全体に覚えて、そこで俊一郎の意識は急に、ぷつんと途切れた。

八　転　落

ふっと目が覚めると、俊一郎は草地の上に寝ていた。

一瞬、どこかの草原に来ているのだと思った。前に亜弓から、「僕にゃんとピクニックしようって、実は話してるんです。良かったら、いっしょに行きませんか」と誘われた覚えがあったからかもしれない。

俺はおまけか。

そのときは複雑な気分だったが、やっぱり亜弓とのピクニックに、ついて来たのだろうか。

いや、ついて来たんじゃない。俺が連れて来てやったんだ。

ちょっと怒りながら身体を起こして、本当は何があったのか、ようやく俊一郎の脳は理解した。

……バスが落ちたんだ。

慌てて周囲を見回すと、そこは高低差のある蛇行した山道の、ちょうど間にぽっかりと開けた雑草の生い茂る平地だった。その緑鮮やかな草地に、委員長や蝶々さんといった参加者たちと、運転手の的場が倒れている光景が、いきなり俊一郎の両の瞳《ひとみ》に飛びこんできた。

バスは……。

ふり返った彼の後方に、前のほうが無残にも半ば潰《つぶ》れ、息絶えたように横たわったバスの姿があった。車体の左側を下にして、斜めに倒れている。そのまま視線を上に向けると、完全に断ち切られたガードレールの残骸《ざんがい》が見えた。

あんな高さから落ちたのか。

そして再びバスの亡骸《なきがら》に目をやっているうちに、俊一郎は何とも言えぬ不安感を覚えはじめた。

……どこか変じゃないか。

しかし、いくらバスを見つめても、何が可怪《おか》しいのか分からない。ただただ違和感を覚える。普通ではないという感覚が、次第に増すばかりである。

気持ちが悪い……。

今にも吐きそうになったとき、「あっ」と俊一郎は声を上げた。

あの高さからバスが落ちて、車体の前半分ほどが潰れる衝撃を受けたのに、どうして俺たちは無事なのか。

しかもバスの車内ではなく、なぜ外にいるのか。

全員に視《み》えた死相は、この事故を示唆していたのではないのか。

混乱する頭を整理しようとしたとき、倒れていた者たちが起きはじめた。そのため一気に、その場が騒がしくなった。

誰もが同じ反応を見せた。最初は戸惑い、次に驚愕《きょうがく》する。そして俊一郎が覚えた疑問に気づき、急に黙りこむ。一時のざわめきが、すぐに静寂へと変わった。命が助かった喜びを感じつつ、いったい自分の身に何が起きたのか、それが不明な状態に全員が怯《おび》えているようだった。

「これは……、八獄の界の力かもしれない」

だから俊一郎がそう口にしたとき、みんなが色めき立った。

「なるほど。私たちは結界に護《まも》られたってことですか」

真っ先に理解を示したのは、やはり委員長だった。

「怪我一つないのも、そのせいなの」

蝶々さんの驚きの声に、改めて自分の身体を見回す者もいる。

「けど、なんか身体はだるい気がする」

彼女が続けて訴えると、ドクターと小林君、それに委員長も同じ主張をした。

「打撲の痛みじゃないんだろ？」

俊一郎の問いかけには、四人とも首をふった。原因は分からないが、どうも調子が良くないらしい。

「こうして助かったのは、黒術師様のお蔭《かげ》です」

意外だったのは、これまで無口だったアキバが歓喜の念も露《あらわ》に、合掌しながら祈り出したことである。

八獄の界の結界のお蔭で助かった。この推測に間違いはないと思うものの、依然として俊一郎は、妙な違和感を覚えていた。まだ説明のできていない、非常に重要な問題があるように思えてならなかった。

「運転手さん、事故原因は分かりますか」

現状を認識できて余裕が生まれたのか、まだ一人だけ放心状態の的場に、委員長が声をかけた。

「……も、申し訳、ありません」

するど突然、的場が泣き崩れた。みんなが驚いて、彼の側に集まると、

「わ、私の、い、い、居眠り運転のせいです」

とんでもない告白が、その口から飛び出した。

「……嘘でしょ」

「寝てましたで、すむ問題か」

蝶々さんが愕然《がくぜん》とし、ドクターが怒り出した。他の者たちもショックを隠せない様子である。

もちろん俊一郎も驚いたが、とっさに思い出した。

そう言えば、徴候はあったな。

二回目の休憩が終わってバスに戻ったとき、運転席で的場が寝ており、いくら呼びかけても起きなかった、例の出来事である。観光バス会社の運転手の過酷な労働の実態は、事故が起こるたびに問題視されている。恐らく的場もきついシフトのせいで、極度の睡眠不足だったのだろう。

かといって彼に同情できるかと言えば、それは少し違った。大本の責任は会社にあるとはいえ、乗客の命を預かる運転手という立場に鑑《かんが》みれば、完全にプロ失格ではないか。

いつしか全員が、的場に詰め寄っていた。さすがに暴力をふるう者はいないが、殺気立っているのは間違いない。

「……と、とにかく会社に、で、電話させて下さい」

彼が携帯を取り出すと、

「警察が先だろ」

すかさずドクターが文句をつけた。しかし他の者は、はっと気づいたように、慌てて携帯やスマホを同じように取り出している。

だが、外部と連絡が取れた者は、一人もいなかった。一一〇番も一一九番も、同じように繋《つな》がらない。

「これも結界の影響ですか」

委員長に尋ねられ、俊一郎が力なくうなずくと、

「助けを呼ぶには、麓《ふもと》の町まで戻る必要があるってことか」

ドクターが空を仰ぐ仕草をした。

「それは、どうでしょう」

すると小林君が小首をかしげたので、猫娘が怪訝《けげん》そうに、

「このまま峠を越えるより、麓まで戻ったほうが、早く助けを呼べるんじゃない」

「そうですけど、みんな無事ですよね。病院に行く人がいない以上、救援を求める必要はないんじゃないですか」

「うん、救急車は確かにいらない。でも、バスが事故ったんだから、もう先へは進めないでしょ。だったら町まで――」

「戻るんじゃなく、目的地を目指すべきだと思います」

小林君の主張に、全員がぎょっとした。

「カーナビがないのに、どうやって行く？」

ドクターの問いかけに、小林君は何の問題もないという口調で、

「高速を降りたのは、目的地が近い証拠です。山を登ったのも、その頂上付近か、また

は越えた先に、目的地があるからです。だから僕たちも、このまま進めば良い。そう考えました」

「一理ありますね」

「あなた、ほんとに中学生？」

委員長と蝶々さんが、それぞれの言い方で賛意を表した。ドクターは相変わらず冷たい眼差《まなざ》しで、じっと小林君を見つめていたが、彼の意見に乗ってきた。

「よく考えれば、警察への連絡は、運転手に任せればいい。事故を起こしたのは彼だし、大破したバスも彼の会社の所有物だ。俺たちには何の関係もない。足がなくなったのは腹立たしいが、それで諦《あきら》めるのは早計かもしれないな」

「この山を、歩きで登るっていうの？」

蝶々さんがぼやいた。小林君に賛成しながらも、今後は徒歩になると分かったとたん、嫌気が差したらしい。

「やっぱり麓に戻って、タクシーに分乗するのはどう？」

「この時点で複数の第三者を巻きこむのは、得策じゃないだろ」

「だって――」

蝶々さんとドクターがやり合う中、急にブラックがつぶやいた。

「……ビッグがいない」

嘘だろうという表情をみんながしたあと、全員が周囲を見回しはじめた。しかし、どこにもビッグの姿が見えない。

「彼以外は、ちゃんといますよね」

委員長が改めて確認する。

「蝶々さん、小林君、ドクター、猫娘さん、アキバさん、ブラックさん、学者さん、そして私に、運転手さん……。本当だ、ビッグさんだけいません」

「あんなに大きな人を、見逃してたなんて……」

蝶々さんが驚くように、誰もが信じられない思いだった。

「もしかすると車内に、まだ取り残されてるのかもしれない」

俊一郎は言うが早いか、バスに向かった。彼のあとから、二、三人ほどついてくる気配があったが、ふり返らずに走る。

もっともバスに、簡単には乗れなかった。車体の前方にある乗降扉が、完全に潰《つぶ》れている。後方の非常口は原形を留《とど》めていたが、びくともしない。残る進入口は窓しかないが、硝子《ガラス》が割れていて危険極まりない。

俊一郎はバスの周りを巡りながら、背伸びして覗《のぞ》きこんだ。だが、当たり前だが通路の床までは見えない。

いっしょに来たドクターも委員長も、彼と同じ仕草をしながら、

「外からじゃ、確認のしようがないな」

「かといってバスを見下ろせる、そんな場所もありません」

バスを一周したあと、俊一郎は手ごろな木の枝を拾うと、ほとんど硝子が割れてなくなっている後方の窓を見つけて、残りの欠片《かけら》を取り除きはじめた。

「そこから入るつもりか」

「硝子に気をつけて下さい」

できる限り硝子の破片を排除してから、俊一郎は二人に手伝ってもらい、なんとか車内に入りこんだ。

「いや、俺が行くから」

すると外で、もめているような声がした。見下ろすと、いつの間に来たのかブラックがいて、ドクターと言い争っていた。

「どうして、そんなに行きたがる？」

「それはドクターも同じだろ」

「俺の場合は……」

ドクターは自嘲《じちょう》的な口調で、

「そのニックネームが、強《あな》ち嘘でもないって理由があるからだよ」

「実際にお医者さんなんですか」

委員長がびっくりすると、さらにドクターは自嘲的な様子で、

「いや、そうじゃない。ただ、まったくの素人よりは、医学的な知識と経験が、少しはあるって程度だな」

「だったらここは、ドクターに行ってもらいましょう」

委員長がブラックを説得して、本人も渋々ながら同意したようだが、

「どうして学者が、最初に入ったんだ？」

そんな一言を漏らした。そのとたん、ドクターも委員長も黙ってしまった。そう言われれば……と不審に思ったのかもしれない。

それからドクターが、委員長とブラックの助けを借りて、車内に入ってきた。

「ビッグは？」

「通路には見えない」

二人とも無駄な会話はしなかった。

「どこに座ってたか、席は分かるか」

「運転席から通路を見て、右側の三列目だったと思う」

「ここよりも前か」

ドクターは素っ気なく応じたものの、俊一郎の記憶力に感心したように見えた。もしくは、なぜそれほど詳しく覚えているのか、ふと疑いを抱いた風にも映った。いずれにしろ彼は傾いた通路を、黙ったまま前へと辿《たど》り出した。

車内は斜めになっているうえ、前方へ行くに従い車体が壊れて圧縮されているので、次第に進むのが難しくなりはじめた。しかも、ぎぃぃ、ぎっぎっ……と無気味に軋《きし》む物音がする。今にも車体がバラバラになりそうで、どうにも落ち着かない。それでも二人

は身をかがめながら、なんとか前進した。そして、これ以上はもう無理というところまで、ドクターが辿り着いたときだった。

「……いた」

ぽつりと彼が漏らした。

「………………」

俊一郎が何も言えないでいると、ドクターは通路から潰れた座席に上半身を入れながら、片手を伸ばしているようだった。恐らくビッグの身体を触っているのだろう。

「……駄目だな」

それから彼は、ため息をつくように宣告した。

「即死かな」

後ろから俊一郎が声をかけると、

「さすがに、それは分からない。けど、その可能性は高いと思う」

「代わってもらえるか」

俊一郎が身ぶりで伝えると、ドクターが場所を入れ替わってくれた。ただし、そうしながらも興味深そうな眼差しを、決して彼から離さない。

ビッグの遺体には、目に映る範囲で酷《ひど》い損傷がなかったので、ひとまず俊一郎はほっとした。とはいえ触れるのは、また別である。それでも己を鼓舞して、なんとか遺体の上着をめくった。どちらの姿勢も不自然なため、たったそれだけの行為でも大変だったが、どうにか確かめることができた。

やっぱり、そうか。

ビッグの胸に、八獄の界の呪符《じゅふ》はなかった。着けたふりをして、ネットにバスツアーの様子を書きこんでいたのは、どうやら彼だったらしい。

座席から身を引いて、見たままを俊一郎が伝えると、

「だからビッグだけ車内に取り残され、命を落とす羽目になったのか」

ふに落ちたらしい反応をドクターが示した。

「学者がバスに乗りこんだのも、それを確認するためか」

「ビッグの姿が見えないと言われて、まず考えたのが、彼だけ結界の守護を受けなかったのかも……という疑いだった」

「誰かに頼むんじゃなくて、自分で確かめたかったわけか」

とっさに頭を働かせて、俊一郎はこう答えた。

「参加者の中に、スパイがいるからな」

「なるほど。いや、それは賢明な心がけだと思う」

「おーい」

そのとき外から、委員長の呼び声がした。

「今から出る」

ドクターは応《こた》えると、後方へ戻り出した。俊一郎はビッグに合掌してから、彼のあと

に続いた。

二人は入ってきた窓から、委員長とブラックの手助けによって、無事に車外へと出ることができた。と同時に委員長から、うるさいくらい車内の様子を訊《き》かれた。しかしドクターは、全員の前で話すから、と取り合わない。ブラックは何も言わなかったが、俊一郎の様子を観察しているような気配があった。

みんなのところに戻ると、ビッグの遺体の状態を、ドクターが淡々と報告した。それから俊一郎のほうを向いたので、遺体が呪符を着けていなかった事実と、そのせいで彼だけが助からなかったのではないか、という推測を口にした。

真っ先に反応したのが、意外にもアキバだった。もっとも彼が口にした台詞《せりふ》は、ほめられたものではなかった。

「黒術師様の言いつけに背いたせいで、罰が当たったんだよ」

もちろん賛同するものは、一人としていない。蝶々さんは嫌悪感を露《あらわ》に、猫娘は気味悪そうに、むしろ逆の反応を示している。とはいえ呪符の絶大な効果については、みんなが再認識したらしい雰囲気があった。

「さて、どうしますか」

その場をまとめるように、委員長が言った。

「ビッグさんが亡くなられてる以上、救急車を呼ぶ必要はありません。ただ、これだけの事故ですから、警察に連絡しないわけにはいかない。しかし、そうなると当然、このバスツアーについて訊かれるでしょう。仮に私たちは話さなくても、的場さんが説明するはずです。ちょっとまずくないですか」

「どうかな」

ドクターが否定的な口調で、

「説明するといっても、何も知らないのは運転手もいっしょだろ。行先不明のミステリーバスツアーに参加しただけだと言えば、それですむんじゃないか。ツアーの依頼主について、あまりにも無知だという責めを受けるのは、観光バス会社であり、俺たちではないはずだ」

すると蝶々さんが、意味ありげにアキバを見ながら、

「でも、私たち一人ずつ、警察から話を訊かれたら、よけいな名前をぽろっと出してしまう人も、きっといるんじゃない？」

全員がアキバに顔を向けたが、当人はのほほんとしている。彼女の当て擦《こす》りが分からなかったのではなく、気づかなかったふりをしているらしい。

「ところで、的場さん」

ドクターと蝶々さんの意見に、じっと耳を傾けていた委員長が、ふいに運転手に尋ねた。

「このツアーの乗客名簿は、当然ありませんよね」

「……ええ、そうです」

的場が少し考えてから答えると、委員長が他の参加者を見回しながら、

「バスが事故った以上、的場さんは麓《ふもと》の町まで戻って、会社と警察に連絡しなければなりません。しかし私たちは、乗客名簿が存在しないのですから、このまま行方を晦《くら》ますことができます。バスに誰が乗っていたのか、警察が突き止めるのは不可能でしょう。それに事故原因は運転手さんの居眠り運転なので、逃げてしまった乗客の身元まで、警察も熱心には捜査しないはずです」

黒捜課が全員の写真を撮っていると思われるため、それほど楽観できないことを、もちろん俊一郎は知っていた。しかし、バス事故の処理に当たる警察が、乗客の行方まで追わないだろうという推測は、当たっている気がした。

「町まで戻るにしても、先へ進むにしても、私たちは行方を晦ましてしまう。そういう合意で、よろしいですか」

委員長の確認に、全員がうなずいた。

「それでは、二つのグループに分けましょう。もっとも町に戻る人たちは、そのまま自宅へ帰る人と、タクシーに乗って峠を越える人と、さらに二組に分かれるかもしれませんが、それはのちほど――」

「何をどう選んでも、もしかすると駄目かもしれない」

ふっと俊一郎が口にした台詞に、委員長が戸惑った。

「えっ……、なぜですか」

みんなの視線も一気に、彼に集まっている。それでも答えられないでいると、

「どういう意味だ？」

ドクターに鋭く訊かれ、実は目覚めてから漠然と気になっていた事実を、俊一郎は話しはじめた。

「最初は、よく分からない違和感だった。これだけの事故なのに、無傷で助かった事実に、頭が混乱しているのかもしれない。そう思った。そのうち、これは八獄の界の力のせいだと推測することができた。それはビッグの死によって、図らずも確認する格好になった。なのに、まだ違和感が残ってる。どうしてだろうと気味が悪かったけど、ようやく分かった気がする」

「……で、何だったんだ？」

ドクターが珍しく、怯《おび》えた表情を見せた。他の者たちも、食い入るように俊一郎を見つめている。

「バスが落ちた上の道にも、ここから見下ろせる下の道にも、一台も車が走っていないのは、変じゃないか。事故の前、バスの前にも後ろにも、他の車はいなかったんですか」

俊一郎が尋ねると、的場は弱々しく首をふった。

「いいえ、走ってました」

「仮に台数が少なかったにしても、これだけの事故が起きているのに、誰も車を停めて事故現場を見ていないのは、あまりにも不自然だろ」

「そう言われれば……」

「……確かに、変ね」

ドクターと蝶々さんが、互いに顔を見合わせている。

「つまり、どういうことです？」

不安そうな委員長に、俊一郎は自分の考えを伝えた。

「八獄の界のお蔭《かげ》で、ビッグを除く全員が助かった。けど、みんなを護《まも》った結界の力が強過ぎた。もしくは事故の影響が、八獄の界に出てしまった。そのため我々は、現実の世界から遮断され、結界内に閉じこめられたのかもしれない」

九　結界

誰も口を開かなかった。周囲を歩き回りながら、あちこちに目をやっては、他の車や人を探している。しばらくの間、全員のそんな姿が見られた。

「これは、可怪《おか》しいぞ」

ドクターが口火を切ると、みんながいっせいに話し出した。

「一台も車が見えないうえに、いつまで経っても、新しい車が走って来ませんね。確かに普通じゃないです」

「……なんか、怖い」

「町の向こうのほうが、もやっと白っぽいのは、どうして？」

「霧……じゃないですよね」

委員長と猫娘、蝶々さんと小林君に続けて、

「結界の中か」

まるで悟ったかのような、ブラックの低い声が響いた。

「ここから、もう出られないってことですか」

的場は半信半疑らしい様子で、一人ずつに顔を向けたが、それに答える者は誰もいない。

「先程からのみなさんのお話が、どうも私には理解できないんですが……」

この中でもっとも現状の把握ができていないのは、間違いなく運転手の彼だった。そのため大いに不安を感じているのだろう。しかし、黒術師について簡単に説明できないため、誰もが何も言えなかった。

もっとも一人だけ、そんな的場を気にしていない者がいた。

「黒術師様が迎えて下さった。僕は黒術師様に受け入れられたんだ」

ほとんど恍惚《こうこつ》状態で、祈っているような様子のアキバである。とはいえ全員が、そんな彼を無視した。

「今の状況がどうであれ――」

　みんなの反応を一通り見てから、俊一郎は提案した。

「委員長が言ったように、町へ行く者と、このまま先へ進む者と、二手に分かれることにしては、どうだろう」

　すぐに全員が賛成したわけではないが、他に取るべき道もないせいか、最終的には誰もが同意した。

「それでは、町へ戻る人は右側に、このまま進む人は左側に、ここから分かれて下さい」

　委員長が自分を基点に左右を示すと、みんなが動きはじめた。何のためらいもなく決めた人もいれば、迷った末に決断した者もいた。その結果は次のように、ほぼ真っ二つに分かれた。

　町へ戻る右側には、的場、委員長、蝶々さん、猫娘、アキバの五人。

　このまま進む左側には、小林君、ドクター、ブラック、俊一郎の四人。

「あれだけ黒術師様って言っておいて、アキバは町組なの」

　蝶々さんが呆《あき》れたような声を出したが、相変わらず当人は聞こえないふりをしたまま何も応《こた》えない。

　すると彼女は、今度は小林君のほうを見て、

「お姉さんたちといっしょに来なくて、大丈夫？」

そんな心配をしはじめた。小林君を気にしているのは間違いないが、できればアキバと入れ替わって欲しいと思っている気持ちのほうが、ひょっとすると強かったのかもしれない。

「はい。こっちには学者さんがいるので、心強いです」

当の小林君は、俊一郎がびっくりするような返答をした。この少年が、彼の何を見てそう感じたのか。まったく分からないだけに、その驚きも大きかった。

「こちらの組にも、頼りがいのある男性が欲しいなぁ」

蝶々さんがため息をついたが、はっとした顔になって、

「もちろん、委員長は別よ。せいぜい頼りにしてるからね」

「ご期待に応えられるよう、頑張ります」

当人が苦笑しているところへ、わくわくした小林君の声音が割りこんできた。

「このグループ分けによって、スパイは僕たち四人の誰かだ――ってことになりませんか」

彼の言う四人とは、もちろん本人と、ドクター、ブラック、俊一郎のことである。

「あっ、そうね」

すぐに反応したのは蝶々さんだったが、

「いや、その断定は早過ぎるでしょう」

委員長は否定した。そして逆のグループに顔を向けながら、

「それでは町に戻る人たちで、もう帰宅するという方は？」

彼の問いかけに、申し訳なさそうに手を挙げたのは、的場だけだった。それを見たドクターが、あたかも揶揄《やゆ》するように、

「結局、参加者は全員、黒術師に会いたいってことか」

「あんたも、そうだろ」

ブラックの突っ込みに、ドクターは嗤《わら》いながら、

「これでスパイは俺たち四人の中にいる、という小林君の推理も崩れたわけだ」

しかし、小林君も負けていなかった。

「でもスパイなら、いったん町に戻って時間をロスするよりも、このまま先に進むと思いませんか」

「時間のロスを考えるなら、歩きよりもタクシーのほうが速いだろ」

「実は目的地が、意外と近い場合は別です」

小林君の返答を聞いて、俊一郎は心の中で、にやっと笑った。まさに彼と同じ考え方をして、左側のグループを選んだからだ。

「何を隠そう、俺もそっちに賭《か》けたんだよ」

ドクターの台詞《せりふ》を聞いて、自分たちのグループのほうが、一癖も二癖もある者ばかりだと俊一郎は思った。

ブラックもいるしな。

ここから先は、さらに気を引き締めなければならない。

「学者さんの睨《にら》んだ通り――」

委員長が全員の注意を引きながら、

「私たちが結界内にいるとしたら、二組に分かれて移動することで、どんな不測の事態を招くか分かりません。そこで万一のときのために、集合場所を決めておこうと思います」

「いい案だけど、ここしかないんじゃないか」

皮肉な笑みを浮かべたドクターが、この場を指差して見せると、

「あの……」

的場がためらいながらも、口をはさんできた。

「事故の現場に差しかかる前、カーナビに建物が映ってました」

「どの辺りになります？」

そう尋ねる委員長に、的場は顔を上げながら、

「ここと上との、ちょうど間くらいでしょうか」

こことは俊一郎たちがいる場所で、上とはバスが落ちた地点である。その中間に建物があったというのだ。

「何かの施設ですか」

「さぁ……はっきりとは覚えてませんが、ひょっとすると企業の保養所かもしれません。

この辺りは多いですから」

「じゃあ万一の集合場所は、そこにしましょう。それから的場さんには、私のほうから、このバスツアーについて説明しておきます」

委員長の言葉が合図のようになり、二つのグループは文字通り左右に分かれて、そこから別行動を取ることになった。

歩きはじめた当初、俊一郎はドクターと先に立ち、あとからブラックと小林君がついて来る格好だった。だが、平地の草場を過ぎると、そこからは樹木と藪《やぶ》の茂った斜面を登らなければならない。もちろん道などは一切ないうえ、足元には枯葉が積もっていて滑りやすく、非常に歩きにくい。しかも急に薄暗くなって、極めて視界も悪い。そのため少し経つと、目に見えて小林君が遅れはじめた。

俊一郎とドクターは時折、立ち止まって二人を待ったが、いつもブラックだけが追いついて来る。するとドクターは、すぐに再び登り出してしまう。ブラックも一向に小林君を助ける素ぶりを見せない。

もっとも俊一郎は当初、ブラックは何もしないものの、少なくとも小林君を気にかけているのだと思った。なぜならドクターと二人を待っているとき、しばしば彼が後ろをふり返ったからだ。だが何度も同じ様子を目にしているうちに、どうやら違うらしいと分かってきた。

では、いったいブラックは、何をそれほど気にしているのか。

彼の視線の先を眺めても、そこにあるのは樹木の群れだけである。どこを見ても代わり映えのしない樹々が、薄暗がりの山肌に林立しているに過ぎない。それ以外のものは、どんなに探しても見当たらない。

ブラックはこれまで、良く言えば冷静、悪く言えば冷酷な印象があった。そんな彼の、まるで何かに怯《おび》えているような態度は、それを見ている俊一郎にも不安を感じさせた。しかし、いくら問いたげに彼に顔を向けても、無視される。三度もくり返すと、逆に睨まれた。

放っておいてくれ、ということか。

俊一郎は本人の希望を受け入れたが、かといって小林君まで同じというわけにもいかない。そこで仕方なく彼が、この中学生の面倒を見る羽目になった。ブラックと入れ替わった格好である。

子供は苦手なんだけどな。

小中学生のころの俊一郎は、死視の力のせいでいじめられたか、かなり深い孤独感に苛《さいな》まれたか、そんな経験しかない。そのため当時の自分と同年代の小林君にどう接するべきか、まったく分からなかった。だったらドクターやブラックのように、構わずに放っておけば良いのだが、ついかつての自分を思い出してしまって無下にできない。

その結果が、この始末か。

ただ幸いなのは、少なくとも相手の態度が友好的だったことである。ブラックは明らかに俊一郎を疑っており、敵愾心《てきがいしん》が感じられる。ドクターとはある程度、打ち解けて話せる気はしたが、もちろん油断はできない。この二人に比べると小林君は、いっしょにいてもまだ安心感があった。足場の悪い危険な斜面を登るため、ただでさえ緊張を強いられるのに、側にいる者にも気を遣わなければならないとしたら、精神的にかなりきつい。

あとの二人よりも、彼のほうがましってことか。

そんな風に俊一郎は考えようとしたが、ブラックと入れ替わったあと、さらに小林君の足が鈍った。なぜなら彼は、しゃべるのに夢中だったからだ。

「口よりも、もっと足を動かすべきだろう」

俊一郎が注意しても、

「ブラックさん、ちっともしゃべらないんですよ」

あっさりとはぐらかす。しかも急に、

「スパイって、誰だと思います?」

あっけらかんと訊《き》いてくるので、思わず足を踏み外しそうになり、俊一郎は冷や汗をかいた。

まともに相手をする気は、彼も全然なかった。適当に応《こた》えて、お茶を濁そうと思っていた。しかしながら向こうは、

「僕の最初の推理では、第一容疑者はビッグさんでした」

予想外の発言をして、まんまと俊一郎の気を引いてしまった。

「どうして？」

「八獄の界のお守りを、胸に着けていなかったと、学者さんから聞いたからです。つまり黒術師様の指示に、彼は従わなかったことになります。これはスパイとして、当然の反応じゃないですか」

推理は見事に外れていたが、なかなか鋭い少年だなと、俊一郎がちょっと感心していると、

「僕たちが置かれた状況って、『探偵を捜せ！』みたいですね」

またしても彼の琴線に触れる発言をした。

「パット・マガーか」

「ああっ、やっぱり学者さん、知ってましたね」

しかも素直に喜ぶ様を目にしたら、俊一郎も悪い気はしない。

パット・マガー『探偵を捜せ！』とは、一九四八年にアメリカで発表された、著者の三作目のミステリである。通常は「犯人捜し」が主眼になるところを、夫殺しの妻の視点から描くことで、彼が生前に呼んでおいた探偵は、いったい四人の滞在客のうちの誰なのか、という謎をマガーは創り出した。そもそも第一作が『被害者を捜せ！』（四六年）で、第二作の『七人のおば』（四七年）も犯人と被害者を捜す話、そして第四作が『目撃者を捜せ！』（四九年）なので、こういう設定が著者は好きなのだろう。

俊一郎の趣味は怪奇小説にあったが、ミステリも嫌いではない。特に少し変わった趣向の作品には、手を伸ばすようにしていた。そのためパット・マガーも読んでいたのである。

「けど、スパイと探偵は違うだろ。それにあの作品で犯人が置かれた状況と、今の俺たちは似てないぞ」

大人気ないとは思いつつも、どんな反応が返ってくるのか興味があったので、俊一郎は突っこんでみた。

「そうですね。『探偵を捜せ！』では、犯人の奥さん一人が、四人の客の中から探偵を見つけようとします。でも僕たちは九人いて、そのうち八人で、一人のスパイを捜すことになります。いえ、ビッグさんが亡くなったから、七人ですね」

「あの作品の探偵より、俺たちの中のスパイのほうが、はるかに追い詰められてるってことだ」

「スパイと探偵の違いですが、それは解決できます」

「どういう意味だ？」

「このツアーに潜りこんだ人物は、スパイというよりも、むしろ探偵じゃないかと思うからです」

当の死相学「探偵」である俊一郎は、どきっとした。それを表に出さないように、わざとぶっきら棒に訊いた。

「どうして？」

「このツアーの参加者たちは、程度の差こそあれ全員が――もちろんスパイを除いてですが――黒術師様の崇拝者と言っても良いですよね」

「まぁ、そうか。でも中には、興味本位で参加した者もいるかもしれない」

「それは否定できません。ただ、いざ集合場所に行ってみて感じたんですが、そんな中途半端な考えでは、ちょっとバスに乗れないなって……」

小林君の言いたいことが、俊一郎にはよく理解できた。

「覚悟がいったのは、まず間違いない。それが参加者たちにも、またスパイにも、ちゃんとあったということか」

「はい。この場合の覚悟とは、別に本人の勘違いでもいいわけです。ためらいなくバスに乗れたかどうか、問題はそこですから」

「で、スパイを除いた全員が、黒術師の崇拝者だったとして、どうなる？」

ここから小林君は、とんでもないことを言い出した。

「近い将来に起こる何らかの事件の、その『犯人』だと見なせませんか」

「おい……」

自分の考えと同じだったが、さすがに俊一郎は否定しかけた。だが、彼の指摘も一理あると理解できるのは、祖父母や俊一郎、それに黒捜課の人間ではないだろうか。そのため、つい口籠《くちごも》ってしまった。

幸い小林君は、俊一郎の動揺に気づいた風もなく、

「六蠱が実行した猟奇連続殺人事件や、ホラー殺人鬼による無辺館《むへんかん》殺人事件、また大面家の遺言状殺人事件といった、あんな派手な惨劇を起こせるかは不明ですが、そういう事件の犯人候補に僕らは当たりませんか」

「…………」

とっさに俊一郎は、何も答えられなかった。これで相手がアキバか、ブラックであれば、「いかにも、こいつが考えそうなことだ」と感じたと思う。しかし今、彼の目の前にいるのは、まだあどけなさの残る顔をした、小林君だった。それゆえにショックが大きかった。

いや、中学生が殺人を犯した例など、いくらでもあるだろ。

そう考えようとしたが、相手を見れば見るほど、何かの間違いだという気がする。小林君のまっすぐな物言いが、よけいにそう感じさせるのかもしれない。

しかし当人は、どこか嬉々《きき》とした様子でしゃべっている。

「それで僕たちが『犯人』だとしたら、その敵であるスパイは、やっぱり『探偵』と呼ぶべきですよね」

「だから『探偵を捜せ！』なのか」

表向き納得したふりをすると、うれしそうに小林君が笑った。その笑顔を眺めているうちに、ふと俊一郎は考え直した。

犯人候補云々《うんぬん》は、中学生らしい一種の空想ではないのか。そうなることを実際に彼自身が望んでいるというより、そんな想像をして現実の憂さを晴らしているのかもしれない。

「それで今――」

俊一郎は気を取り直して尋ねた。

「小林君が『探偵』の容疑をかけているのは、いったい誰なんだ?」

「委員長さんと、ブラックさんと……」

思わせぶりに言葉を切ってから、彼は言った。

「学者さんです」

「根拠は?」

ある程度の予想はできたので、今度は口籠らずにすんだ。

「委員長さんは最初から、場のイニシアチブを取ろうとしている。ブラックさんはオカルトに詳しそうなところが怪しい。学者さんは一回目の休憩のとき、トイレで男の人と話してましたよね」

ぎょっとした表情が顔に出たのではないか、と俊一郎は焦った。助かったのは小林君よりも彼のほうが、少し先を進んでいたことである。まともに正面から見られたわけではないのが、何よりの救いだった。

それでも俊一郎は、何気ないふりを装って、

「そう言えば急に、話しかけてきた人がいたな」

問題はあの捜査員が、彼の上着のポケットにメモを入れるところまで、小林君が目撃していたかどうかである。

「何者です？」

「えっ、それは知らないよ。たまにあるだろ。まったく知らない小父《おじ》さんやお婆さんに、いきなり声をかけられることって」

確かに小母《おば》さんやお婆さんは多いかもしれないが、男の場合――それも背広姿の中年男性――は、ほとんどないのではないか。そう俊一郎も思ったのだが、ここは押し通すしかない。

「何て話しかけてきたんですか」

この質問に対する答え如何《いかん》で、相手の疑いが薄れるか濃くなるか、その瀬戸際だと分かった。ただし、ゆっくりと考えている時間はない。すぐに応《こた》えないと、絶対に怪しまれる。覚えていないふりも、決してするべきではないだろう。

一瞬のうちに俊一郎は、目まぐるしく頭を働かせた。

「あの先で、名物のあるサービスエリアを知らないかって訊《き》かれた。もしあれば、そこで昼を食べたいからって。でも俺は、そういう情報には疎いから、まったく分からないって答えた」

「それだけですか」

「ああ」

これで小林君がメモの受け渡しまで見ていれば、万事休すである。

「とはいえ学者さんの証言が、真実なのかどうか、僕には確認しようがありませんよね」

その台詞《せりふ》を聞いて、ひとまず俊一郎は安堵《あんど》した。どうやら彼は、メモの件には気づいていないらしい。

「でも、確かにあの小父さんは、探偵の仲間って感じじゃなかったしなぁ。車で出張に出ているサラリーマン、そのものでしたから」

新恒の人選の素晴らしさに、俊一郎は強く感謝した。あれが曲矢だったら……と想像するだけで、もう恐ろしくなってくる。

「それにしても、小林君も大胆だな」

相手が一応、納得したらしいのを見て取って、俊一郎は逆襲を開始した。

「どういう意味ですか」

「探偵かもしれない俺と二人切りのときに、こんな会話をすることがだよ」

そう言いながら立ち止まり、おもむろにふり返った。

「えっ……」

心持ち小林君の顔に、影が差したように見えた。

「ドクターとブラックは、かなり先を行っていて、ここからは見えない」

「いつの間に……」

「俺たちが悠長に、しゃべりながら登ってる間にだよ」

樹々で覆われた斜面を、小林君は不安そうに見上げながら、

「……でも、ここから声を上げれば、まだ聞こえると思います」

「けど二人の助けは、まず間に合わない」

無表情のまま低い声でそう言うと、少し怯《おび》えたような顔をしたので、俊一郎はやり過ぎたかなと心配になった。

「僕にもしものことがあれば、疑われるのは学者さんですよ」

ところが小林君も、決して負けていなかった。

「僕たちが二人切りだったことは、ドクターさんもブラックさんも、ちゃんと知ってますからね」

「急斜面で足を滑らせて落ちて、頭の打ちどころが悪かったらしい、と言えば通るんじゃないかな」

「そういう犯行は、不意打ちをしないと成功しません」

「言えてるな」

「ですよね」

すっかり立ち直った相手を見て、なかなか大した中学生だと、改めて俊一郎が感心していると、

……がさっ、ざざざっ。

突然、斜面の下から物音がした。野生の動物かと思ったが、それにしては大き過ぎる気がする。

ざっ、がさがさっ。ざく、ざくっ。

しかも、その物音は登っていた。俊一郎たちのほうに、少しずつ近づいている。

俺たちの他に、誰かいるのか。

だが、ここは八獄の界の結界内のはずである。峠までの道に、まったく車も人も見当たらず、いつまで待っても現れなかったのが、何よりの証拠ではないか。それなのに、何かが下からやって来る。それも人間より大きそうな……いや、長そうなと表現するべきか。

俊一郎の脳裏に、ずるっと樹木の間を這《は》い上がる蟒蛇《うわばみ》のようなものが、ふっと浮かんだ。

まさか……。

そんな化物が、結界内に巣くっているとでも言うのか。いくらなんでも有り得ないだろう。

でも、だったら、いったい何が……？

十　集合場所

「な、何でしょう?」

小林君がやや怯えたように、俊一郎に声をかけたので、

「しぃー」

彼は人差し指を唇に当てつつ、二人が隠れられる場所がないか、周囲を見回した。もっとも探しながらも、相手が「誰」とは言わずに「何」と表現したことが、どうにも恐ろしくてたまらなかった。

俊一郎が指示する前に、小林君は近くの藪《やぶ》の陰に、自ら身を潜ませた。やっぱり機転のきく少年である。それを見届けてから俊一郎は、少し離れた太い樹木の裏に回った。そこなら隠れられるだけでなく、登ってくるものの正体を、こっそり確認することができそうだった。

ざぁ、ざっざっ、がさがさっ。

さらに物音が大きくなり、何かの気配が迫ってきた。

ブラックがしきりに気にしていたのは、これか……。

でも、それなら自分やドクターや小林君にも、この気配が分かったはずだ。

さっきまで、こんな物音は聞こえなかった。

ひょっとすると猫娘が話していた、馬骨婆なのか……。

そんな莫迦《ばか》なことは有り得ないと思いながらも、黒術師の結界内であれば、逆に何でも有りなのかもしれない、という不安が少しずつ膨れ上がっていく。

ざわわっ、ざくざくっ、がさっ。

そのうち鬱蒼《うっそう》と生い茂った樹木と藪を掻《か》き分ける物音だけでなく、

……はぁ、はぁ、はぁ、はっ、はっ。

なんとも気味の悪い息遣いのようなものまで聞こえはじめた。

やっぱり……。

化物の類《たぐい》なのかもしれない、と俊一郎が覚悟を決めているところへ、樹々の群れの薄暗がりの中から、ぬっと何かが現れた。その黒い影は、ずんぐりとして予想よりも小さく、荒い息をついている。

これは……。

俊一郎が目を凝らすのと、それが少し明るい場へ出てくるのが、ほぼ同時だった。そのとたん、彼は樹の裏から出ていた。

「おい、どうしてここにいる？」

「うわっ」

悲鳴を上げながら転げ、そのまま滑り落ちていったのは、町へ戻ったはずのアキバだった。

「ちょっと、何やってんのよ」

その少し下から聞こえてきたのは、間違いなく蝶々さんの声である。

やがて蝶々さんと猫娘、それに全身を枯葉まみれにしたアキバが、ふうふう言いながら登ってきた。

「……あっ、学者さんと、小林君じゃない」

そのころには小林君も、藪の陰から姿を現していた。

「あーっ、良かった。もっと上を登ってるんだと、てっきり思ってたから……」

蝶々さんがその場にしゃがみこむと、猫娘も隣に座った。アキバは近くの樹木に片手を突きながら、ひたすら頭《こうべ》を垂れている。

「何かあったのか」

俊一郎は心配して尋ねた。町へ行かなかった理由があるにせよ、的場と委員長がいっしょでないことが、とにかく気にかかった。

ところが、蝶々さんの返答を聞いて、本当にずっこけそうになった。

「ううん、少し下ったら疲れて、それで止めにしたの」

「……な、何ぃ」

「それに町まで戻っても、ここと同じで誰もいなかったら、タクシーも拾えないわけでしょ。そしたら事故の現場にまた戻って、そこから集合場所へ歩いて登るんだって考えたら、もう嫌になって。だったら、やっぱり学者さんたちといっしょに行ったほうがいいって、そう思ったのよ」

最初から分かってたことだろ――という返しを、俊一郎は呑《の》みこんで訊《き》いた。

「委員長と的場さんは、町へ向かったのか」

「そりゃ男だもの」

蝶々さんの返事に、ぶつぶつと小声でアキバが何か言ったようだが、まったく聞こえない。自分も男だけど……とでも口にしたのかもしれない。

しかし、彼女の耳には届いたらしく、

「委員長はともかく、運転手さんは、あなた以上に太ってて、そのうえ年齢も上なのよ。それでも町へ行ったの」

するとアキバが、今度は俊一郎にも聞こえる声で、

「事故ったんだから、当たり前だろ」

「あなたね――」

厄介なやつらと同行になったなと、俊一郎がげんなりしていると、

「おーい！」

斜面の上のほうから、ドクターらしき声に呼ばれた。

「大丈夫かぁぁ！」

すぐに小林君が、その呼びかけに応《こた》えて、

「はーい！　ちょっと遅れますけどぉ、そのうち追いつきますぅぅ」

「分かったぁぁ！」

二人のやり取りが終わると、急に静寂が重く伸《の》しかかってきた気がして、俊一郎は驚いた。

こんなに静かだったっけ？

蝶々さんたちが合流するまで、思えば小林君としゃべり通しだった。そのため分からなかったのかもしれないが、周囲にいくら注意を向けても、鳥の囀《さえず》り一つ聞こえないことに、遅まきながら彼は気づいた。

そう言えば……。

先を行くドクターとブラック、それに俊一郎と小林君が立てる物音の他に、これまで何も聞こえなかったのではないか。だからこそ蝶々さんたちの気配に、あれほど怯《おび》えたのかもしれない。

鳥だけじゃないか……。

この山中には野生動物が、一匹もいないような感覚に、ふと彼は囚《とら》われた。いや、動物だけではない。虫も含めて命のある生物が、とにかく一切いない。まったく存在していない。

ここにいるのは死んだビッグを除く、俺たち九人だけ……。

そんな考えが、ふっと浮かんだ。なぜなら俊一郎たちのいる場所が、紛れもなく結界内だからだ。それも対象者が護《まも》られるべき正常な世界ではなく、事故によって歪《ゆが》んでしまったらしい閉《と》じた空間である。

ここに長く留まるのは、もしかすると危険かもしれない。

俊一郎が新たな問題を危惧《きぐ》していると、

「学者さん？」

怪訝《けげん》そうな表情で、小林君に声をかけられた。

「そろそろ行きませんか」

「ああ、そうだな」

そこからは会話もなく、五人で黙々と登り続けた。

もっとも出発に先立って、女性の荷物は男性が持つべきだ、と蝶々さんが言い出した。猫娘は小さく首をふったが、あえて反対はしなかった。蝶々さんに楯突《たてつ》くような言動は、したくなかったのだろう。しかしながらアキバは鼻で嗤《わら》い、小林君は困った顔をし、俊一郎は「自分の面倒は、自分で見ろ」と言った。

「何よ。学者さんは、私の味方だと思ってたのに」

彼女の俊一郎に対する評価は、これで下がったに違いない。だが彼の関心は、まったく別のところにあった。

こういう他人を拒絶するような言い方は、本当に久しぶりだな。

他者とのコミュニケーション能力を著しく欠いていた俊一郎が、ここまで成長できたのは、死相学探偵という仕事のお蔭《かげ》だった。死相の現れた依頼人を助けるために、本人や関係者と接するうちに、少しずつ改善されていった。とはいえ、これは根深い問題だった。そう簡単に治るものではない。それが分かるだけに、つい口に出た言葉に、彼自身が過剰に反応してしまった。

そのため俊一郎は、とたんに無口になった。彼が相手をしないので、小林君もしゃべらない。蝶々さんは「疲れた」「もう嫌だ」「足が痛い」と、思い出したように文句を言い続けているが、独り言のようなものである。猫娘とアキバ——特に後者——は登るだけで精一杯で、口を開く余裕など少しもない。

しばらくの間、ぶつぶつと愚痴だけが聞こえる中、俊一郎、小林君、蝶々さん、猫娘、アキバの順番で、五人は登り続けた。先頭と最後尾の差は開く一方だったが、それでも少しずつ進んでいた。

ところが、とうとう蝶々さんが音を上げた。

「もう無理！」

ブランド物の大きな鞄《かばん》を持ち、高いヒールをはいた彼女ほど、この場に相応《ふさわ》しくない格好もないだろう。とはいえ他の者も、山の斜面を登ることを想定して、事前に準備をしていたわけでは当然ない。誰もが自分のことで手一杯だった。

俊一郎は少し休憩を取ると、四人に出発を促した。だが蝶々さんだけは、頑として動かなかった。「もう嫌」をくり返すばかりで、一向に立ち上がろうとしない。なだめるか、怒鳴りつけるか、放っておくか。

俊一郎が迷っていると、

「荷物は、僕が持ちましょう」

小林君が見かねたのか、蝶々さんの鞄を手に取った。

「……あ、ありがとう」

とたんに彼女は元気良く立ち上がり、まだ座っている猫娘とアキバに、「ほら、行くわよ」と言っている。

やれやれ。

俊一郎はため息をつくと、先に歩き出した。しかし、そうやって登りながらも、時折ふり向いて、小林君の様子を見るようにした。細身の彼が鞄を二つ持って、こんな足場の悪い斜面を上がれるのかと、ちょっと心配だったからだ。

案の定、そのうち小林君が遅れはじめた。彼のすぐ後ろを歩く蝶々さんが、「頑張れぇ、美少年」などと声をかけているが、何の足しにもならない。

そんな光景を俊一郎は、しばらく傍観していた。だが、そのうちどうにも居た堪《たま》れなくなってしまった。彼は少し戻ると、小林君から荷物を取り上げた。

「あっ、す、すみません」

「ええっ、なんでそうなるのよ」

これには小林君も、蝶々さんもびっくりしたらしい。なぜなら俊一郎が手にしたのは、彼女のではなく、彼の鞄だったからだ。

「なんか学者さん、感じ悪いんだけど。変じゃない？」

蝶々さんはそう言いながらも、どこか可笑《おか》しそうにしている。

「小林君があなたの荷物を引き受けたのは、彼の厚意だ。それを無にすることはできない。だから俺は、そんな彼を助けるために、彼自身の荷物を持つ。別に悪くも変でもないだろ」

俊一郎の返答に、彼女はにやにやしながら、

「私は荷物さえ運んでもらえたら、それでいいの。できれば、おんぶもしてもらいたいけど、さすがに無理でしょ」

俊一郎が無視して登り出すと、

「次の休憩のあと、また僕、自分で持ちますから」

小林君が後ろに続きながら、そう言った。

「気にするな。君の荷物を持ったのは、蝶々さんに対する当てつけだ」

「ちょっとぉ、聞こえてるんだけどぉ」

すぐに当人の怒ったような、それでいて楽しそうな声が聞こえてきた。もちろん俊一郎は応えぬまま、そこからは小休止を取るだけで黙々と歩を進めた。

蝶々さんは相変わらず、

「もう、喉《のど》が渇いてカラカラ。そのうちしゃべれなくなるわ」

「あぁ、シャワーが浴びたい。私って、普通の人より綺麗《きれい》好きなのに」

「ほんとに駄目。これ以上は無理。死んじゃう」

と文句の言い通しで、おまけにアキバの遅れも酷《ひど》くなる一方だったが、とにかく俊一郎は登り続けた。

やがて斜面が緩やかになり、樹木の間から道らしきものが見えはじめた。急いで近づいてみると、それは車一台が通れる幅を持つ未舗装の土道だった。その左手には本来バスが走るはずだった車道が、右手には大きな建物の一部が、それぞれ樹々の枝葉越しに垣間《かいま》見えている。

「運転手さんの言っていた保養所が、あれですね」

あとから来た小林君が、右手の方向をうれしそうに眺め、それから左手に目をやりながら、

「車道まで、そんなに遠くないですね。これなら町へ行った委員長さんは、僕たちのように苦労しなくても、ここまで辿《たど》り着けるんじゃないかな」

「その分、距離を長く歩く必要がある」

「あっ、そうか。車道は山肌を、くねくねと迂回《うかい》してますからね」

「委員長ならきっと、俺たちと同じルートを取るだろう」

二人が話している間も、蝶々さんたちは一向に現れなかったので、俊一郎は先に行く

ことにした。

「待ってなくて、いいんですか」

小林君は心配したが、最後の急な斜面さえ上がってしまえば、遠目にも建物は見えるはずである。

車道から分岐した土道は、左手に弧を描きながら曲がっていた。俊一郎たちが足を踏み入れたのは、その半ば辺りだった。カーブに沿って歩いていくと、広い駐車場のスペースを持った、横に長い二階建ての保養所の正面に出た。

その玄関前ではドクターとブラックが、何やら難しい顔をしている。近づく俊一郎たちに気づいたのは、ブラックが先だった。だが彼らに声をかけたのは、予想通りドクターである。

「やけに遅かったな」

「登ってる途中で、蝶々さんたちが合流したんだ」

俊一郎が町へ行かなかった三人の話をすると、ドクターは納得したようで、

「それは大変だったな。で、あいつらは？」

「すぐに来ると思う」

そう答えながらも俊一郎は、建物全体を見回しつつ尋ねた。

「保養所で合ってたのか」

「ああ、聞いたことのない企業だけど、こんなの建てるくらいだから、社員の福利厚生

はしっかりしてるのかもな」

会社勤めをした経験のない俊一郎には、ぴんとこなかったが、ドクターの言っている意味はよく分かった。

「二人が来る前に、ブラックと建物の周りを調べてみた。玄関は鍵《かぎ》が閉まってる。それで窓から入れないかと思ったけど、どこも雨戸が下りてる状態でな」

「トイレの窓は？」

「雨戸がない分、かなり分厚い」

すると小林君が、不思議そうな口調で、

「この中に入る必要が、あるんですか」

「最初は俺も、単なる集合場所で良いと考えてた。でも――」

ドクターは空を見上げると、

「そろそろ日が暮れる。今から先へ進むのは、少し無謀じゃないか」

俊一郎が続けて、

「目的地までの距離と、かかる時間も不明だしな」

「うん。それに今日は、みんな大変な目に遭ってる。今夜はここに泊まって、明日《あした》の朝、出発するほうがいいんじゃないか」

「そういうことですか」

小林君は少し残念そうだったが、特に反対する気はないらしい。

三人が話している横で、またしてもブラックが、後ろを注意している素ぶりを見せた。ただ、このとき彼がふり返った先には、保養所の玄関扉しかなかった。山中で背後を気にするのは、言わば自然かもしれない。しかし、ここでの同じ行ないは、非常に奇異に映った。

いったいブラックは、何を感じてるのか。

思いきって俊一郎が尋ねようとしたとき、ドクターが二階を指差しながら、

「あそこ、見えるか」

ちょうど玄関の真上に、彼の注意を促した。

「半円形に並んでる窓の、一番左端だ」

「少しだけ開いてる？」

俊一郎が見えたままを口にすると、ドクターに建物の左端まで連れて行かれた。

「ここに非常階段があるけど、扉の鍵は閉まってるので、二階には入れない。でも階段の踊り場から、二階の一番左端の部屋のベランダまで、なんとか跳び移ることはできそうだろ。あとは二階の部屋のベランダ伝いに、さっきの窓まで行くのは、そんなに大変じゃない」

確かにドクターの言う通りだった。非常階段の二階部分の踊り場から、二階の一番左端の部屋のベランダまで、大人なら一跨《ひとまた》ぎの距離しか離れていない。各部屋のベランダ間の空きは、その半分くらいである。

「二階の真ん中って？」

「恐らく大浴場だろ。建物の表側と裏側の両方にあるんじゃないか。裏側は町のほうを向いてるから、それなりの展望が望めるんだと思う」

「で？」

嫌な予感を覚えながら訊《き》くと、ドクターは当たり前のように、

「俺もブラックも、運動には自信がない。アキバは論外だし、委員長はいない。小林君にやらせるわけにもいかないし、女性陣も無理だろう。となると残るは……」

抵抗するだけ時間の無駄だと考え、さっさと俊一郎は非常階段を上がった。そして踊り場の手摺《てす》りの上に立ち、部屋のベランダに跳び移るタイミングを計った。ベランダの柵《さく》の向こうへ跳ぶよりも、その上にいったん立つほうが、上手《うま》くいきそうな気がした。踊り場の手摺りとベランダの柵が、ちょうど同じ高さだったからだ。

下を見るな。

そう自分に言い聞かせて、いざ跳ばんとしたところへ、

「ああっ！」

素《す》っ頓狂《とんきょう》な悲鳴を上げられて、思わずバランスを崩しそうになった。ブラックと共に玄関から追いかけてきた小林君が、とっさに声を出したらしい。

「こら、危ないだろ」

「す、すみません。びっくりしちゃったんで、つい……」

ドクターに怒られて、しきりに小林君が謝っている。

……勘弁しろよ。

文句の一つも言いたいが、下を向くのは避けたい。ゆっくりと深呼吸をして、心を落ち着かせる。それから俊一郎は、一気に跳んだ。

ベランダの柵の上に立っていたのは、ほんの一瞬だった。すぐに下り立つと、隣の部屋のベランダへ向かう。同じ行為をくり返して、あっという間に俊一郎は問題の窓の前に着いていた。

ドクターの読み通り、窓の向こうには大浴場が見えた。手をかけると少し抵抗はあったものの、普通に開いた。換気のために開けたのを、うっかりと閉め忘れたのだろうか。

俊一郎は下に手をふってから、窓から中へ入った。あとは大浴場から脱衣所、さらに二階の廊下――ドクターの見立て通りに、廊下の反対側にも大浴場があった――そして階段を使って一階のロビーへと、彼は進んだ。ロビーの受付には電話があったので、受話器を取って耳に当ててみたが、まったく発信音が聞こえない。何度かフックを押しても同じだった。

玄関の扉の前に行くと、すでにドクターたちが待っていた。鍵を開けて入れ、まず電話が通じないことを伝える。それでもドクターとブラックは、それぞれ自分で確かめた。逆の立場なら、きっと俊一郎も同じことをしただろう。

「手分けして、この中を調べるか」

ドクターの提案で、彼とブラックは二階を、俊一郎と小林君は一階を見て回ることになった。

十数分後、四人は一階のロビーに集まり、互いに報告し合った。その結果、次のこと
が分かった。

保養所の建物は東西に延びている。玄関から見て右手が東で、左手が西である。一階
の中央には、ロビーと受付と食堂とキッチンとトイレが、その真上の二階部分には、二
つの大浴場とバーカウンターを備えたラウンジとトイレがある。客室は一階の東棟に洋
間が六室、西棟に同じく洋間が四室、二階の東棟に和室が七部屋、西棟に同じく和室が
四部屋ある。東棟の上階と下階で部屋数が違うのは、一階のロビー側が管理人室になっ
ているからだ。またロビーの地下には、配電盤とボイラー室と貯蔵室が認められたので、
俊一郎がスイッチを入れておいた。

「貯蔵室は密閉性に優れてるらしく、そこに保存食が充分にあった。俺たち九人が滞在
しても、一週間くらいは大丈夫かもしれない」

俊一郎が報告を続けると、

「食堂とトイレの水は、ちゃんと流れます」

小林君が付け加えた。少なくとも飢える心配はないわけだ。

「洋間には、ベッドがあるんだろ」

そう確認してからドクターは、

「和室の押入には、蒲団《ふとん》が積まれてた。つまり今夜の寝場所も、これで確保できたことになる」

「ラウンジに、妙なものがあった」

と言ったきりブラックが黙ったので、ちゃんと話せよという表情で、ドクターがあとを受けて説明した。

「隅に収納棚があったんだが、その中に仮装グッズが大量に仕舞われてた」

「宴会の余興のためか」

「たぶんな。ドラキュラや狼男、骸骨《がいこつ》に魔女といったハロウィン用から、サンタクロースやバニーガールなど、各種のマスクがそろってる。着る物もチャイナ服やキルトといった民族衣装から、袴《はかま》と羽織、巫女《みこ》装束まであったぞ」

「会社員も大変だな」

俊一郎の感想に、ドクターが苦笑を漏らしながら、

「あとは全員がそろうのを、気長に待つだけか」

その台詞《せりふ》に、小林君が反応した。

「蝶々さんたち、ちょっと遅くないですか。僕、迎えに行ってきましょうか」

「そろそろ来るだろ」

「でも……」

と言っているところへ、ようやく問題の三人が、へろへろになりながらロビーに入っ

てきた。

「足が痛い」と文句を言う蝶々さんと、言葉も出ないほど疲労困憊《こんぱい》のあとの二人を、とりあえず二階のラウンジに連れていって休ませる。ブラックもそこに残ったので、小林君にはバーカウンターで湯を沸かしてもらい、俊一郎はドクターと地下の貯蔵室へ向かった。今夜の食事の用意をするためである。

俊一郎たちもラウンジに戻り、みんなでインスタント珈琲《コーヒー》を飲んだあと、そのままソファに座っていると、一人、また一人と居眠りがはじまった。誰もが疲れているらしい。あまりにも無防備かと思ったが、俊一郎も睡魔には勝てなかった。眠ってはいけないと己に言い聞かせながらも、うとうとを何度もくり返して、とうとう寝入ってしまった。

目を覚ますと、すでに日はとっぷりと暮れて、窓の外は真っ暗だった。そしてラウンジには、いつの間に到着したのか、委員長と的場の姿があった。

「ま、町の様子は……」

頭がはっきりする前に、すでに俊一郎は尋ねていた。だが、委員長から返ってきたのは、予想していたとはいえ、ぞっとしない事実だった。

「この世界にいるのは、どうやら私たちだけのようです」

十一　保養所の夜

みんなを起こして食堂へ下り、まず夕食にした。といっても俊一郎とドクターが、地下の貯蔵室から取ってきたインスタント食品を、各自が選んだだけである。そうして腹が満たされたところで、委員長の話を聞くことになった。

「この山の車道に入る手前に、民家が三軒あったでしょう」

委員長の確認に、うなずいたのは半分くらいだった。あとの者は気づかなかったのか、反応するのも大儀だったのか。

「あそこを、まず訪ねました。でも三軒とも、誰もいません」

「留守だったの？」

蝶々さんの問いかけに、委員長は険しい顔で、

「最初は私も、そう思いました。今日は土曜ですからね。両親が週休二日で仕事をしている場合、家族で出かけたのかもしれない。それが三軒とも、というのは不自然かもしれませんが、有り得なくはないでしょう」

「けど……」

ぽつりと的場がつぶやいた。

「どこの家にも、車があったんです」

「変ですよね。あの三軒は、かなり町から離れています。どこへ行くにしても、必ず車がいるはずじゃないですか。なのに三軒とも車は残っているのに、住人が一人もいないなんて……」

「どの家も、二台目の車があるとか」

蝶々さんは軽い口調で言ったが、

「そういう気配は、三軒ともありませんでした」

委員長の返答は、いかにも重々しかった。そして彼が口を閉じたとたん、食堂には薄気味の悪い静寂が降りた。

ようやく麓《ふもと》に辿《たど》り着いて、最初の家を訪ねる。しかし留守だった。二軒目に行ったところ、やっぱり誰も出てこない。厭《いや》な予感を覚えつつ、三軒目のインターホンを押すが、まったく応答がない。間の悪いことに、三軒とも家を空けているのか。そう思いかけて、ふと気づく。三つの家には、それぞれ車が停まったままである。いったい住人たちは、どこへ行ったのか。

委員長たちの体験を、誰もが思わず想像して、寒気を感じているようだった。

「町には行かなかった？」

俊一郎は尋ねてから、非難しているように聞こえたかもしれないと思い、言い直そうとした。だが委員長は別に気にした様子もなく、淡々と応《こた》えた。

「二軒の家で二台の自転車を借りて、町まで戻りました」

そこで的場と顔を見合わせ、少し口籠《くちごも》ったあと、

「……私たちがバスで通った町は、まるでゴースト・タウンのようになってました。確かに田舎の小さな町ですが、バスの窓からは走る車も歩く人も、ちゃんと見えましたよね」

「ああ。それも決して、少なくない数が……」

ドクターの言葉に、うんうんと数人がうなずく。

「それなのに車は一台も走っておらず、人間の姿も人っ子ひとり見当たりません。まったくの無人でした」

「訪ねた場所はあるのか」

「郵便局とコンビニ、食堂とガソリンスタンドに行きました。民家とは違って、表の扉が開いてますから、難なく入れたわけです」

「けど、誰もいない」

「そうです。どこも同じでした」

ドクターの確認に応じる委員長の物言いが、なぜか非情に聞こえた。彼は事実を報告しているだけなのに、その話に耳を傾けることで、どんどん追いつめられていく感覚に俊一郎は囚《とら》われた。

「電話も試しましたが、駄目です。次に乗れる車を探したものの、一台も見つかりません。郵便局の職員の机にあった鍵《かぎ》が、表に停まってた郵便配達の車のものだと分かり、一時は喜んだんですが、まったくエンジンがかかりません。ガソリンスタンドでも、店員の車で試しましたが、やっぱり動きませんでした」

そこで委員長は思い出したように、自分と的場の鞄《かばん》からクッキーやチョコレートの箱などを取り出すと、

「私たちにできたのは、コンビニにあった食べ物と、懐中電灯やライターを取ってくることくらいです。でも、あまり役には立たなかったみたいで……」

意気消沈した顔をしたので、蝶々さんと小林君が慌ててフォローした。

「そんなことないわよ」

「もちろん、助かります」

そこへアキバの、独り言のような声が聞こえた。

「保養所にいるより町へ戻ったほうが、食べ物とか困らないんじゃないかな」

「町へ行くの、嫌がって戻ったくせに」

すかさず蝶々さんが毒づいた。自分のことは棚に上げて。

「全員の寝る場所の確保を考えると、ここも悪くありませんよ」

小林君の冷静な判断に、委員長も賛同した。ただし彼の真意は、まったく別のところにあった。

「ここに留《とど》まるほうが、私もいいと思います。保存食と寝室があるから、という理由もそうですが、それ以上に町へは近づかないのが賢明でしょう」

「どうして？」

珍しくブラックが口を開いた。その物言いが真剣だったのは、何か思うところがあったからだろうが、それは俊一郎も同じだった。

「バスの転落現場から町のほうを見たとき、蝶々さんが言ってましたよね。町の向こうに見えるのは、霧ですか――って」

「そうそう。白っぽい煙のようなものが、町の先に漂ってたわ」

「あれの一部が、すでに町へと侵入してたんです」

もしかすると……と俊一郎が予測していた通りの現象が、どうやら起きているらしい。

ブラックも同様の心配をしているのが、なんとなく分かった。

「何なんだ、その霧のようなものは？」

ドクターの疑問に、委員長は首をふりながら、

「まったく分かりませんが、あまり良いものには思えなかった。的場さんとも、あの中には入りたくない……と、すぐに意見の一致を見ましたから」

そこに小林君の、場違いにも明るい声が響いた。

「まるで『ザ・フォッグ』みたいですね」

みんな意味が分からず、ぽかんとする中で、俊一郎だけが応えた。

「ジョン・カーペンターか」

「もちろんです。リメイク版はいけません」

「何の話だ？」

いらつくドクターに、小林君が映画の内容を説明した。

海辺の村の沖合で、百年前に難破した船の乗組員たちの亡霊が、村の百年祭に合わせるかのように、少しずつ広がる無気味な霧の中から現れて、人間たちを次々と襲いはじめる——というお話が、「ザ・フォッグ」である。

もっとも、そういうホラー映画だと分かったとたん、ドクターが怒り出した。

「ふざけるな。遊びじゃないんだぞ」

「そんなつもりは……」

おろおろする小林君を批判的に見ているのは、ドクター一人ではなかった。彼に甘い蝶々さんでさえ、不快感を顔に出している。

「小林君の説明は、意外と参考になるかもしれない」

だから俊一郎が擁護すると、呆気《あっけ》に取られた視線が彼に集中した。

「本気か」

「学者さん、何を言ってるの」

ドクターと蝶々さんに、俊一郎はこう返した。

「そもそも委員長も的場さんも、決して霧には良い印象を持たなかった」

「だからって霧の中に、亡霊がいるってのか」

ドクターが再び怒りはじめたので、

「いや、そこはさすがに違うだろう。でも俺たちにとって、霧が悪いものだというところは、映画といっしょかもしれない」

俊一郎が自分の真意を伝えると、彼は興味深そうな顔で、

「霧の正体について、何か考えがあるのか」

しかし答えたのは、ブラックだった。

「八獄の界の、境界かもな」

「境目ってことか」

黙ったままブラックがうなずく。

「あの霧が境界だとしたら、その向こうは何だ？」

ブラックが何も答えず首だけふったので、

「何もない、無……かもな」

あとを俊一郎が受けてそう言うと、全員が厭な顔をした。蝶々さんは明らかに怖がっている。

「その向こうが何であれ、とにかく問題なのは、境界かもしれない霧の範囲が、少しずつ狭まっているらしいことだよ」

「…………」

みんながショックを隠せない顔をした。訳が分からないながらも、かなり厭な説明を聞いていることだけは、恐らく理解できたからだろう。

「オカルトに詳しいブラックと、同じく学者には、何か考えがあるみたいだな。どういう解釈をしてるのか、みんなに話してくれ」

ブラックが元の無口に戻ったので、ドクターの要望には、俊一郎が応えた。

「結界は本来、伸び縮みしないものだ。その内側の何かを護《まも》る、あるいは封印するという役割から考えても、これは当然だろう」

「八獄の界は違うのか」

「いや、同じだと思う。ただし今回、十人のうち九人が同時に呪符《じゅふ》を着け、一台のバスに乗りこんでいる状態で、転落事故に遭ってしまった。そして呪符を着けていた九人は助かり、一人だけ着用しなかったビッグが死んだ。これらは、もちろん黒術師にも予想外の出来事に違いない。もしかすると今、俺たちの身に何が起きてるのか、黒術師も把握していない可能性さえある」

「そうだな」

「正直、何が原因か分からないけど、イレギュラーな事態が発生したために、結界の縮小がはじまったんじゃないか……と思うんだ」

「ブラックも同じ意見か」

ドクターに訊《き》かれ、彼は無言でうなずいたが、すぐ考え直したかのように、

「結界の縮小化は、恐らく起きている。けど、その原因は別にあるのかもしれない」

「別とは？」

「さぁな。ただ言えるのは、学者が挙げた理由だけで、結界の縮小化などという大変な現象が起きるとは、俺には思えないってことだ」

その横柄な物言いに、俊一郎はかちんときた。それでもブラックの指摘は、もっともだと感じた。本来は有り得ない結界の縮小が起きた背景には、きっと大きな原因があるのだ。

でも、いったい何だ？

それほどの原因なら、俺たちも気づいたはずじゃないのか。

俊一郎が考えこんでいると、猫娘が遠慮がちな声で、

「あのー、まったく関係ない話かもしれませんけど……」

「発言は自由ですよ」

委員長に励まされ、彼女が続けた。

「私たちが結界内にいるのは、これまでの体験や町の様子から、ほぼ間違いないのかなぁ……と思うんです。それで、ふと疑問に感じたんですけど、このバス事故って現実の世界では、どうなってるんでしょう？」

「……言われてみれば、そうだな」

ドクターの台詞《せりふ》が、全員の感想だったかもしれない。残念ながら俊一郎自身も、そこ

まで考える余裕がまったくなかった。

「学者は、どう解釈する？」

しかしドクターに、そんな風に専門家扱いされたとたん、猫娘の疑問に対する回答が、なんとなく頭に浮かんだ。

「あくまでも想像だけど──」

「それでいい」

「現実の世界でも、間違いなくバスの事故は起きていると思う。ガードレールを突き破ってバスが転落したのは、完全に物理的な出来事だからな。ただ、そこから先は違う。ひょっとすると十人全員が死んでいたかもしれない事故で、ビッグを除く九人が助かったわけだ。しかも俺たちは、まったく無傷だった」

そのときドクターが、はっと身動《みじろ》ぎしたあと、

「服の上からだから、あまり分からなかったが、ビッグの遺体にも、目立った外傷がなかったような……」

「どういうことです？」

委員長に尋ねられ、言葉に詰まったドクターが、まっすぐ俊一郎を見た。

「呪符を着けていなかったため、ビッグは死んだ。とはいえ彼の周りには、結界に護られた九人がいた。しかも全員が、バスという閉じられた空間でいっしょだった。そのため事故が起きたとき、予想外の力が働き、皮肉にも死んだビッグを護った。だから遺体

には、もしかすると一切の傷がないのかもしれない」

「すると現実世界の、あの事故現場には……」

「恐らくビッグの遺体はない」

「ということは、俺たちも……」

「きっと存在しないんじゃないか。つまりバスの転落現場から、運転手と乗客の全員が消えてしまった。そんな奇っ怪な状況になってる可能性が、極めて高いと思う」

「しかも——」

と委員長が付け加えた。

「バス会社には、乗客名簿がありません。町へ戻る前に言った通り、運転手の的場さんの他に、いったい誰が乗っていたのか、警察は知りようがないわけです」

そこで彼は、全員を見回しながら、

「こういうバスに乗ると、前もって誰かに話した方は、いますか」

みんなが力なく首をふるのを見て、ドクターが言った。

「このまま結界から出られなければ、俺たち全員、謎の行方不明を遂げたってことになるわけか」

「もしくは——」

ブラックが低い声で囁《ささや》いた。

「縮小する境界に巻きこまれて、どうにかなるか」

「どうにかって、どうなる？」

「さぁ……。いずれにしろ現実世界から見れば、俺たちが消えたことに変わりはなさそうだけどな」

どんよりとした重い空気が食堂に漂った。そんな中で、ほとんど口を開いていないアキバが、いきなり話しはじめた。

「黒術師様のところへ、やっぱり行くべきだ」

それに応《こた》える者はいなかったが、彼は構わずに、

「バスツアーの目的は、元々そこにあったんだからさ。それに今、僕たちは結界に囚《とら》われてるらしい。そのうえ結界の境界が、どんどん縮まってるかもしれない。これが本当なら、どうにかできるのは黒術師様しかいない。あの御方にすがる以外に、僕たちが助かる道は絶対にないよ」

しばらく誰も反応しなかったが、

「一理ありますね」

ぽつりと委員長が認めると、ドクターも考えこむ仕草で、

「そもそも目的地を探して、俺たちは先へ進むつもりだったからな。それが切羽詰まった状況に変化しただけ、とも言えるか」

「ただ……」

俊一郎がそう言っただけで、全員の視線が集まった。

「この異様な状況を、黒術師がどこまで把握してるのか、こちらには少しも分からない」

「まぁそうだな」

ドクターが相づちを打ったが、怪訝《けげん》そうにしている。

「黒術師ほどの術者であれば、とっくに俺たちの現状を察してるかもしれない」

「そりゃそうだよ」

アキバが当たり前だという口調で応えた。

「だったら、なぜ助けてくれない？」

「…………」

俊一郎の問いかけに、アキバは黙ったまま顔をそむけた。

「俺たちの窮状を知っていながら、黒術師が放置してるっていうのか」

ドクターの台詞に、ざわめきが起きた。

「そんなこと、あるもんか」

あらぬほうを向いていたアキバが、憎々しげに俊一郎を睨《にら》んでいる。だが、あくまでも俊一郎は冷静に、

「それじゃ訊くが、黒術師は俺たちを助けてくれるはずだ、と考える根拠は何だ？」

「崇拝者だからさ」

アキバは口から唾《つば》を飛ばしながら、

「ビッグが死んだのは、黒術師様の言いつけを守らなかったからだろ。あっ、てことは、

あいつがスパイだったのか」

　独りで合点したあと、

「でも僕たちは全員、八獄の界の御札を着けてる。つまり立派な崇拝者だと、間違いなく黒術師様にも分かるはずだ」

「それは、どうかな」

　ドクターが険しい顔をしながら、

「たったそれだけで自分の味方だと、普通は判断しないだろう。黒術師が優れた呪術者《じゅじゅっ》であれば、なおさらだ」

　すると委員長が、

「このバスツアーの目的も、最初から謎でしたよね」

「そうだけど、それは表向きで、実際は僕たちのような崇拝者が、黒術師様にお目通りするための、これはツアーだよ」

　力説するアキバに、小林君がうなずきながら、

「僕も、そう思ってました」

「や、やっぱり、そうだろ。ほらみろ、こういう――」

　ところが小林君は、ついで首をふりながら、

「けど、事故から時間が経ってるのに、黒術師様から何の接触もないのは、どう考えても可怪《おか》しいです」

「そ、それは……」

と言ったきりアキバは、再び口を閉じてしまった。

「黒術師でさえ、どうにもできない状況に、実は俺たちが囚われてる——って可能性は？」

ドクターの恐ろしい想像に、蝶々さんが悲鳴を上げた。

「ちょっと、止めてよ」

「もちろん可能性はある。けど——」

俊一郎が自分の考えを述べようとしたとき、

「そうだ！　黒術師様に、お助け下さいって、メールを送ればいいんだよ」

アキバが突然、すっとんきょうな声を出すと、慌ててスマホをいじりはじめた。

「うっかりしてたな」

このブラックのつぶやきに、委員長と蝶々さんは賛同したが、逆にドクターは懐疑的に、

「向こうのメールが届くからって、こっちも連絡できるとは限らない」

その心配通り、アキバが何度やっても、結局メールは送れなかった。

「ふん」

ドクターが鼻で嗤《わら》うと、アキバが殺意に満ちた眼差《まなざ》しで彼を睨み、委員長と蝶々さんは項垂《うなだ》れ、猫娘はため息をつき、ブラックはそっぽを向いた。的場は夕食のあと、完全

な傍観者になっている。

　そんな中で小林君が、客観的な意見を口にした。

「このメールの件だけ見ても、黒術師様がバスツアーの参加者に対して、決して友好的とは限らないと、はっきりしたんじゃないですか」

「言えてるな」

「少しも救援する気配がないのも、それを裏づけてると思う」

　ドクターと俊一郎が、小林君を支持すると、

「あんた、さっき言っただろ」

　アキバが吠《ほ》えた。

「イレギュラーな事態が発生したから、結界の縮小がはじまったって」

　うなずく俊一郎に、アキバは勝ち誇ったかのように、

「だから黒術師様も、僕たちを助けるのに、きっと時間がかかってるんだよ。今夜中か、遅くても明日《あした》には、どうにかして下さるはずだ」

「その可能性を否定する材料は、今のところない」

　俊一郎が認めると、とたんにアキバは得意そうな顔をしたが、

「とはいえ可能性としては、極めて低いし、黒術師の救援を当てにするべきじゃないと、強く思う」

　そう続けると、ぶすっとした表情になった。

「今夜は、このへんにしませんか」

委員長が全員を見回しながら、

「みなさん、かなりお疲れのようです」

「委員長と運転手さんが、一番そうよね」

と言ったそばから、蝶々さんが大きな欠伸《あくび》をした。それに誘われ猫娘も小林君も、片手を口にやっている。その場に、たちまち睡魔が舞い降りたような、そんな空気が漂いはじめた。

「部屋割は、どうしますか」

ところが、この委員長の一言で、誰もが意識をはっきりさせた。

短時間のうちに、ある程度は親しくなったとはいえ、まったく見ず知らずの赤の他人の集まりであることに、何ら変わりはない。おまけに九人の中には、スパイがいるかもしれない。ビッグがスパイだった、というアキバ説を支持する者もいたが、何の証拠もない。そんな状態で、誰かと同室で寝るなど、やはり無理だろう。かといって独りは、もっと怖い。

散々に話し合った結果、蝶々さんと猫娘と小林君は同室で寝るが、他の六人は一人で一室を使うことになった。

この部屋割が決まるまでの間、俊一郎は密《ひそ》かに一人ずつ死視した。前に行なったのは、みんなが八獄の界の呪符を着ける前だった。そのため全員に死相が出ていた。あれはバスの事故で、一人も助からないことを意味していたのだ。恐らく俊一郎も、例外ではなかったはずだ。それが黒術師の呪符のお蔭《かげ》で助かった。これほど皮肉な出来事も、ちょっとないだろう。本当なら事故後も視《み》ておくべきだったが、そこまで頭が回らなかった。一人ずつ死視しながら、自分の顔が次第に強張《こわば》っていくのが、手に取るように俊一郎には分かった。

……やっぱり死相が出ている。

的場にも委員長にも、蝶々さんにも猫娘にも、死視する者たちに、次々と死相が視えたのである。結界の中にいるにもかかわらず。

そうか……。

ここで考えられる可能性は、やはり一つだろう。縮小する結界の境に巻きこまれ、全員が無事ではすまない、ということではないか。

死ぬというよりは、消えてしまう。

小林君にも、ドクターにも、アキバにも現れている死相を視ながら、俊一郎は圧倒的な絶望感を覚えた。

……助からない。

ここは黒術師の結界内なのだ。アキバの願い通り、黒術師が救出に来るとは思えない。逆に嬉々《きき》として放置するだろう。その中に弦矢俊一郎がいると分かっていれば、なおさらである。

祖母《ばあ》ちゃん……。

いつもならとっくに祖母に電話をして、助けを求めていただろう。死相学探偵としての彼に、祖母ほど適切な助言を与えてくれる人はいない。

くそっ。あの口やかましい祖母ちゃんを、ここまで切実に頼るときが、実際に来るとはなぁ。

なんとも複雑な気持ちのまま、最後の一人であるブラックを死視したところで、俊一郎は固まった。

……死相が、薄い。

他の者たちに比べて、明らかにブラックの死相だけが薄れて視える。

どうして？

しかも、それは死相の濃淡の差というよりも、ブラックの死相だけが消えつつあるように視えたため、よけいに俊一郎は混乱した。

なぜブラック一人が？

他の八人と異なる行動を、彼は何か取っただろうか。彼だけが助かるような、そんな行為をしただろうか。

いや、だけど……。

この得体の知れぬ結界内で、そもそも助かる方法があるのか。仮にあったとして、どうしてブラックは知ることができたのか。そう考えれば考えるほど、まったく分からなくなってきた。そのうち頭痛を覚えはじめたので、今夜は諦《あきら》めることにした。明日にしよう。

それとなく本人に探りを入れながら、ブラックと長時間いっしょにいたドクターにも、何か変わった出来事がなかったかを訊《き》く。ただし慎重にやる必要がある。なぜブラックの行動に興味を示すのか、その理由の説明ができないのだから。

しかし、俊一郎は翌日の朝になって、非常に後悔する羽目になる。なぜならブラックが、二度と目を覚まさない状態で発見されたからだ。

十二　二人目の死

翌朝の七時過ぎに俊一郎が食堂へ行くと、すでに委員長たち六人が、それぞれ好きな朝食を摂《と》っていた。熟睡できた者は一人もいなかったのか、誰もが眠そうな表情をしている。

「……おはようございます」

そこへ小林君が、完全に開いていない両目をこすりつつ、朝の挨拶《あいさつ》をしながら入ってきた。

「僕が最後……じゃないんですね」

少しうれしそうに笑ったものの、すぐに大きな欠伸をした。

「あとは、ブラックさんだけですか」

委員長が律儀に応《こた》えたが、もちろん誰も起こしに行こうとはしない。

「こんな状況で安眠できるとは、なんともうらやましいな」

ドクターの皮肉っぽい物言いにも、ほとんどの者が無反応である。眠いけれど寝られない。そのために、ぼうっとしている。ほぼ全員が、そんな状態だった。

俊一郎もインスタント珈琲《コーヒー》を飲んでしばらくして、ようやく本当に目が覚めたといった感じである。

「それにしてもあいつ、よく眠れるなぁ」

ドクターのつぶやきに、俊一郎が壁の時計に目をやると、もう八時前である。

「起こして来ましょう」

言うが早いか、委員長が立ち上がった。

「全員で今日の予定を、ちゃんと話し合う必要がありますからね」

その言葉を聞いて、大変な一日になりそうだと、改めて俊一郎は覚悟を決めた。

本来の目的地を目指して進むにしても、無事に辿《たど》り着ける保証は何もない。仮に到着できても、そこに黒術師がいるかは分からない。やつがいても、八獄の界の呪法《じゅほう》を解いてくれるとは限らない。そして全員が結界から抜け出せたにしても、そのまま帰してもらえるかどうか。特に俊一郎は……。

　朝から暗澹たる気持ちに彼がなっていると、委員長が駆けこむように食堂に入ってきて、

「ドクター、ちょっと来てもらえますか」

しきりに手招きしている。その緊迫した様子に、俊一郎も迷うことなく二人のあとに続いた。

三人が向かったのは、西棟の二階である。階段を上がると、すぐ左手に見える二〇五号室だった。その部屋でブラックは、他の男性と同じく――ただし小林君は除いて――独りで寝ていた。

食堂から離れたところで、委員長が小声で話し出した。

「ノックをして声をかけたのに、何の返事もないので、部屋に入ったんです。そうしたらブラックさんが、蒲団《ふとん》の中で……」

「冷たくなってた？」

ドクターの確認に、しかし委員長は首をふりながら、

「確かめてません。ただ、いくら声をかけても起きないし、そもそも息をしてるように見えなくて……」

部屋の前に着くと、ドクターが一応ノックをした。それから扉を開けて入り、三和土《たたき》で靴を脱いでから、座敷に敷かれた蒲団の側へ近づいた。すぐに俊一郎もあとに続いた

が、委員長は三和土に立ったまま、座敷に上がろうとはしない。

掛け蒲団をまくり、片手をブラックの首筋に触れながら、

「……死んでるな」

ぼそっとドクターが告げた。

俊一郎の後ろで、委員長の息を呑《の》む気配がした。彼自身も心構えをしていたはずなのに、少なからぬショックを受けた。いや、正確にはブラックの死に関しては――酷《ひど》いようだが――その程度の衝撃ですんだかもしれないが、もっと俊一郎を驚愕《きょうがく》させた事実があった。

一人だけ死相の薄れていたブラックが、なぜ死んだのか。

死視した時点で、もっとも助かる可能性があったのは、当のブラックである。それは死相学探偵としての経験から、自信を持って言えた。しかし、実際は違った。

この世界では、死視の力も歪《ゆが》められてしまうのか。

愕然とするばかりの俊一郎の後ろと前で、

「死んだのは、いつごろでしょう？」

「そうだなぁ。三、四時間ほど前ってとこか」

委員長とドクターのやり取りがあった。

「熟睡できた人は、恐らくいなかったと思いますが……」

「とはいえ全員が、ほぼ寝入っていたと思《おぼ》しき時間帯だな」

そんな二人の会話を聞いて、ようやく俊一郎も立ち直り出した。

「つまりは、打ってつけってことだ」

「何に？」

怒ったようなドクターの問いに、俊一郎は答えた。

「犯行時刻として、だよ」

「……な、何だって？」

ドクターが驚いた以上に、委員長が大声で叫んだ。

「ブラックさんは、こ、殺されたんですか」

俊一郎は遺体の胸に着けられた、例の呪符を指差しながら、

「ほら、破られてる」

その事実に気づいた二人の顔から、さぁっと血の気が引いた。

「しかも――」

俊一郎は遺体に近づき、ドクターと入れ替わると、

「単に呪符を半分に破って、八つの円を断ち切っただけでなく、墨汁で描かれたらしい円の一つずつを、わざわざこすり落としているように映ることから、明確な殺意があったと見なすべきだろうな」

より詳細な説明を行なった。その直後、委員長とドクターが慌てて自分の呪符を確認したので、俊一郎も遅まきながら二人に倣った。

「いったい誰が？」

呪符の無事を確かめるや否や、ドクターがストレートに訊いてきた。だが答えたのは俊一郎ではなく、委員長のためらいがちな声音だった。

「……私たちのうちの誰か、しかいませんよね」

「何のために？」

ドクターの二度目の問いかけに、委員長は応じることなく、

「もう戻りましょう。この件を一刻も早く、みんなに伝える必要があります」

三人が食堂に姿を現すと、残っていた五人に、いっせいに見つめられた。それから蝶々さんと小林君が、代わる代わる興奮した様子で、

「どうしたの？」

「ブラックさんは、まだ起きないんですか」

「まさか彼に……」

「何かあったんじゃないでしょうね」

委員長に促されて、ドクターがブラックの死亡を口にすると、その場の空気が固まった。

もしかすると五人も、なかなか帰ってこない三人を待ちながら、もしや……と最悪の予想をしていたのかもしれない。それでも誰もが一様に、物凄《ものすご》い衝撃を受けたのは間違いなかった。

「でも、どうして？」

蝶々さんの疑問には、ドクターに促されて、俊一郎が応えた。彼が破られた呪符の状態を説明するにつれ、五人の顔に浮かび上がった恐怖の色合いが、どんどん濃くなっていく。それが手に取るように分かった。

最初に自分の呪符を検《あらた》めたのは、小林君だった。そんな彼を見て、残りの四人も急いで確かめている。

「犯人は、探偵です」

小林君の断定した物言いに、俊一郎を除く六人が、えっ……という顔をした。まったく訳が分からなかったからだろう。そこで今度は俊一郎が小林君を促して、『探偵を捜せ！』の話をさせた。

「スパイじゃなくて、それで探偵なのね」

蝶々さんは納得したようだが、ドクターは苦虫《にがむし》を嚙《か》みつぶした顔をしている。ミステリ小説にたとえるなど、この場に相応《ふさわ》しくないと怒っているのだ。ただし何の文句もつけなかったのは、無駄な議論は避けたいと考えたからかもしれない。

「でも探偵は、なぜブラックさんを手にかける必要があったんです？」

「動機は何だ？」

委員長とドクターに連続で突っこまれたが、小林君は少しも動じることなく、

「それはブラックさんが、探偵の正体に気づきかけてたからです」

この推理にもっともどきっとしたのは、俊一郎である。とはいえ見事に外れていると分かっていたのも、また彼だった。だが、その事実を口にすることは、当たり前だができない。

「少年探偵にしては、なかなか説得力があるな」

ドクターが珍しくほめると、

「いえ、ですから僕たちは犯人であり、捜すべきなのが探偵なのです」

小林君が真顔で言い返したので、これには誰もが苦笑した。

「探偵を捜せ、ですか」

しかし委員長がくり返すと、みんなの表情も真剣になったので、俊一郎は心の中でつぶやいた。

まずいことになりそうだな。

ブラックの疑っていた相手が俊一郎だと、もし誰かが気づいたら、それだけで彼は容疑者になってしまう。かといってブラック殺しの犯人と、バスツアーに潜入した探偵とは、別人とは考えられないか――などと言うわけにもいかない。なぜそう思うのか、その根拠を絶対に訊《き》かれるからだ。

今にも誰かが、「ブラックが容疑をかけていた人物は――」と話し出しそうな雰囲気に、俊一郎がぴりぴりしていると、

「そう言えばブラックって、他人をじろじろ見る癖があったわね」

蝶々さんが意外な発言をして、彼を驚かせた。しかも彼女の指摘に反応したのが、なんとアキバだった。

「あいつは自分独りで探偵を見つけて、黒術師様に取り入るつもりだったんだよ」

もっとも口にしたのは、恐らく俊一郎と的場以外の全員が、一度は考えたに違いない願いだった。

ただ、この蝶々さんのブラック評価で、俊一郎の気が少しだけ楽になったのは確かだった。

やつに疑われてると感じたのは、自分の早とちりだったのか。

彼女の観察が正しければ、ブラックは誰かれなく疑惑の目で、じっと見ていたのかもしれない。あの彼でさえそうなら、他に俊一郎を疑っている者など、もしかするといないのではないか。

彼が安堵《あんど》しかけたところで、ふと小林君と目が合った。

いや、この少年がいたな。

例のトイレの件は、なんとか誤魔化せたと思うものの、だからといって油断はできない。

ここは率先して、探偵を捜すふりでもするか。

ただ、このままブラック殺しの犯人として、小林君が主張する探偵捜しを行なった場合、肝心の真犯人を逃してしまうことになる。いくら我が身を護《まも》るためとはいえ、そんな茶番に協力できるだろうか。いや、できるできない以前に、そうするのが最善なのだろうか。

俊一郎が考えあぐねていると、委員長が全員の注目を集めるように、

「探偵捜しも大切ですが、今日は目的地を目指す予定だったはずです。もし行くのなら、朝のうちに出かけるべきだと、私は思うのですが」

「確かに、そうだな」

相づちを打つドクターに、蝶々さんが怯《おび》えた様子で、

「探偵の正体が分かんないのに、いっしょに行動するわけ？」

「これまでもしてただろ」

「ブラックが殺されたんだから、今までとは違うじゃない」

「探偵が誰か、はっきりするまで、団体行動は取りたくないってことか」

「自分の命がかかってるのよ」

「けどブラックが殺されたのは、探偵の正体に気づいたからだろ。もしくは探偵が、そのように思いこんだか。いずれにしろ探偵にとって、もう脅威はなくなったことになる。つまり俺たちが狙われる危険は、まずないってわけだ」

「そんなの分かんないじゃない。どうして断言できるの」

「だから今、その説明をしただろ」

「自分の身を護るために、人殺しをするような探偵が、私たちにも手を出さない保証な

んて、まったく何もないでしょ」

「そんなこと言い出したら……」

ドクターが言葉につまったところで、委員長が提案した。

「午前中は探偵捜しを行ない、出発は午後からにしますか」

「そんな余裕、ないんじゃないか」

ドクターの指摘に、すぐさま俊一郎も賛成した。

「先へ進むなら、なるべく早く出発すべきだと思う。目的地までの距離も時間も、何一つ分かっていない。こんな状態で歩くんだから、せめて時間の余裕は欲しい。場合によっては、ここまで戻る羽目になるかもしれない」

それから彼は、蝶々さんを安心させるように、

「俺たちの中に、ブラックを亡き者にした探偵がいるにしても、みんなで固まって歩くんだから、まず大丈夫だよ」

「けどね、歩いてるうちに、足の速いグループと遅いグループに、そのうちきっと分かれるじゃない。私と猫娘ちゃんと小林君だけになったとき、いったい誰が護ってくれるのよ」

蝶々さんの悲痛な訴えに、委員長が何か言おうとした。だが、彼よりも先に全員の耳に届いたのは、ぼそっとしたアキバの声だった。

「猫娘と小林君の二人を、あっさり探偵の容疑者から外して、いいのかなぁ」

みんなが、びくっと反応した。まだあどけない顔をした中学生の少年と、地味で目立たない女子高校生が、ブラック殺しの探偵だとは、どうしても思えなかったからだろう。

もちろん俊一郎は、この二人が探偵でないと分かっている。ただ、だからといってブラック殺しの犯人でないとは、当然だが断定できない。そういう意味では彼自身を除いた、七人全員が容疑者だった。

その場の異様な空気を払うように、委員長が改めて提案した。

「探偵捜しは、先へ進みながらでもできるでしょう。まずは出発しませんか。歩く速さも、一番遅い人に合わせることにして、みんながバラバラにならないようにする。これなら蝶々さんも、安心でしょう？」

仕方なくといった態度で、彼女がうなずくのを確かめてから、

「それじゃ持っていく保存食と水を、全員で負担し合いましょう」

てきぱきと委員長が采配《さいはい》をふるいはじめた。

十数分後、全員の準備が整った。各自が二日分の食べ物と飲み水を持つことになったのだが、蝶々さんの強い主張により、委員長とドクターと俊一郎の三人は、予備の飲食物まで荷《にな》う羽目になってしまった。アキバも本当はそこに入っていたが、本人が頑として拒否した。反対に的場は「自分も持ちます」と言ったのだが、その憔悴《しょうすい》しきった様子から、すんなり免除された。

「では、出発しましょう」

委員長の掛け声が合図となり、全員が食堂から出かけたところで、

「……すみません」

思わず聞き漏らしてしまうほどの、弱々しい声音が後ろで響いた。

俊一郎をはじめ、みんながふり返ると、鞄《かばん》を膝《ひざ》に抱えた格好で、的場が一人だけ椅子に腰かけている。

「どうしました？　具合でも悪いんですか」

委員長が心配したが、的場は微《かす》かに首をふりながら、

「私は、残ろうかと思います」

とんでもないことを言い出した。

「ど、どうしてです？」

びっくりしながら委員長が尋ねると、的場は申し訳なさそうな顔で、

「こんな目にみなさんを遭わせたのは、私の居眠り運転のせいです」

「それは……そうですけど、だからといって、何も残る必要は……」

「いえ。若い人たちばかりの中で、私がいると、きっと足手まといになります」

「そんなこと――」

委員長が否定するよりも早く、蝶々さんがにっこり笑いながら、

「運転手さんのほうが、よっぽど頼りになるから、そんな心配しなくていいよ」

彼女がアキバのことを言っているのは、ほぼ全員が分かっていたと思う。むしろ本人

だけが、まったく察していなかったかもしれない。

アキバ以外の全員が、いっしょに行こうと的場を説得したが、とうとう彼は首を縦にふらなかった。

「ここに戻ってくる可能性もあると、先程の話に出ましたよね。ですから私は、そういう万一のときのために、みなさんを待ってます」

保養所の玄関で的場の声に見送られつつ、俊一郎たちは歩き出した。

それは前日の朝、新宿でバスに乗りこみ、どこへ行くのかも分からない状態だったときと、少しも変わっていない出発だった。まさに黒のミステリーツアーの続きだった。

十三　霧の中

保養所をあとにして歩き出した土道は、左右に背の高い樹木が群れているため、朝でも薄暗い。昨日はこんな森の中を突っ切ったのだと思うと、にわかに信じられなかった。

そうだ、昨日と言えば……。

俊一郎は耳をすました。しかし、予想通り鳥の囀《さえず》り一つ聞こえない。普通なら日が昇ったとたん、やかましいくらいに鳴くはずである。

生きとし生けるものは、やっぱり俺たちだけか。

そう考えると、まるで周囲の深い森が偽物のように感じられた。今にも周りの樹々が倒れ、頭上の青空は裂けて太陽が落ち、地面に割れ目ができて、俊一郎たちのいる世界が崩壊してゆく。その後に現れるのは、何もない真っ暗な無の空間である。そこに全員が放り出され、永遠に彷徨《さまよ》う羽目になる。そんな幻覚に、ふと囚《とら》われそうになった。

俊一郎は両目を閉じると、軽く頭をふった。そんなことをしているうちに、土道が終わって車道に入っていた。そこからは九十九《つづら》折りの舗装路を、ひたすら上ることになる。足場は安定しているが、その分ほとんど変化に乏しい道を、どこまでも歩き続けなければならない。

このバスツアーならぬウォーキングツアーの先頭は、委員長とドクターだった。それから俊一郎と小林君、蝶々さんと猫娘、そしてアキバと続いた。

車道を歩き出して、三十分も経たない間に、

「前に行きなさいよ」

自分たちの後ろから跟《つ》いてくるアキバに、蝶々さんが再三そう言った。

「どこを歩こうと、僕の自由だろ」

だが彼は、まったく聞く耳を持たない。見かねた委員長が声をかけても、知らないふりをしている。

「あんたに後ろを歩かれると、お尻《しり》をじっと見られてるようで、もう気持ち悪いったら

ないのよ」

ついに蝶々さんが爆弾発言をしたが、それでもアキバは恥じ入ることなく、

「僕が前に行ったら、後ろには誰もいなくなるぞ。すると何かが迫ってきた場合、最初に遭遇するのは、蝶々さんと猫娘ちゃんだけど、それでいいわけ？」

そんな風に、逆に脅す始末だった。これには蝶々さんも一瞬、黙ってしまった。しかし、すぐに彼女は強く要求しはじめた。

「男ばっかり、前で固まってないで、私たちとアキバの間に、誰か入ってよ」

仕方なく四人で話し合った結果、まず俊一郎とドクターの二人が、後ろに回ることにした。休憩を一時間ごとに取る予定だったので、その都度、前の者と入れ替わる。また二人の組み合わせも、順番に変えていこうと決めた。

最初の組み合わせに、特に意味はなかったが、俊一郎には都合が良かった。昨日のブラックの様子を、ドクターに訊《き》けるからだ。

ところが、蝶々さんたちの後ろに入ったとたん、当の彼女に話しかけられて、それどころではなくなった。

勘弁してくれよ。

俊一郎は胸中でぼやいたが、幸いにもしばらく我慢するだけで解放された。早くも蝶々さんが「疲れた」を連発して、無駄話をしなくなったからだ。猫娘は一対一なら割としゃべるが、複数の人の間では無口だった。そのため蝶々さんが黙りがちになると、

もう相手をしなくても良くなった。

彼女たちから、わざと俊一郎は少し離れると、ドクターに探りを入れ出した。ちなみにアキバは、彼ら二人が間に入ってから、すねたように独りでかなり後方を歩いている。

「ブラックの、昨日の言動だって？」

俊一郎の質問を、ドクターは鸚鵡《おうむ》返しにしたあと、

「小林君が言う探偵捜しを、さっそくやろうってわけか」

はっと合点がいったらしい。ただし、すぐ空を仰ぎながら、

「しかしなぁ、やつの変わった様子といっても……」

ちょっと困った顔をした。とっさに思い当たる出来事が、きっとないのだろう。だが彼は少し考えたあと、ためらいがちな口調で、

「これは関係ないと思うけど、時折あいつ、妙に周囲を見回すというか、まるで何かを捜してる素ぶりがあったたな」

「それは、俺も目撃している」

俊一郎の応答に、ドクターは急に活気づくと、

「へぇ、ただの気のせいじゃなかったのか。で、あいつは何を見てたんだ？」

「そこが分からない」

ドクターは一転して、がっかりした様子を見せたが、

「けど、あのときブラックといっしょだったのは、俺だけだ。学者と小林君はあとから

来ていた。蝶々さんと猫娘とアキバも、実は俺たちを追いかけてたわけだけど。そして委員長と的場の二人は、町へ向かっている最中か、もしくは着いていたか。つまりブラックが視線を感じる相手は、いなかったことになる」

「視線と決めつけるのは、どうかな」

「他に何がある？」

「……さっぱり分からん」

「ちょっと待てよ。俺は今、みんながブラックを凝視する機会が、さもないように言ったけど、実際はどうだろう？」

「町へ行ったふりや、追いつこうとしたふりなど、いくらでも可能ってことか」

「そう思わないか」

「確かに。でも蝶々さんたちは三人で、委員長たちは二人で、それぞれ行動をしていた。互いにアリバイを証明できるんじゃないか」

そこから二人は手分けして、全員に昨日の動きの詳細を確かめた。その結果、誰もが独りになった時間があったことが判明した。とはいえ正確な時間も時刻も不明なため、ほとんど役に立たない情報だった。

「けどなぁ」

二人が元の位置に戻ったあと、俊一郎は小首をかしげながら、

「仮にブラックを見つめてるやつが、問題の探偵だとして、これから殺そうという相手

を、それほど凝視するか。向こうに気づかれたら、元も子もないだろ。現にブラックは、その不審な眼差《まなざ》しを察していた節がある」

「それは逆だろ」

すぐさまドクターが反論した。

「自分の正体を、ブラックに悟られたんじゃないかと疑ったからこそ、探偵はやつに注意していた。そしてブラックの何かの言動が、それを裏づけてしまった。だから探偵は、やつを殺したんだよ」

説得力のある推理だが、探偵が犯人でないことは分かっているため、これは採用できない。ただし、この「探偵」をブラック殺しの「本当の犯人」と置き換えられるのではないか、と俊一郎は考えた。

なんか、ややこしいな。

つまり真犯人も、何らかの理由でブラックの言動を注視していた。その結果、殺害すべきだと判断した。

しかし、いったい誰が……？

俊一郎は参加者たちの顔を一人ずつ思い浮かべながら、この推理を熟考することにした。

バスの運転手の的場は、唯一の部外者と言える。バスツアーの主催者が、黒術師だとは知らなかった。あくまでも彼は会社が受けた仕事として、このツアーのバス運転手を務めたに過ぎない。そんな立場の人物に、参加者の一人を殺す動機が生まれるとは、ちょっと思えない。動機の面から言っても、真っ先に除外できそうである。

委員長は一癖も二癖もある参加者の中で、かなりの常識人に見える。もっとも真犯人らしくない人物だろうか。ただ逆に、全体の和を乱す者がいれば、密《ひそ》かに排除しそうな怖さを持っている。そんな気がしないでもない。しかし今のところ、ブラック殺しの動機がない。

蝶々さんもある意味、委員長に近い存在かもしれない。もちろん彼とは違い、他の参加者のように強い癖を持っている。だが、それは一部の若い女性に見られる特徴から、それほど外れていないのではないか。どこにでもいるわけではないが、似た性格の人物を探すのは難しくなさそうだ。そういう意味で他の参加者よりは、むしろ委員長寄りと言うべきだろうか。そして彼女にも、ブラック殺しの動機がない。

小林君は年齢と見た目から言えば、もっとも真犯人らしくない人物である。にもかかわらず容疑者から外せないのは、何を考えているのか読めないところが、多分にあるせいだ。それに通常の殺人なら考慮される年齢も、ブラック殺しでは違う。呪符《じゅふ》を裂く行為は、非力でも何の問題もない。しかも幼いがゆえに、黒術師に感化され易いとも言える。実際に「黒術師様」と尊称をつけて呼んでいるのは、小林君とアキバの二人だけである。もっともブラック殺しの動機が、彼にも見当たらない。

ドクターは今のところ、最有力の容疑者である。ただし、あくまでも印象に過ぎないし、証拠は一つもない。あえて挙げれば、ブラックといっしょにいた時間が、他の者より長かったという事実くらいか。しかし彼にも動機がない。

猫娘はもっとも判断のしにくい存在かもしれない。蝶々さんのように、ちょっと探せばどこにでもいそうな反面、小林君のように読めない部分も感じられる、そんな気がしてならない。彼女に関しては、もっと接して人物像を明らかにする必要がある。ブラック殺しの動機は、やはり見えない。

アキバは恐らく見た目の印象通りだろう。その言動からも、悪い意味で典型的なオタクだと分かる。ただ厄介なのは黒術師に対して、かなり狂信的な想いを抱いているところである。小林君にとって黒術師が、非常に興味深い対象だったとした場合、アキバにとってのやつは、盲信的に崇拝する相手である、というくらいに開きがあるように思える。このバスツアーの参加者たちは、黒捜課によって黒術師の崇拝者だと見なされているが、もしかすると真にそう言えるのは、アキバだけなのかもしれない。それが事実なら、もちろん喜ばしいことである。

あっ……。

そこまで検討したところで、俊一郎はブラック殺しの動機が、ようやく分かった気がした。

探偵捜しかもしれない。

ブラックが探偵の正体を突き止めたと、真犯人は何かの拍子に悟ったのではないか。

実際にそうか、真犯人の勘違いだったのか、それは分からない。いずれにしろ真犯人は焦った。このままでは黒術師の褒美を、ブラックに奪われてしまう。だから彼を殺害した。

となると一番疑わしいのは、アキバである。

俊一郎は本人に探りを入れたかったが、委員長たちとの取り決め――蝶々さんとアキバの間に、四人の男のうち二人が入る――のために、なかなか機会がつかめずに困った。一行は車道を進むだけでなく、そこからそれる枝道を発見すると、必ずその奥を確認した。そういった場所に、目的地があるかもしれない。枝道の先こそ念入りに調べる必要があった。ただ実際に遭遇したのは、昨夜の宿と同様の企業の保養所が多かった。あとは県や市の厚生施設である。とはいえ決して無駄足ではなかった。いざというときの避難場所として、それらは役立つと思われたからだ。

枝道の奥の建物を見て回る際には、自然と列の隊形が崩れるため、ここぞとばかりに俊一郎はアキバに近づいた。だが、あまりの人当たりの悪さから、そもそも会話が成立しない。彼に事情聴取ができるのは、この中では蝶々さんだけではないか。かといって彼女に頼むわけにもいかない。

そうこうするうちに、俊一郎たちは七人峠を越えていた。こうなると車道も、あとは下るだけになる。全員の気持ちに、ほんの少し余裕が生まれた。それでも枝道の奥の確認だけは、引き続き慎重に行なわれた。ただ、どんどん坂を下るにつれて、目的地はこの山を完全に越えて、さらに一般道を辿《たど》った先にあるのではないか、と誰もが思いはじめていた。

　そんなときである。ゆっくりと坂道の下のほうから、もくもくと真っ白な霧が上がってきたのは……。

「おい、あれを見ろ！」

「霧です！」

　一行の先頭にいたドクターと委員長の叫び声で、俊一郎もその異様な光景に目を見張った。

「本当に『ザ・フォッグ』みたいだ。いや、むしろ『ミスト』じゃないですか」

　小林君の後半の台詞《せりふ》には、もちろん知ってるでしょ――という響きがある。

「スティーヴン・キングの中篇『霧』の映画化作品か」

「そうです」

　前方の霧を食い入るように見つめて答える彼の眼差しには、好奇心と恐怖心が相半ばしていたかもしれない。

「実は俺も『ミスト』を思い出したんだけど、他の人には黙っとこう。理由は言わなくても分かるよな」

「深い霧の中から、得体の知れぬ化物が現れて、人間を襲うからですね」

「しいっ」

俊一郎は急いで人差し指を唇に当てた。幸い前の女性たちとも、後ろのアキバとも距離が開いている。ともに聞かれた心配はなかったのが、用心をするに越したことはない。

「その話は、もうなしだ」

釘《くぎ》を刺してから、俊一郎は走り出した。

「あっ、待ってよ」

蝶々さんに声をかけられたが、そのまま無視して追い越し、委員長たちに合流すると、

「あれが、結界の境界の……霧か」

「普通の霧とは、なんか違う感じがしませんか」

ドクターと委員長の二人が、坂の下で蠢《うごめ》く白い煙の渦を見下ろしながら、呆然《ぼうぜん》としていた。

「実は俺も――」

同じように坂下を見つめながら、俊一郎が言った。

「霧のようなものが、八獄の界の結界かもしれないと考えながら、あまり自信はなかった。けど、あれを目にしたら、その見立てが正しい気になってきたよ」

「あっ、あそこに枝道があります」

車道の先の右手を指差しながら、委員長が叫んだ。それは彼らと霧の、ちょうど中間あたりだった。

「どうする？　調べるか」

「そんな時間がありますか」

「可能性は低いだろうけど、あの先が目的地だった場合、みすみす見逃すことになってしまう」

「うーん」

そこで二人が俊一郎を見たので、

「全員で行く必要はないと思う。足の速い者が確認しに行って、目的地だったときは大声を出して知らせ、違った場合は急いで戻ってくる」

「じゃあ、俺が行こう」

その提案に、すぐさまドクターが名乗りを上げた。

「運動は苦手なんじゃないのか」

俊一郎が突っこむと、

「私が行きましょう」

委員長が手を挙げたので、負けじと彼も、

「いや、提案者にまず権利があるだろ」

「僕も連れて行って下さい」

委員長と俊一郎、それに小林君も加わったところへ、ようやく女性たちとアキバが追いついてきた。

「何をするのか知らないけど、ドクターか学者さんのどっちかは、必ず残ってよね」

蝶々さんが要望を口にしたとたん、

「では、私が見てきます」

そう言うが早いか、委員長が駆け出した。

「あとは頼む」

すかさず俊一郎が、そのあとに続くと、

「あっ、ずるいぞ」

「酷《ひど》いじゃないですか」

ドクターと小林君が叫んだが、ふり返らずに片手だけを挙げて、俊一郎は応《こた》えた。

「恨まれますよ」

委員長に追いつくと、にやっと笑われた。

「お互い様でしょ」

「いいえ、私は委員長ですからね。こういう役目は、やっぱり相応《ふさわ》しいんじゃないですか」

すぐに車道が終わり、二人は枝道に入った。

「どちらかというと危険な役目を、ドクターも小林君も、それに学者さんも、どうして自分でやろうとするんでしょう」

「同じことが、委員……そうか、あなたは委員長だからか」

決して理由になっていなかったが、妙に納得できる気がするのは、やはり呼称の面白さだろう。

「好奇心の強さかな」

俊一郎は答えながら補足した。

「それに加えて、こんな訳の分からない状況なんだから、できるだけ自分の目と耳で確かめておきたい、という気持ちも強いと思う」

「生き残るための秘訣《ひけつ》ですね」

やがて二人の目の前に、二階建ての建物が見えてきた。

「外見からして、企業の保養所っぽいな」

「念のため、玄関まで行きましょう」

玄関扉の横には、俊一郎も知っている食品会社名の記された看板があり、彼の見立ての正しさが証明された。それでも二人は建物内に向けて声をかけながら、その周囲を一通り回った。

「やっぱり違うようですね」

「ただの保養所か」

俊一郎は落胆したあと、はっと目を見張った。

「早く戻ったほうが、どうやら良さそうだ」

建物の背後から、いつの間にか霧が迫っている。

車道から右手に入った枝道は、そのまま左手に弧を描きながら曲がっており、言わば俊一郎たちは、わざわざ霧に近づいた格好になっていた。そのため建物の向こうに霧が見えるのは、別に不思議でもなかった。問題は思った以上に速く、それが動いていることである。

二人は急いで土道を引き返した。走りながら右側に目をやると、鬱蒼《うっそう》と茂った樹木の間を縫うように、うねうねと霧がのたくっている。それは樹々の間を流れるのではなく、まさに這《は》っている感じだった。かといって樹木を避《よ》けているわけではなく、その横を通り過ぎつつ、ひょいと丸呑《まるの》みしてしまう。そんな嫌らしい眺めが、森のあちらこちらで目に入った。

「もうすぐ車道です」

委員長の声に、俊一郎が前方に顔を向けると、まだ霧に侵されていない舗装路の一部が見えた。

なんとか間に合った。

ほっとしながら車道に飛び出すと、いきなり右手から、ぶわっと白い塊が押し寄せてきて、あっという間に取り巻かれた。

「委員長!」

「がく……」

俊一郎への呼びかけが、ぷつっと途切れた。すぐ近くにいるはずなのに、なぜか声が聞こえない。

「委員長！」

再び叫びながら、俊一郎は周囲を見回そうとして、
あかん、動くんやない！

そんな祖母の忠告が、ふっと聞こえたような気がした。

……そうか。危ないとこだった。

車道に飛び出した状態の今なら、左手が来た方向だと分かる。しかし、無闇に身体の向きを変えると、まったく見当がつかなくなってしまう。すると最悪の場合、来た道を戻っているつもりが、どんどんと霧が湧き出るほうへ、逆に向かう羽目になりかねない。

「委員長！　俺たちが来たのは、こっちだからなぁ！」

そう呼びかけながら俊一郎は速足で、左方向へ歩き出した。本当は走りたかったが、これほど視界がきかない状況では、さすがにためらわれる。

思いっ切り突っこんだもやもやの中に、もし何かがいたら……。

と想像しただけで、両脚の動きが鈍る。それでも速足で進めたのは、この中から抜け出さなければ、もっと恐ろしい運命に見舞われることが、ほとんど本能的に分かっていたからだろうか。

霧とは大気中の水蒸気が凝結して水滴になった状態のことだが、彼を取り巻くそれは、とても水の滴が集合したものには見えなかった。近くで目にすると白というよりは、もっと乳色をしている。その集まりが不定形の塊となって、空気中に広がっている感じが

した。

まるで弾力があるような……。

かといって触れたわけではない。俊一郎が手を伸ばしても、腕に無数の水滴がつくだけである。にもかかわらず霧のほうは、じわじわと彼を包みこもうとしている。そんな気がしてならない。いや、そういう感触を覚えてしまい、たちまち全身に鳥肌が立った。

早く逃げないと。

前方に右手を差し出しながら、さらに足を速めかけたときだった。

いやぁぁっ。

進行方向から、女性のものらしい悲鳴が聞こえた。

蝶々さんか猫娘か。

思わず立ち止まって聞き耳を立てると、
うおぉぉっ。

今度は男のものらしい叫び声が、やはり前方から上がった。

ドクターかアキバか。しかし見分けがつかないのは、男女とも同じである。

「おーい、大丈夫かぁ！」

とっさに呼びかけたが、何の返答もない。それ以前に、こちらの声が届いていないのかもしれない。まるで周囲の霧が、彼の声を撥《は》ね返しているようである。

自分の危険を顧みず、俊一郎は駆け出した。何が起きているのか不明だが、見捨てるわけにはいかない。

いぃやぁぁっ。

そのとき背後で、またしても悲鳴らしきものが聞こえた。

うぅおぉおっ。

それに続く叫びも、先程と同じように上がった。

まさか、追い越したのか。

思わず声を発した二人の側を、自分は知らぬ間に通り過ぎてしまったのか、と俊一郎は焦った。だが問題の悲鳴と叫びは、かなり前方で響いたはずだ。それに比べて彼は、まだそれほど進んでいない。

再び立ち止まって耳をすますと、
いぃやぁぁっ。

うぅおぉおっ。

同じ悲鳴と叫び声が、やはり背後で上がった。だが、どこか可怪《おか》しかった。

いーんちょー。

すると今度は、なんとも変な声が聞こえた。

誰が……、いったい何と言って……。

そう考えかけたところで、ふっと俊一郎の脳裏に、かなり忌まわしいある可能性が浮かんだ。

あれは「委員長」と言ってるつもりではないのか。車道へ戻ったとき、俺が口にした呼び声を、霧の中の何かが真似ているのだとしたら……。

有り得ないと思いながらも、ぞっとした悪寒が背筋を伝い下りるのを、俊一郎は止めることができなかった。

単純な悲鳴や叫び声は、すぐに真似ることができた。しかし「委員長」という言葉は、さすがに難しかったのではないか。

とんでもない推理に彼が囚《とら》われていると、
いーいんちょー。

すぐ背後で、その声が聞こえた。

ふり返るんじゃない。

心の声が止めたにもかかわらず、俊一郎は恐る恐る後ろに目をやった。

真っ白な霧の中で、何かが蠢《うごめ》いている。

ただ、いくら凝視しても、はっきりと見えない。もぞもぞと動いているのは分かるのに、その正体の見当がつかない。濃霧のせいかと思ったが、どうも違う。霧に遮られているのではなく、あたかも融《と》けこんでいるかのようなのだ。

保護色？

そんな考えと共に、ふっと彼の脳裏に浮かんだ生き物があった。

まるで蛞蝓《なめくじ》みたいな……。

ただし、その見立てが正しければ、かなりの大きさである。相撲の力士くらいの、白くてぶよぶよした存在……。しかも、それには手足があるように映った。むしろ触手と表現すべきか。その巨体に比べると、なんとも細い腕らしきものが、ぬうっと霧を縫って、こちらへ伸びてきたように見えた。

俊一郎は思わず身を引きながらも、なんとか逃げずにいた。それの正体を、どうしても見極めたかったからだ。

ところが、触手のような腕の先端が目に入ったとたん、彼は脱兎《だっと》のごとく走り出していた。背筋がぞぞぞっとして悪寒を感じただけでなく、胸がむかむかして吐きそうである。

伸びてきた腕の先端に、十数本の小さな触手のごときものが蠢いていたせいだ。それだけではない。十数本の触手の先に、また別の小さな十数本の触手が見られた。すべての触手の内側には、黄ばんだ歯のようなものが、ずらっと無数に並んでいる。さらに悍《おぞ》ましいことに歯の間には、まるで食べかすに見える付着物が、点々と認められるではないか。

あんなものに触られたら……。

ぶるっと全身に震えが走り、思わず転びそうになる。なんとか持ち直して再び走り出すと、俊一郎の周りで、囁《ささや》くような、うなるような、つぶやくような声音が、次から次へと聞こえ出した。

とはいえ何を言っているのか、さっぱり分からない。そもそも人間の発声なのかどうかさえ、まったく判断できない。ただ、その内容を理解した瞬間、恐らく脳は壊れるのではないだろうか。

そんな恐怖に俊一郎が襲われていると、右手斜め前方から、新たな泣き声が聞こえてきた。決して鳴いているのではなく、明らかに泣いている。

……ううっ、ああっん。

それも嗚咽《おえつ》している感じである。

一瞬の躊躇《ちゅうちょ》ののち立ち止まると、彼は泣き声のするほうへ歩き出した。

「誰かいるのか」

そう呼びかけながら、霧を掻《か》き分けつつ進む。だが何の返事もなく、誰の姿も見えてこない。

騙《だま》されたのか。

すぐに走って逃げようと、俊一郎が考えたときだった。

「うわっ」

前へ出した彼の片脚が、何か柔らかいものに当たった。そのためバランスを崩し、その場に倒れてしまった。

「いやっ！」

ほとんど同時に、近くで叫び声が上がった。慌てて起き上がると、目の前に猫娘がしゃがんでいた。

「お、俺だよ。大丈夫か」

しかし彼女は両手で頭を抱えたまま、まったく顔を上げようとしない。それでも俊一郎が辛抱強く、なるべく優しい口調で声をかけ続けると、

「……あっ、学者さん」

ようやく彼を認めて、ひっしとしがみついてきた。

「早くここを出よう。走れるか」

猫娘に手を貸して立ち上がらせ、そう尋ねたところで、すうっと俊一郎の顔から血の気が引いた。

どの方向へ逃げればいいんだ？

彼女とぶつかって転んだせいで、彼は完全に迷子状態だった。戻るべき方向を見失ってしまっていた。

「俺たちの来た道が分かるか」

猫娘に訊《き》いてみたが、あっさり首をふられた。霧の中で無闇に動き回ったらしく、彼女も迷子になっていた。

「おーい！」

俊一郎は大声で叫んだ。

「霧の外にいるやつがいたら、合図してくれぇ！」

だが、何の返答もない。いや、例の囁くような、うなるような、つぶやくような声音だけは、ぶつぶつ、がやがや、わぁわぁと聞こえる。それが耳障りで、両手の人差し指を耳の穴に入れたくなる。しかし、そんなことをすれば、誰かが合図を送ってくれても、聞き逃してしまう。

しばらく我慢して耳をすましていると、

「おぉーいぃ！」

俊一郎の呼びかけに対する返答の声が、ようやく聞こえた。

「あっちだ」

彼は猫娘を促すと、速足で歩き出した。本当は走りたかったが、彼女には無理そうだったので諦《あきら》める。

「おぉーいぃ！」

引き続き声は聞こえていた。あれは委員長か、それともドクターか。とにかく声のするほうに、できるだけ早く俊一郎は進もうとした。

うにゃー。

そのときである。背後から猫の鳴き声らしきものがしたのは。

「僕にゃん？」

とっさに僕のことを想った。子供のころは別にして、今では「僕」としか呼ばないのに、なぜか「僕にゃん」と口にしていた。

次の瞬間、自分たちを呼んでいるのは、例の偽の声ではないかという疑いが、むくむくと頭をもたげてきた。今の僕の鳴き声こそ、正しい方向を示しているのではないだろうか。

俊一郎は猫娘の片手をつかむと、

「とにかく走るぞ」

僕の声がしたほうへ、いきなり駆け出した。彼女は面食らったようだが、必死についてきた。

そうやって死に物狂いで走っていると、やがて霧が薄れはじめた。その光景を目にしたのか、猫娘の走りも急に力強くなり、そこから二人は一気に濃霧の外へと飛び出していた。

そこには委員長たちが、固まって立っている光景があった。ただし二人に背を向けた状態で、なぜか車道を見下ろしている。

怪訝《けげん》に思った俊一郎が横から覗《のぞ》くと、舗装路の上にアキバが倒れていた。しかも彼の胸の呪符《じゅふ》は、ブラックと同じように裂けている。どう見てもアキバは、絶命しているようにしか映らなかった。

十四　三人目の死

「ご無事でしたか」

まず委員長が、俊一郎たちに気づいた。

「てっきり霧に、やられたのかと思った」

ドクターらしい物言いだったが、二人に再会できたのを、彼なりに喜んでいるのが伝わってくる。

「最初に発見したのは？」

アキバを見下ろしながら、俊一郎が尋ねると、

「……私よ」

蝶々さんが答えた。

「霧の中で、何かに触られて……」

その感触を思い出したのか、ぶるっと彼女は身震いしながら、

「夢中で逃げたら、あっさり霧からは出られたんだけど、そしたら道路に倒れてるアキバが見えて……」

そこで蝶々さんは、ぶるっと再び身体を震わせた。

「アキバを見つける前に、叫び声は聞こえなかった？」

俊一郎の質問に、彼女は少し考えてから、

「そうそう。うおぉぉっ……って凄《すご》い声がしたわ。それも私が逃げようとしてる、その先からね。だから一瞬、こっちに行くべきじゃないかもって思ったけど、なんとなく霧が薄くなってるように感じたから、そのまま走ったの。そしたら……」

「アキバの遺体を見つけた」

あとを受けた俊一郎に、なぜか蝶々さんは応《こた》えない。

「違うのか」

怪訝に思って尋ねると、彼女が驚くべき事実を口にした。

「……そのとき彼、まだ死んでなかったの」

「息があったのか」

「おいおい、そんな話、聞いてないぞ」

ドクターが割りこんできた。

「俺が霧から抜け出せたとき、突っ立ってる彼女の向こうに、アキバが倒れてるのが見えた。『どうした？』って訊いたら、『私が見つけたとき、もうこうなってた』って答えただろ」

「その通りよ」

「けど、まだ息があったんだろ？　アキバの側に寄ったからこそ、それが確認できたんじゃないのか」

　蝶々さんは大きく首をふると、

「ドクターが私を見つけたところから、一歩もアキバには近づいてないわ」

「なら、どうして息があるって分かった？　やつが動いたのか」

　今度は小さく首をふりながら、またしても彼女は驚くべき事実を口にした。

「……しゃべったの」

「アキバが？　何て？」

「それが、『……ばぁ……ばぁ』って聞こえただけで……」

　ドクターが問うように、俊一郎に顔を向けた。だが、さっぱり意味が分からない。委員長を見たが、同じように戸惑っている。

「ダイイングメッセージでしょうか」

　小林君だけが、妙に明るい声を出したが、

「自分を襲った犯人を、アキバが告発したってわけか」

　ドクターが揶揄《やゆ》するように応じたあと、

「それにしては、まったく意味が分かりませんね」

　委員長が、ばっさり切り捨てる発言をした。それに俊一郎とドクター、それに蝶々さんも賛同していると、

「……きっと馬骨婆ですよ」

それまで無言だった猫娘が、ぼそっとつぶやいた。

「何よ、それ？」

蝶々さんだけでなくドクターも委員長も、ぽかんとした顔をしている。

「俺も猫娘から教えてもらったんだけど――」

俊一郎が七人峠の馬骨婆の話をしかけたとき、

「説明はあとにして、今は逃げたほうがいいみたいです」

小林君の緊迫した声が響いた。

はっと後ろをふり向くと、地獄の霧がもうそこまで迫っていた。アキバの遺体を発見したショックから、この恐ろしい白い悪魔が、じわじわと移動するという事実を、一時とはいえ失念していたらしい。

「とにかく戻りましょう」

委員長の一声で、全員が動き出した。

「……彼は？」

十数歩ほど進んだところで、蝶々さんが後ろをふり返った。

そこには早くも蠢《うごめ》く霧に呑《の》まれはじめた、アキバの遺体があった。それは霧に包まれるというより、ほとんど喰《く》われているような眺めだった。誰もが同じように感じたのか、いっせいに全員が顔をそむけた。

「残念ですがアキバさんは、あのまま置いていくしかありません」

委員長の言葉に、蝶々さんが素直にうなずいたのも、もはや手遅れだと理解できたからだろう。とはいえ仮に霧の脅威がなくても、この状況で遺体を運ぶのは明らかに無益であり、かつ無理だったに違いない。

今朝の出発前に、全員の死相を視《み》ておくんだった……。

道路に横たわるアキバの遺体から目をそむけたとたん、俊一郎は大いなる後悔の念に囚《とら》われた。ブラック殺しという予想外の出来事が起きたのだから、次の被害者を想定して、全員を死視するべきだったのだ。

けど……。

もし死視をしていた場合、アキバにはブラックと同じ死相が視えたのだろうか。他の者よりも薄まった死の影が、彼に現れたのだろうか。それともこの世界では、死視の力は歪《ゆが》められてしまうため、まったく異なる視え方がしたのか。

いずれにしろ今、全員の死視をするべきだ。

そう俊一郎は強く思ったのだが、どうしてもできない。とんでもない死相を誰かに視てしまい、そのせいで多大なるダメージを負う自分が、あたかも見えるようで恐ろしかったからだ。

俊一郎が内に籠《こも》って考えこんでいると、

「昨日の保養所まで戻るんですか」

小林君の声がすぐ横で聞こえ、はっと我に返った。

「そうしたいところですが——」

委員長が心配そうに空を見上げながら、

「恐らくその前に、夜になってしまいますね」

そう結論づけたため、みんなで話し合った結果、途中の適当な別の保養所で、とりあえず今夜は泊まることになった。

行きの道程で確認した、いくつもの施設を再び調べながら、一行は来た道をひたすら戻った。日が暮れる前に見つけなければならないが、あまり早く決めてしまうと、寝ている間に霧に追いつかれるかもしれない。明日の朝、目が覚めたら、保養所はすっぽり霧の中だった……という悍《おぞ》ましい事態にもなりかねない。それだけは絶対に避ける必要がある。

そのため刻一刻と夕暮れが迫る赤茶けた世界で、ようやく今夜の宿が決まったときには、全員が疲労困憊《こんぱい》していた。肉体的にも精神的にも、へとへとの状態だった。その間に猫娘が馬骨婆の話をしたことも、間違いなく全員を疲れさせた原因の一つになった。

なんとか元に戻れたのは、宿泊する保養所の一階のラウンジのソファで、みんなが小一時間ほど仮眠を取ったあとである。

各自が鞄《かばん》に入れてきたインスタント食品による夕食が終わると、誰が言い出したわけでもないのに、自然と話し合いをする場ができた。とはいえ、なかなか口火を切る者がいなかったのは、問題が山積しているからだろう。

「私たちが今、取り急ぎ検討する必要がある問題は、三つあると思います」

まず話し出したのは、予想通り委員長だった。

「一つ目はブラックさんの死に続いた、アキバさんの死について」

「これって、連続殺人ですよね」

小林君の指摘に、はっと蝶々さんが息を呑んだ。だが、それだけで他の者は黙っている。

「二つ目は、例の探偵捜しの件です」

「黒のミステリーツアー連続殺人事件の犯人が探偵なら、一度に二つの問題が解決します」

やや興奮した口調で、小林君が言った。

「三つ目は、あの霧です」

これには小林君も無反応だったが、代わりにドクターが応じた。

「命の危険度から考えれば、霧をどうにかするのが先決じゃないか」

「私も、そう思う」

すぐに蝶々さんが賛同した。

「霧の中で、何かに触られたって言ったけど、それって気色悪いくらいぶよぶよしてたのに、なんか鋭い歯で嚙《か》まれそうな恐ろしさもあって……。とにかく何が何でも逃げなきゃって、そのとき強く感じたの」

彼女の本能が囁《ささや》いた警告が、どれほど正しかったのか。それが分かるのは、どうやら俊一郎だけのようだった。

あのぞっとする触手を、誰も見てないのか。

いや、そもそも蛞蝓《なめくじ》人間を、誰も目にしてないんだ。

ここで今、あれの説明をしようとして、彼は思い留《とど》まった。いたずらに恐怖心を煽《あお》る羽目にならないか。いずれ話す必要はあるが、もう少し時機を見たほうが良いのではないか。そう賢明にも判断したからだが、実はもう一つ理由があった。

「二つ目の探偵の件は、今の我々が置かれた状況だと、もう問題にならないんじゃないかな」

俊一郎にとっては懸案の探偵捜しを、なんとか止めさせたい。先にけりをつけたいと、彼は考えていた。

するとドクターが、願ってもない意見を述べ出した。

「ブラック殺しには、自分の正体を知られたから、という探偵の動機が予測できた。しかしアキバに、同じ動機が当てはまるかというと、確かにちょっと苦しい。ブラックなら、そういう才能はありそうだったが、アキバはなぁ」

「仮に――」

と俊一郎は補足した。

「アキバが何らかの方法で、たまたま探偵の正体を知ったのだとしよう。でも、あんな霧に襲われてる状態で、探偵がアキバ殺しを実行したとは思えない」

「どうしてです？」

すぐさま小林君が反論した。

「霧という煙幕があったからこそ、アキバさんを亡き者にするチャンスだと、探偵は考えたんじゃないですか」

「あっ、言い方が悪かったな。そうじゃなくて、結界が縮まってるらしい危機的状況にも拘《かかわ》らず、自分の正体がばれたからっていう理由で、連続殺人はやらないんじゃないかってことだ」

「同じことが、ブラックさんのときにも言えませんか」

「うん。だけど昨日の時点では、まだ想像の域だった。しかし今日は、現実に霧が迫ってきた、明らかに我々を襲ってきた感じがあった。それを全員が、我が身で体感したはずだ。そんな切羽詰まった状態の中で、果たして探偵が、アキバ殺しを実行する気になるだろうか。それよりも、いかにして霧から逃げるか、この大問題に取り組むほうが先じゃないか」

「つまり結局、三つ目の霧の問題が、最優先課題ってわけだ」

「やっぱりね」

ドクターと蝶々さんは納得したが、小林君は違った。

「霧が脅威だってことは、僕もよく分かります。しかし結界の縮小化には、まだ時間がかかりますよね。でも自分が連続殺人の次の被害者になるのは、ひょっとして今夜かもしれません」

誰もがどきっとする台詞《せりふ》を、さらっと吐いた。

「ちょっと、止めてよ」

蝶々さんが怖がったが、彼は続けた。

「霧よりも差し迫った、目の前の問題だと思います」

「しかも、学者さんが言うように──」

そこで委員長が両腕を組みながら、

「アキバさん殺しの犯人が、もしも探偵でない場合は、さらに大きな問題になりますよね」

「それって、どういうこと?」

委員長から俊一郎へと、蝶々さんが視線を変えつつ訊《き》いた。

「ブラックを殺《や》った犯人も、探偵じゃなかったって言うの?」

そこで俊一郎は、ブラック殺しにおけるアキバ犯人説を開陳した。ブラックが探偵の正体を突き止めたと見なしたからこそ、アキバが殺害したという説である。なかなか説得力があったようで、みんなが感心している。

「そうなると、アキバさん殺しの犯人は、いったい……」

とはいえ小林君の疑問に、まだ俊一郎は答えられなかった。ただし、同じ動機で別の人物が殺したと考えるのは、探偵のときと同様、今の状況では有り得ないだろうと説明した。

するると猫娘が、あっと小さく声を上げてから、

「ブラックさん殺しの犯人は、きっとアキバさんだったんです。動機は学者さんが説明した通りで。それでアキバさんは、やっぱり馬骨婆にやられたんだと思います」

「死地人峠の化物か」

ドクターの口調には、相変わらず皮肉っぽさがあった。だが、それが以前ほど強くないことを、俊一郎は敏感に察した。

「そんな化物の存在など、とても信じられない？」

だから思わず、そう尋ねたのだが、

「普通なら、当たり前の反応だ」

ドクターは短く答えただけである。

「でも今は、普通の状態じゃない」

「ここが結界の中で、ただの霧とは考えられないものに、実際に我々は襲われた。それは間違いないけど……」

「そうよ。あれは私たちを、本当に襲ってきたのよ」

「まるで霧に、意思があるかのようでした」

蝶々さんと委員長が強く主張する横で、小林君と猫娘もうなずいている。

「しかしなぁ。だからといって伝承に登場するような、馬骨婆なんて化物が、いきなり出てくるか」

「あそこが、死地人峠だったからです」

猫娘の解釈に、蝶々さんが口をはさんだ。

「だったら、もう安心ってことよね」

「……だと、思います」

ただし猫娘の物言いは、どこか自信なげである。

「現実世界の峠にも、それがいるってのか」

「そうです」

その一方でドクターの突っこみには、はっきりと答えた。

「こうは考えられませんか」

納得していないらしいドクターを見て、委員長が自説を述べた。

「結界が図らずも私たちの命を救ったように、馬骨婆にも影響を与えたのかもしれません」

「よって伝承上の化物が、実体化したってわけか」

「それも黒術師の力だと考えれば、有り得ることでしょう」

「……まぁな」

一応は肯定しながらも、まだドクターは半信半疑のようだった。その様子を見て俊一郎は、例の蛞蝓人間のことを話す決心をした。

「馬骨婆については、正直よく分からない。ただ、ここが結界の中で、そのため現実世界では想像もできない怪異に遭う懼《おそ》れがあるのは、まず間違いないと思う。その一例として、みんなに伝えておきたいことがある」

そう前置きしてから、俊一郎が自らの体験を話し出すと、

「……厭《いや》だ。私に触ったのも、それだったの」

蝶々さんは自分の両肩を抱きながら、ぶるっと震え、

「どうして早く言わなかった？」

ドクターは怒りながら、彼を睨《にら》みつけ、

「……蛞蝓人間」

「凄《すご》いネーミングですね」

猫娘と小林君は両目を真ん丸に見開き、

「そんなものが、あの霧の中にいるとは……」

委員長は険しい顔つきで、じっと考えこんでしまった。

「だったら馬骨婆がいても、別に可《お》怪《か》しくないってわけか」

なんとか怒りを収めたのか、ドクターに訊かれたので、

「うん。決して考えられないことじゃないと思う」

いったん俊一郎は認めたうえで、

「でも猫娘の推理は、恐らく違うよ」

肝心なところを、丸ごと否定した。

「アキバ殺しの犯人は、馬骨婆じゃないってのか」

「胸の呪符《じゅふ》を確認したけど、ブラックのときと同じだった。つまり同一犯の可能性が高いことになる」

「じゃあブラックも……」

「馬骨婆の手にかかったと考えれば、もちろん辻褄《つじつま》は合う。けど、そうなると馬骨婆は、峠を自由に離れられるのか、という疑問が出てくる。しかも、なぜブラックが狙われたのか、その理由が分からない。アキバの場合は、あのとき峠越えをした我々の中で、たまたま彼が襲われたのだと、まだ見なすことができる。言わば馬骨婆の生息地を、俺たちは通ったわけだからな。でも、ブラックは違う。あの保養所で寝泊まりした九人の中で、どうして彼が選ばれたのか。なぜブラック一人だけが殺されねばならなかったのか」

「なんか怖くなってきたな」

珍しくドクターが怯《おび》えた表情を見せると、

「今ごろ何よ。とっくに恐ろしいじゃない」

蝶々さんが呆《あき》れ顔で噛《か》みついた。

「よく考えてみろ」

ところが、そこでドクターは、全員に訴えるような様子で、

「このツアーにスパイである探偵が入りこんでいて、何らかの理由でブラックやアキバを殺しているとしたら、それ自体はもちろん脅威になるけど、まだ納得できる」

「そうですね」

委員長が応じた。

「少なくとも犯人の正体は——潜入したスパイだという意味で——分かっていますし、動機の見当がつかないと言っても、そもそも敵対する関係ですから、まったく理解できないわけではないでしょう」

「馬骨婆が実在した場合も同じだ。相手は化物なんだから、動機なんて最初からないようなものだろ」

「ええ」

「で、犯人が探偵でも馬骨婆でもないとなったら、どうなる？」

全員がいっせいに、周りの顔を盗み見た。

委員長、蝶々さん、小林君、ドクター、猫娘、そして俊一郎。

この六人が、自分以外の五人に視線を向けながら、相手と目が合えば慌ててそらせる仕草を、しばらくの間くり返した。

やがて呪縛が解けたかのように、

「僕たちの中から探偵を捜すという行為が、文字通りの犯人捜しになるだけなので、基

本は同じように見えますが、実際はかなり違いますよね」

小林君がそう言うと、蝶々さんが不安そうに尋ねた。

「どういう意味？」

「探偵であろうと犯人であろうと、僕らの中の誰か一人が、それのはずです。とはいえ探偵の場合は、ドクターさんが言ったように、こちらが動機に悩む必要がありません。探偵なりの理由があるはずだと理解できるからです。でも、犯人が探偵でなかったら、いったいその人物はいかなる動機で、ブラックさんとアキバさんを手にかけたのでしょう？　なぜ黒のミステリーツアー連続殺人を起こしたのでしょうか」

「この異様な状況下でな」

ドクターがあとを受けて続けた。

「学者の推理通り、今の我々が置かれてる危機的状況の中じゃ、探偵でさえ殺人はためらうだろう。それより自分が無事に助かるかどうか、そっちの心配をするのが当然だからだ。にもかかわらず犯人は、ブラックとアキバを殺害した。どんな動機で？　どう考えても正常な頭じゃないぞ」

「……怖いこと言わないでよ」

その弱々しい口調とは裏腹に、半ば怒っているような蝶々さんに、

「だから俺も、怖くなってきたって言ったんだよ」

ドクターが怒り返すことなく、逆に冷静に応《こた》えた。だが、そこから急に小林君のほう

を向くと、

「おい、『フォッグ』とか『ミスト』とか、まったく役に立たない映画じゃなくて、本当に今の状況の参考になる作品を、何か思いつかないのか」

皮肉っぽく尋ねたのは、いかにも彼らしい。

「あれ、『ミスト』の話も聞こえてたんですか」

それには俊一郎も驚いたが、当たり前のように受け答えする小林君に、彼は改めて感心した。

「映画とは違いますが、『シェルター　終末の殺人』っていう小説があります」

「作者は誰だ？」

「えーっと、忘れました。この作品と同じネタの映画があると指摘されていますが、映画の封切よりも小説の脱稿のほうが五ヵ月も早かった、と作者がインタビューで述べていたことだけは、しっかりと覚えてます」

「何の話だ？　俺が知りたいのは、小説が役立つかどうかってことだよ」

「でも内容は、今の僕たちと、ある意味そっくりかもしれません」

「どんな話なんだ？」

「ある富豪の大きな庭の地下に、シェルターが造られているんです。その見学に訪れた者たちが、まさにシェルターに入ろうとしたとき、遠くのほうで閃光《せんこう》が見え、衝撃音が聞こえます。まさか核が爆発したのでは……と焦った見学者の六人は、とっさにシェルターへ逃げこみます。外界で何が起きたのか、まったく分かりません。ただ、外の世界が放射線で侵されていることは、どうやら間違いないようです。そこで六人はやむなく、シェルター内で生活する羽目になります。この六人ですが、全員が初対面です。シェルター内には水も食料も豊富にあって、全員が暮らすのに何の問題もありません。にもかかわらず一人、また一人と、なぜか一人ずつ殺されていく……というお話です」

「ちょっと止めてよ。もう怖過ぎるじゃない」

案の定、蝶々さんが文句を言った。しかし恐怖を感じるだけでなく、この小説の内容に強い興味を持ったのも、また間違いなさそうだった。

「で、犯人は誰なの？」

いきなり小林君を問いつめたことからも、それが分かる。

「そんな、言えませんよ」

「どうして？」

「ミステリの犯人や結末を、無闇にばらすべきじゃないからです」

「あんたね、何を呑気《のんき》なこと言ってんの」

呆れ顔の蝶々さんを、ドクターが片手をあげて制してから、

「逃げ場のない――つまり人の出入りが不可能な――シェルター内と結界内、全員が初対面というメンバー、その中で一人ずつ死んでいく設定と、確かに似てるな。薄気味の悪い偶然だけど、今では俺たちも六人になってるしな。けど肝心なのは、その小説の真

相が、今の俺たちの参考になるのかってことだ」

そう言うと彼は、じっと小林君を見つめた。

「うーん、あまりなりませんね」

「なら、聞かなくていい」

ドクターはあっさり切り捨てたが、蝶々さんが収まらない。

「だったら、そんな怖い話、わざわざしないでよ」

「……ごめんなさい」

それでも小林君が素直に謝ると、彼女もそれ以上は何も言えなくなった。

「興味深い小説だな」

俊一郎が感じたままを口にすると、

「参考にならないなら、何の意味もない」

ドクターが冷たく突き放した。

「直接はそうでも、初対面同士の間で、なぜ連続殺人が起こるのか——という謎を考える切っ掛けにはなる」

「そんなこと、学者も分かってたじゃないか」

「うん。それでも小林君が教えてくれた小説のお蔭《かげ》で、みんなが初対面だという重要な事実を、少なくとも俺は改めて認識できたと思う」

「そこから導き出せる推理は？」

「そんな状況下では連続殺人どころか、一件の殺人も起こり得ないだろう――ってことかな」

「やれやれ」

大きくため息をつくドクターの横で、猫娘が遠慮がちに、

「アキバさんの最期の言葉は、どうなりますか」

すでに全員が忘れかけている問題に、またしても注意を戻した。

「やつが『……ばぁ……ばぁ』って残したから、やっぱり馬骨婆にやられたんだって言いたいのか」

ドクターが強い口調で返すと、

「そういうわけじゃないんですけど……」

たちまち猫娘が小さくなってしまった。

「そもそもアキバさんの言葉は、ダイイングメッセージなのでしょうか」

委員長の疑問に、小林君が続けて、

「だったら犯人の名前が、もっとも考えられます。でも、この中で『ば』ではじまる呼び名の人は、誰もいません」

「馬骨婆は、少なくとも『ば』ではじまるもんな」

ドクターの皮肉っぽい口調に、小林君が応じた。

「アキバさんが口にした『……ばぁ……ばぁ』は、お婆さんの『婆』とも受け取れます

よね」

「二重の意味で、犯人は馬骨婆だってことか」

さらに皮肉っぽい声音になったドクターに、俊一郎が言った。

「猫娘が『……ばぁ……ばぁ』から馬骨婆を連想したように、別の名前に辿《たど》り着くことも、実は可能じゃないかな」

「誰のことだ？」

「ひょっとするとアキバは、『……まとばぁ……まとばぁ』と発音したつもりだったのかもしれない」

十五　恐怖の夜

学者が思いもよらぬ名前を口にしたため、猫娘は驚いた。

「えっ？　『まとば』って誰よ」

蝶々さんなど、とっさに分からなかったくらいである。

「運転手の的場明夫さんですか！」

委員長の叫び声を聞いて、

「ああっ、あの小父《おじ》さん」

ようやく理解できたらしい。だが、ふに落ちた様子は少しもなかった。それは猫娘も同じだった。

「でも運転手さんは、あの場にいなかったでしょ」

「我々のあとを、こっそり尾《つ》けてきたのかもしれない」

「……なるほどな」

ドクターは少し考えこんでから、学者に尋ねた。

「で、動機は何だ？」

「分からん」

「おい……」

「俺たちの中で、誰か異質な者がいるとすれば、運転手の的場だろう」

「あくまでも彼は、会社が受けた仕事として、あのバスの運転手を務めてただけだからな」

「黒術師の存在さえ、彼は知らなかったはずだ」

「その件は、まず間違いないと思います」

委員長が的場と二人で町へ行ったときの様子を、かいつまんで話し出した。

「あのとき的場さんは、かなり驚いてました。『にわかには信じられないけど、今の自分たちの状況を考えると、やっぱり本当なのでしょう』という反応は、決して演技じゃなかったですね」

「何か変わった様子は？」

学者に訊《き》かれ、委員長は少し思い出す素ぶりをしたあと、

「いえ、特にありません。いっしょに行動してたから、それは間違いないです。私の動きについて来れなくて、彼が独りになったこともありましたが、いずれも短時間ですからね」

「となると——」

ドクターが学者のほうを向いて、

「俺たちの中で、もっとも動機がなさそうなのが、的場ってことじゃないのか」

「うん。ただ、それを逆にとらえることもできる。全員が初対面にもかかわらず、そこに殺人の動機が生まれるとすれば、メンバーの中に異質な存在が交じっているからである——という解釈だな」

「うーん」

うなるドクターを見て、たちまち猫娘は不安になった。

全員のまとめ役は委員長が適任だと、彼女は思っていた。しかし、何か重要な問題を取り上げて、とりあえず結論を出す必要がある場合、頼りになるのはドクターと学者だろうと考えている。そのため二人の意見が対立すると、どうして良いのか分からなくなってしまう。

「異質って言えば、探偵もそうですよね」

そこに小林君も加わったため、よけいに猫娘は混乱した。

「つまり容疑者は、的場さんと探偵の二人ってことですか」

委員長のその言葉に、学者が異を唱えた。

「探偵はどうかな。彼の——彼女かもしれないけど——任務は、恐らくバスツアーの行先を突き止めることじゃないか」

「黒術師がどこにいるのか、それを探る役目ですね」

「今回の参加メンバーの全員が、黒術師の手下だった場合、ひょっとすると探偵も、その抹殺を意図して潜入したかもしれない。でも、実際はそうじゃない。アキバのような崇拝者もいたけど、興味本位で……という動機の者もいるはずだろ。いっしょに行動していれば、それくらい探偵にも分かったはずだ」

「それでもブラックに、自分の正体がばれたとなれば、ためらわずに殺したんじゃないか」

ドクターの突っこみに、学者はうなずきつつも、

「しかし、前に言ったように、アキバ殺しまで実行するだろうか。それにブラック殺しについても、よく考えるとやはり疑問がある。あの霧の恐ろしさが分かったのは、確かに今日になってからだ。とはいえ、ここが現実の世界でないらしいことは、昨日の時点で分かっていた。そんな状況でブラックに、仮に探偵の正体をばらされたとして、身の

危険を感じるほどの不都合があるだろうか。ここまで全員の言動を見てきたけど、いきなりリンチがはじまるような事態になることは、少なくともないんじゃないか。俺にはそう思える」

「……まぁな。仲間外れにするくらいか」

「それさえも最終的には、自分たちが置かれた状況を考えて、嫌々ながらも力を合わせるかもしれない」

「しかしな、的場には探偵以上に、もっと動機がないぞ」

「……確かに」

二人が黙ってしまったところで、蝶々さんが怖いことを言い出した。いや、それは当たり前の指摘だったのだが。

「誰が犯人なのか、私にはさっぱりだけど、運転手さんもふくめた七人の中にいるのは、絶対に間違いないじゃない。だとしたら、学者さんのさ、そんな酷《ひど》いことをする人は、この中にいないっていう意見は、間違ってることにならない？」

「ブラックとアキバが殺されたのは、事実だからな」

ドクターの台詞《せりふ》に、学者がうつむいた。それから彼は、なぜか一人ずつの顔を、じっと眺めはじめた。

こいつが犯人なのか……って疑いながら、学者さんは見てるのかな。

そんな風に猫娘の目には映ったのだが、そのうち妙な違和感を覚え出した。一人ずつ眺めているはずなのに、実は当人に視線をすえているわけではなく、何か別のものを目にしているように感じる。

別の何だろ？

しかし、学者の眼差《まなざ》しは、確実にその人を凝視していた。にもかかわらず本人ではなく、そこに他の存在を見出《みいだ》しているような気がしたのだ。

……なんか怖い。

猫娘が思わずぞっとしていると、彼の両の眼が突然、彼女をとらえた。慌てて視線をそらしたが、向こうに見られているのは間違いない。痛いほど肌で分かる。なんとか知らぬふりを続けたが、我慢できなくなって、ちらっと見やった。

そのとたん今度は学者のほうが、すっと目をそらした。彼の眼差しが外れる刹那《せつな》、そこに戸惑いにも似た感情が、ふっと浮かんだかのように、猫娘には映った。

どうして？

まさか彼女のことを、犯人と疑ったからではないだろう。仮にそうなら、もっと険しい目をしたはずだ。

でも、あの眼差しは……。

とほうに暮れたような、そんな心情を物語っている感じがあった。しかし、そうと分かっても困るのは、むしろ彼女のほうである。

あとで学者さんに、こっそり訊いてみようか。

猫娘が独りで考えているうちに、みんなで話し合う内容が犯人捜しから、いかに今夜を乗り切るかに変わっていた。

「まずは戸締りですが――」

委員長が最初に意見を述べた。

「玄関の扉は、内側から鍵《かぎ》をかけます。窓は――特に一階は――念のため確認するべきでしょう。問題は、ここへ侵入するのに割った、一階の男子トィレの窓です。あのまま放っておくのは、ちょっと危険ですよね」

「的場犯人説が正しければ、そうなるな」

ドクターの少し嫌味な口調に、学者は特に反応することもなく、

「トィレの窓の修復は、まず無理だろう。そうなるとトィレの扉の前に、何か大きなものを置くしかない」

「あの扉は？」

「外開きだ。仮に窓から侵入されても、トイレより中には入ってこられない」

そこから相談した結果、ロビーに飾られていた大きな壺《つぼ》を、委員長とドクターと学者の三人で、男子トィレの扉の前まで移動させることになった。

「だからって、一階の女子トィレを使わないでよ」

すかさず釘《くぎ》を刺したのは、もちろん蝶々さんである。男性たちは四人とも、それを誓わされた。

「さて、次は部屋割ですが――」

委員長が続けようとすると、学者が意外な提案をした。

「その前に、この保養所の中を、一通り調べたほうが良いと思う」

「なぜですか」

「すでに的場が侵入しており、どこかに身を潜めていないとも限らない」

これには猫娘も、用心し過ぎではないかと思った。だが、その可能性がまったく零《ゼロ》でないことに、すぐに彼女も気づいた。

じゃんけんのグーとパーによる組分けで、委員長と蝶々さん、ドクターと小林君、学者と猫娘という三組で、手分けして保養所内を検《あらた》めることになった。集合場所は一階の男子トイレの前である。どこにも的場は隠れておらず、かつ壺を動かした形跡が認められなければ、今夜は安心して眠れる。そのための探索だった。

猫娘は学者と同じ組になったことを、素直に喜んだ。この機会に、色々な質問ができると思ったからだ。せっかくバスの中で、死地人峠の馬骨婆の話を聞いてもらえたのに、あのあと疎遠になってしまった。一対一なら大丈夫なのに、他に一人でも誰かがいると、とたんに無口になる。これは自分の悪い癖だと、彼女も分かっていた。しかし、どうしようもない。

ところが、猫娘が口を開く前に、いきなり学者から尋ねられた。それも真意のよく分からない、かなり変な質問を二つ。

一つ目は、他の人がしていない特異な行動を取った覚えがないか。

二つ目は、ブラックとアキバの二人と、またはどちらか一方と、似たような行動を取っていないか。

どうしてそんなことを訊《き》くのかと、逆に尋ね返しても、学者は言葉を濁すだけで何も答えない。ただ重要な質問なので、ちゃんと考えて欲しいと言われた。だから猫娘も、真剣に記憶の底を探ったのだが、まったく思い当たることがない。

そう返事をすると、学者がまた同じ眼差しを見せた。あの困惑したような、とほうに暮れた目である。

「あの、さっきも同じような目つきで、私を見てませんでしたか」

思いきって訊くと、ぎくっと学者が身体を強張《こわば》らせた。その仕草が場違いにも、なんだか可愛く映って、ふっと彼女は心の中で笑った。

だが、もちろん学者は真面目な顔をしている。というよりも怖い表情を浮かべていると言ったほうが正しいかもしれない。

「アキバの死は馬骨婆の仕業だと、やっぱり思うか」

彼女の問いかけには答えずに、学者に訊かれた。本当なら腹が立つところだが、不思議とそうならないのは、どうしてなのか。

「ドクターさんと学者さんのやり取りを聞いてると、それが一番ありそうかなぁ……って感じました」

「無難な解釈ってこと？」

「そうです。馬骨婆は本当にいるよって、さすがに私も断言できません。ただ、この変な世界にならいるのかなって思います。それに、探偵が自分の正体を知られたので、ブラックさんとアキバさんを殺したとか、動機は不明だけど運転手さんが犯人だとか、そんな推理よりは、まだ馬骨婆の仕業だというほうが、納得できる気がするんです」

「ブラック殺しも？」

「はい。まだ峠に行く前だろって言われたら、何の反論もできませんけど」

「どうして馬骨婆は、ブラックとアキバを襲ったのか。俺たちも狙われる危険があるのか。この点は、どう思う？」

「……理由は、ないような気がします。化物や妖怪《ようかい》って、たまたまその場所を通りかかった人に憑《つ》いたり、脅したり、悪さをするイメージがありますから」

「馬骨婆の領域に、俺たちは侵入したってことか」

「学者さんが言ったように、黒術師の八獄の界の結界が、馬骨婆にも影響を与えたのかも。それで私たちを襲うようになったとか」

「そうだな」

「あの霧の中に、蛞蝓《なめくじ》人間なんて気味の悪いものがいるなら……」

自分で口にしながらも、「蛞蝓人間」という言葉の響きに、猫娘の二の腕には鳥肌が立っている。

た。

「伝説の馬骨婆がいても、別に不思議じゃないと思います」

「うん」

あいづちを打ったのとは裏腹に、決して学者が納得していないことに、彼女は気づいた。

学者さん自身の考えなのに？

どうも彼には、みんなに話していない推理が、まだありそうに思えた。もしくは彼だけが知る事実である。しかし、その推理や事実に何か矛盾があって、ずっと彼は悩んでいる。そのことを考察し続けている。だけど分からない。

そんな風に猫娘には映って仕方なかった。

結局、彼女の訊きたいことには一つも答えてもらえぬまま、二人の探索は終わってしまった。一階の男子トイレの前に行くと、すでに他の二組が待っていた。保養所内に不審者はおらず、壺が動かされた形跡もないため、外部からの侵入問題はひとまず片づいた。

ただし学者の提案により、一階の女子トイレも塞《ふさ》ぐことになった。私たちが男子トイレから侵入できたのだから、同様の危険があるというわけだ。蝶々さんは不便だと文句を言ったが、反対まではしなかった。そこで委員長とドクターと学者の三人が、一階のラウンジのソファをいくつも、女子トイレの扉の前に積み上げた。

そこから部屋割の話になったが、意見は真っ二つに分かれた。

「全員で一ヵ所に固まって、交代で見張りを立てながら寝たほうがいい」

と主張する学者と、

「各人が個室に籠《こも》り、鍵をかけて寝るべきだ」

というドクターの二派に、完全に分かれた。

前者に賛成したのが蝶々さんと猫娘で、後者は委員長と小林君である。まさに三対三のため、多数決というわけにもいかない。

「犯人が的場の場合、ほぼ彼の脅威は排除できたと言えるかもしれない」

ドクターたち三人に向けて、学者が話し出した。

「ただ、我々の中に真犯人がいる……という可能性も、まだ残ってる。そんな状況の中で、みんながバラバラになるのは、あまりにも危険だ。独りになるべきじゃないと思う。ここは全員で固まって――」

「いや、だからこそ個人で部屋に籠り、鍵《かぎ》をかけて自衛すべきだろ」

すぐさまドクターが反論した。

「自分を護《まも》ることだけに、それぞれが専念する。今は、そうするべきじゃないか」

「その結果、ブラックは殺された」

学者の指摘に、ドクターが怒ったように、

「あいつのときは、まだ油断があった。今とは違うぞ」

「だったらアキバはどうだ？　霧の中で独りになったとき、彼は殺された」

「あれは野外だろ。ここなら部屋に鍵をかけられる。みんなが個室に籠って、朝になるまで絶対に出ないと決めておけば、何の問題もない。そのほうが絶対に安全だ」

「トイレは？」

蝶々さんの割りこみに、ドクターはむっとしながら、

「子供じゃないんだから、寝る前に行っとけばすむだろ。それでも不安なら、ペットボトルを持ちこめばいい」

「あのね、男とは違うのよ」

今度は蝶々さんがむっとしたが、ドクターは無視している。

「さて、どうしますか」

委員長の提案で、とりあえず二つの意見の利点と欠点を抜き出し、それから検討することになった。相当もめるかと思えたが、「ブラックもアキバも、独りのときに殺された」という事実が、どうやら決め手になったらしい。最初に委員長が、次に小林君が学者側に意見を変えた。ドクターは自分だけ部屋に籠ると言い張ったが、学者と委員長に説得されて、しぶしぶ折れた。ただし、見張りを二人にすることを強く主張して、これが認められた。

全員が寝る場所は、一階のラウンジに決まった。女子トイレの扉を塞いだのは一人用のソファだったため、みんなが一つずつ長ソファを使える。あとは和室から蒲団《ふとん》を持ってくるだけですむ。

見張りの組み合わせは、保養所の探索の組がそのまま流用された。二時間ごとの交代で、順番は委員長と蝶々さん、ドクターと小林君、学者と猫娘である。就寝が二十二時だったので、猫娘は午前二時に起こされた。

……眠い。

本当なら、むしろ寝る時間である。そもそも二十二時の就寝など、絶対に有り得ない。そのため寝つけなかったが、やっぱり疲れていたのか、知らぬ間に熟睡していたらしい。そこを起こされたのだから、しばらく頭がぼうっとした。事前に小林君がポットに用意したインスタント珈琲《コーヒー》を飲んでも、まったく変わらない。相変わらず眠い。それが一気に目覚めたのは、

あっ！

と思いついて、胸の呪符《じゅふ》の安全を、とっさに確認してからである。

……良かった。破られてない。

ほっとしたとたん、無性に学者としゃべりたくなった。でも、みんなの安眠妨害になるため、小声でも会話は無理だろう。仕方なく今後の予定を、猫娘はつらつらと考えた。

明日は最初の保養所まで戻り、的場と合流することになっている。そのとき運転手の態度に不審な点がないか、じっくりと観察しなければならない。それを全員で行なった結果、的場にはないしょで話し合いを持ち、はっきり黒だという証明ができなければ、再び仲間に加える。そこからは全員で、この世界からの脱出方法について検討する。と

いうのが今夜、寝る前に決まったことだった。

あの運転手さんが犯人なんて……。

猫娘には信じられなかった。かといって真犯人が他にいるのかというと、どうにも分からない。

委員長、蝶々さん、小林君、ドクター、学者と、彼女は順番に疑ってみた。すると蝶々さんと小林君が、まず除外された。委員長は探偵かもしれないが、犯人ではない気がする。残るのは、ドクターと学者の二人である。

どっちにも、なんか陰があるんだよね。

もっとも互いから受ける印象は、まったく違う。ドクターの陰がエリートの挫折《ざせつ》っぽいのに比べて、学者のそれは謎めいている。あえて言えば、出生に関する暗い秘密のようなものだろうか。

とはいえ二人を特に疑う理由は、それだけである。蝶々さんと小林君を容疑者から外したのも、似たような感じだ。つまりは何の根拠もない。

そう言えば学者さん、変なこと言ってたな。

就寝の前に彼が、全員に向かって頼んだのだ。冗談めかしていたが、あれは本気だったに違いない。

「もしも今夜、何者かに襲われることがあったら、できるだけ相手の情報を書き遺《のこ》して欲しい」

「犯人の襲撃を受けてるときに、そんな余裕があるか」

ドクターが皮肉まじりに返したが、

「ダイングメッセージを、意図的に遺すわけですね」

小林君は素直に、その要望を受け入れた。

「しかし、それをメモしてる暇が、果たしてあるでしょうか」

委員長もドクターと同じ意見だったが、

「スマホに打ちこめば、いいんじゃない」

意外にも蝶々さんが良いアイデアを出して、みんなを驚かせた。

「私や猫娘ちゃん、それに小林君なら、速く打てるわよ」

「慣れていると言えば、私もそうですね」

委員長が認めると、ドクターも無愛想ながらうなずいた。

「この中で苦手なのは、俺だけのようだな」

学者が落ちをつけた格好で、この話は終わった。

あの頼みって、今夜にでも必ず誰かが狙われるのを、まるで学者さんが予測できてるみたいだった……。

だが、どうして彼にそんなことが分かるのか。推理したのか。だったら、なぜみんなに教えないのか。彼の謎めいた様子は、いったい何に由来しているのだろう。そんな風に思いながら眺めていると、ふっと彼がこちらへ視線を向けた。

慌《あわ》ててそらしたが、猫娘は自分の顔が熱くなるのが分かった。それなのに学者は、まだ彼女を見つめている。

……嫌だ。どうしよう。

そのとたん、トイレに行きたくなった。眠気覚ましに飲んだ珈琲が、どうやら原因らしい。

「あのー、すみません」

恥ずかしい思いをしながら、猫娘が小声で断ると、学者が了解してくれた。

「独りで大丈夫か」

そう訊《き》かれてどきっとしたが、急いで首をふった。正直つきそって欲しいと願う気持ちと、トイレまで送ってもらうことを恥じ入る思いが半々だった。そういう場合はえてして、後者が前者に勝ってしまうものである。

猫娘はラウンジを出て、階段を上がった。一階のトイレが建物の真ん中に位置しているのに、二階は男子が建物の東棟の、女子が西棟の、それぞれ一番奥にあった。しかもラウンジからは、女子トイレのほうが離れている。一、二階ともに、東棟よりも西棟の部屋数が多いせいだ。

ゆっくりと階段を上がりながら、早くも猫娘は後悔しはじめていた。みんながいる一階を離れて、誰もいない二階へ独りで行くのが、これほど怖いとは思わなかった。もちろん明かりは充分にあって、決して薄暗くはない。しかし、その白々とした輝きが、逆に人気《ひとけ》のなさを強調していた。中途の踊り場を曲がったとたん、二階から何かが見下ろしている気がして仕方がない。

やっぱり送ってもらったほうが……。

とはいえ今から戻って頼めるかといえば、とてもできない。幼い子供ではないのだから、さっさと行って用をすませてしまうに限る。

とろとろと辿《たど》っていた階段の残りを、猫娘は速足で上がり出した。踊り場でも止まらずに、二階を見上げることなく、そのまま駆け上った。だが、その勢いも二階の廊下に出るまでだった。

彼女の左右に、まっすぐ廊下が通っていた。東の端から西の果てまで、何かに遮られることもなく、煌々《こうこう》と明かりに照らされた廊下が、ひたすら延びている。

その光景に、なぜか猫娘は寒気を覚えた。どちらを向いても、ずうっと奥のほうから、今にも何かがやって来そうに思えるからか。あぁぁぁぁぁ……と叫び声を上げながら、化物が一直線に走ってくる。そんな有り得ない出来事が、今すぐにでも起きそうだからか。

ぶるっと身体が震え、皮肉にも尿意が増した。目指す女子トイレは、いかにも化物が姿を現しそうな、廊下の一番奥にある。

行きたくない……。

しかし、ここで漏らすわけにもいかない。そんな粗相をしてしまったら、もうラウンジには決して戻れないだろう。

恐る恐る一歩、また一歩と、廊下の西の端を目指して、猫娘は歩きはじめた。何か得体の知れぬものが前方に見えたら、すぐさま回れ右をして逃げ出せる用意をしながら、少しずつ進み出した。

そうやって半分ほど前進したところで、ふと背後が気になってふり返り、ぞわっと項《うなじ》が粟立《あわだ》った。

ずうっと奥まで、廊下が続いていた。横長の建物の三分の二以上の長さの廊下が、まるで果てしなく延びているように見える。その遠くの彼方《かなた》から、彼女に向かって何かが、物凄《ものすご》い速さで迫ってくる。そんな光景が、やっぱり浮かんだ。距離が遠くなった分、安全かと言えば違う。とてつもない速さで、あっという間にそれは彼女のところまで来てしまう。いくら離れていても関係ない。

ただの想像なのに、猫娘は震え上がった。しかし、これが彼女には幸いした。なぜなら女子トイレまでの残りの廊下を、ほとんど一気に駆けていたからだ。

トイレに入りさえすれば、安心できると思っていたが、そうではなかった。細長く延びたまっすぐの世界から、長方形の閉じた空間に変わったせいで、今度は閉所恐怖にも似た感覚に囚《とら》われた。そこが日常生活で、しばしば恐ろしい場と認識されるトイレだったことも、もちろん関係があったに違いない。

ようやく安堵《あんど》できたのは、個室に入ってからである。閉所という意味ではトイレ以上のはずなのに、周囲の壁に護《まも》られている感じがするのだろうか。とにかく猫娘は、ほっとできた。

とはいえ、その安らぎも長くは続かなかった。真っ先に気になったのは、周囲の静けさである。何の物音も聞こえない。ここが保養所として本来の役目を果たしていれば、他の利用客たちの気配が、きっと真夜中でも感じられたに違いない。しかし今、ここにいるのは猫娘たち六人だけである。しかも彼女以外の五人は、全員が一階のラウンジにいる。二階には彼女しかいない。

早く戻ろう。

用をすませて、トイレの水を流したときである。

えっ？

何か聞こえた気がした。ただし水洗の音で、すぐにかき消されてしまったので、よく分からない。

すぐに水の流れが収まり、再び静寂が訪れたところで、

……したっ、したっ。

遠くのほうで、妙な音が聞こえた。

何？

思わず耳をすます。すると同じように、

……したっ、したっ、したっ。

その音が響いた。それも連続して聞こえている。いったい何だろうと、猫娘が考えていると、

……したっ、したっ、したっ、したっ。

その物音がどんどん、こちらへ近づいているらしいと分かった。いや、それだけではない。

途中から音の聞こえ方が変わったとたん、ようやく彼女は悟った。

……ひたっ、ひたっ。

廊下を誰かが歩いてる。

……ひたっ、ひたっ、ひたっ、ひたっ。

それは明らかに、女子トイレに迫っていた。

蝶々さん？

どう考えても彼女しかいない。尿意を感じて目を覚まし、猫娘がトイレに行っていることを、恐らく学者から聞いたのだろう。

もう。怖かったじゃないですか。

蝶々さんがトイレに入ってきたら、そう言ってやろうと思い、個室から出ようとしたところで、猫娘は固まった。

……やっぱり違う。

彼女はヒールだった。だから廊下を歩くと、こつ、こつ……という音がした。もっと

硬質の足音が、はっきりと響くはずなのだ。

だったら、あれは……。

と慄《おのの》きかけて、学者が自分を呼びにきたのかもしれない、と猫娘は考え直した。有り得ないことではない。

きっとそうだ。

……ひたっ、ひたっ、ひたっ、ひた。

そのときトイレの前で、足音が止まった。

「おーい、猫娘！」

今に呼ばれるに違いないと、彼女は身構えた。だが、いつまで経っても廊下は、しーん……としている。

やがて、扉の開く気配がした。それがトイレに入ろうとしている。

学者さんじゃない……。

とてつもない絶望に、たちまち猫娘は襲われた。

個室は全部で五つあり、彼女が入っていたのは一番手前だった。未使用の個室の扉は、すべて内側に開く仕様になっている。つまり廊下にいる何かが入ってきたら、すぐに居場所がばれてしまう。

ここから出て、すぐに逃げなきゃ。

そう焦るのだが、少しも身体が動かない。その何かと対面すると想像しただけで、完全に足がすくんでしまった。

でも、今すぐ逃げないと……。

それが個室の前まで来たら、もう手遅れである。出るに出られなくなって、その何かが扉を乗り越えるか、あるいは破って侵入するのを、ただ待つだけになる。

そんなの厭《いや》だ。

ありったけの勇気をふるい起こして、猫娘は静かに扉の鍵《かぎ》を開けると、そっと個室から出た。それがトイレに入ってくる瞬間をとらえ、一気に廊下へと飛び出す算段である。

だが、上手《うま》くいかなかった。

目の前に、それがいた。

とっさに彼女は、トイレの奥へと逃げた。自らを袋小路に追いこむ羽目になるが、他にどうしようもない。一番奥の個室に飛びこむと、扉を閉めて鍵をかける。

今のが、馬骨婆……。

目にしたのは一瞬だが、トイレの出入口の前に立っていたのは、着物姿の老婆に見えた。両目を閉じた状態で、両手を前に伸ばして探るような仕草をしつつ、こちらに向かってくる。ほんの刹那《せつな》だったが、見間違うはずがない。

……どうしよう。

猫娘が泣きそうになっていると、

……ひたっ、ひたっ。

それが歩き出した。しかし、すぐに止まった気配がして、そのうち妙な物音が聞こえてきた。

ばんっ、こん、ぱたぱたっ。

何をしているのかと訝《いぶか》ったのも束の間、すぐに分かった。

個室の中を手探りしてるんだ。

つい先ほどまで彼女がいた個室に、それが両手を突っこんで掻《か》き回している光景が、ありありと脳裏に浮かんだ。

……ひたっ、ひたっ。

再び移動して、また止まる。

こんこんっ、ばた、ぱん。

二つ目の個室の中を調べている。さらに歩いて止まると、三つ目の個室に取りかかり、そして四つ目へ進んで……。

いつしか猫娘は必死に、今夜の自分の体験をスマホに打ちこんでいた。学者の頼みを思い出したからだが、かといって彼のためかと言えば、恐らく違った。とりあえず打ちこみに集中して、眼前の恐怖を忘れようとしたのかもしれない。しかし残念ながら、その逃避も長くは続かなかった。

かたっ。

目の前の扉の向こうで、物音がした。あたかも両の指が、扉に当たったような音である。

ざあぁぁっ。

それから両の掌《てのひら》で、扉を撫《な》でている気配がした。

ざあぁぁっ、ざあぁぁぁっ、ざあぁぁぁぁぁっ。

その物音が、次第に激しくなっていく。まるで扉に開いた穴でも探すかのように、一心に撫で回す摩擦音が無気味に響いている。

ぬちゃーっと扉が粘土のごとく撓《しな》ったかと思うと、ずぼっと両手がいきなり突き抜け、ずずずっと老婆が入りこんできて、びちゃっと猫娘の身体に触れた。

「いやあぁぁぁぁぁぁぁっ」

その瞬間、ようやく彼女の口から悲鳴が迸《ほとばし》った。

十六　四人目の死

はっと俊一郎は身体を起こした。どうやら寝入ってしまったらしい。これでは見張り失格である。

慌ててラウンジ内を見渡すと、ちゃんと全員が眠っていた。

ふう、良かった。

ため息をついたものの、すぐに違和感に気づいた。ただ、それが何なのかとっさに分からず、かなり焦った。

……あっ、猫娘がいない。

そう認めたところで、ようやく彼女がトイレに立ったことを思い出した。現在の時刻は午前三時十一分である。

猫娘がトイレに行ったのは……。

正確な時間は分からないが、見張りをはじめてから四十分以上は経っていた気がする。仮に二時五十分だったとしても、もう二十一分も過ぎている。いくら何でも遅過ぎるのではないか。

猫娘の死相は、ブラックやアキバと同様に薄くなっていた。次に狙われるとしたら彼女だ。それが分かっていたのに……。

ソファから慌てて立ち上がったところで、俊一郎は少し迷った。彼がラウンジを離れてしまえば、見張りが誰もいなくなる。また猫娘に万一のことがあった場合を考えると、発見者は彼だけでないほうが良い。

「おい、起きてくれ」

熟睡しているドクターの側に行くと、肩をゆすりながら声をかける。それをくり返していると、

「……うーん、うるさいなぁ。もう交代か」

文句を言いながらも、うっすらと彼が目を開けた。

「二階のトイレに行ったまま、猫娘が戻ってこない」

しかし俊一郎の次の台詞《せりふ》で、ドクターの寝惚《ねぼ》け眼が突然、はっきりと開いた。

「行こう」

言うが早いかラウンジを飛び出す彼のあとに、俊一郎は続いた。

「ラウンジの見張りは、いいのか」

「今は一刻も早く、まず猫娘の無事を確かめるべきだ」

もっともな意見だったので黙っていると、

「彼女がトイレに立ってから、何分くらい経つ?」

階段を上がりながらドクターに訊《き》かれ、

「……すまん。少し居眠りをしたようで、正確には分からない。ただ、少なくとも二十分は過ぎているはずだ」

俊一郎は忸怩《じくじ》たる思いで答えた。

「男よりトイレは長いだろうけど、ちょっとかかり過ぎだな」

居眠りの件には触れず、ドクターは時間の長さを問題にした。

「独りで行かせるべきじゃなかったか」

「外から的場が侵入した気配がなく、猫娘以外の全員が学者の目の前で寝ていたのなら、決して間違った判断じゃないだろ」

「そのまま居眠りをしなければな」

俊一郎の返答に、ドクターは黙ってしまった。

階段を上り切って二階の廊下に出たところで、二人は左右を確認した。耳もすましたが、特に何も聞こえない。それでも西の端の女子トイレに辿《たど》り着くまで、周囲を注意し続けた。

「おーい、俺だ。学者だ」

トイレの扉の前で、まず俊一郎が声をかけた。

「戻りが遅いので、心配になって来てみた。ドクターもいっしょだ」

だが、まったく何の返答もない。

「大丈夫か。俺だよ、ドクターだ」

ついでドクターも声を上げたが、やはり返事がない。

「いいか。入るぞ」

俊一郎は断ってから、女子トイレの扉を開けた。室内に入ると、すぐに一番奥の個室が目につく。そこだけ扉が閉まっていたからだ。

「猫娘、どうかしたか。学者とドクターだ。蝶々さんを呼んできて欲しいなら、そう言ってくれ」

俊一郎には珍しく女性に対して気を遣ったのだが、しーん……としたままである。

「可怪《おか》しいぞ」

ドクターは小声で囁《ささや》くと、先に奥の個室まで進んだ。

こん、こんっ。

そして扉をノックしながら、さらに話しかけた。

「ドクターだ。横に学者もいる。扉を開けなくていいから、とにかく声だけでも聞かせてくれ」

しかし個室からは何の応答もなく、物音一つしない。

「上から覗《のぞ》くか」

俊一郎の提案に、ドクターは戸惑いながらも、

「そうだな。本当は蝶々さんに頼むべきなんだろうけど、緊急事態ってことで、仕方ないか」

その行為を認めた。だが、自分がやろうとはしない。それは俊一郎も同様だったので、個室の前で二人は顔を見合わせる羽目になった。

「ここは、提案者がやるべきだろ」

「いや、こういう役目は、医者こそが相応《ふさわ》しい」

「前にも言ったけど、俺は本物のドクターじゃない」

「けど俺よりは、はるかに医者に近い」

「恥ずかしがってる場合か」

「今の言葉、そのまま返すよ」

結局、じゃんけんで決めることになり、俊一郎が負けた。

……勘弁してくれ。

思わず天を仰いだが、こうなったらやるしかない。

「いいか。今から扉によじ登って、中を確認する。だから、そのー、ちゃんと用意しといてくれ」

自分でも何を言っているのか意味不明だったが、ドクターの突っこみもなかったので、そのまま個室の扉の上部に両手をかけると、俊一郎は懸垂の要領で身体を持ち上げた。そうして内部を一瞥《いちべつ》したとたん、いったん彼は下りると、今度は完全に扉を乗り越えるつもりで、改めて両腕に力を入れた。

「何だ？　どうした？　何が見えた？」

ドクターにせっつかれたが、俊一郎は無言のまま個室内に下りると、すぐに扉の鍵《かぎ》を開けた。

「これは……」

ドクターが絶句するのも無理はなかった。水洗トイレの蓋《ふた》の上に、猫娘が腰かけていたのだが、その両目は閉じられ、首が片方にかしげている。どう見ても、彼女は事切れているように映った。ちなみに八獄の界の呪符《じゅふ》は、ブラックやアキバと同様に破られていた。

「確かめてくれるか」

それでも俊一郎が頼むと、ドクターは猫娘の首筋に手を当ててから、小さく頭《かぶり》をふった。

「……駄目か」

「死んでから、まだそんなに時間は経ってない」

「俺が、もっと早く……」

俊一郎は後悔の念に囚《とら》われたが、彼女が右手にスマホを持っていることに気づいたとたん、

「もしかすると――」

急に興奮し出すと、スマホを手に取って電源を入れた。すると次のような文面が、いきなり現れた。

馬骨婆が出た　廊下から入ってきた
着物姿で　両目を閉じてる　両手を前に出して　探ってる感じ
逃げられない　怖い
お母さん　助けて　来るんじゃなかった　ツアーなんか
死にたくない　厭《いや》だ　こっちに来る
こっちに来る　今　隣に

死ぬ　死んじゃう　お母さん
私　ほんとは
両手　出た　いや　のび　しにた

ドクターに見せると、食い入るように画面を眺めてから、急に個室を飛び出した。驚いて俊一郎も出ると、彼が一つずつ他の個室を検《あらた》めている。

「もういないだろ」

「そのようだな。けど、念には念を入れたほうがいい」

さらにトイレ内を見回して、ようやく納得したらしい。

「最後の『しにた』は、『死にたくない』と打とうとして、力つきたのか」

「きっとそうだろ。そこまで、ちゃんと打ててるのが凄《すご》いよ」

「しかしなぁ、本当に馬骨婆が犯人だったとは……」

「うん。でも、まだ分からないぞ」

俊一郎の返しに、ドクターが驚いたように、

「どういう意味だ？」

「みんなの前で話すよ。それより——」

ドクターを促して女子トイレから出ると、

「外部から侵入した痕跡《こんせき》がないか、一通り調べたい。協力してくれるか」

そう俊一郎は頼んだ。

「まだ的場を疑ってるのか」

「その件もふくめて、先に確認しておきたい」

「分かった。やろう」

二階からはじめて一階まで、どこか不審なところがないか、二人は検めながら回った。だが、まったく見つからない。もっとも可能性の高い一階の男女のトイレにも、何の異状も認められなかった。

「みんなを起こすか」

少し身体をゆすって声をかけただけで、委員長は目を覚ました。だが蝶々さんと小林君は、なかなか手強《てごわ》かった。ようやく目を開けたと思ったら、また閉じてしまう。そのくり返しである。

「猫娘が殺された」

仕方なく俊一郎が非常手段に訴えると、さすがに二人も飛び起きた。

「ええっ、嘘……」

「そんな、いつです？」

もちろん委員長も、物凄《ものすご》いショックを受けたようで、呆然《ぼうぜん》としている。

俊一郎がこれまでの経緯を説明する間、誰も口をきかなかった。自分たちが寝ているうちに、また参加者が一人、密《ひそ》かに殺されたと聞かされ、あまりの恐ろしさに黙ってしまったのかもしれない。しかし、猫娘が遺《のこ》したスマホの文面の話になると、とたんに騒ぎ出した。

「ちょっと、それを先に見せなさいよ」

「文字通りのダイイングメッセージってことですか」

「それにしても猫娘さん、よく遺せましたね」

　蝶々さん、小林君、委員長と、それぞれが強く反応した。

　そこから三人にスマホが回される間、再び静かになった。猫娘が記した生々しい文章を前に、誰もが口を閉じざるを得なくなったのだろう。

「何者かが外部から侵入した形跡は、まったくない。ドクターと二人で、すでに確認ずみだ」

　俊一郎がそう言うと、すかさず蝶々さんが、

「だって相手は、化物でしょ。戸締りなんて、何の役にも立たないじゃない」

　完全に怯《おび》えながらも、同時に怒ったような口調で応《こた》えた。

「ところが、どうも学者は、まだ的場を疑ってるらしくてな」

　このドクターの言葉に、委員長と小林君が目をむいた。

「猫娘さんの、あのスマホの文章を見てもですか」

「はっきり馬骨婆と、あれには書かれてますよ」

「けど猫娘が、どんな状況で犯人を目撃したのか、俺たちには分からない」

俊一郎の指摘を受けて、ドクターはスマホを手に取ると、

「最初に『廊下から入ってきた』とあるからには、このとき猫娘は、すでにトイレの中にいたことになる」

「彼女が廊下で犯人を見ておらず、トイレの中ではじめて会ったのだとしたら、すぐ個室に逃げこんだはずだ」

「まぁそうだな」

「そんな場合、しげしげと犯人の姿を見たとは思えない。ちらっと一瞥しただけで、普通は逃げないか」

「ああ、その通りだろう。でも、運転手の的場と馬骨婆のような化物とを、いくら何でも見間違うか」

「彼女だけじゃなく、アキバも勘違いしたのかもしれない」

「な、何ぃ？」

目をむくドクターに、小林君も加勢した。

「どういうことですか」

「的場が独りで残った保養所には、仮装用のグッズが用意されていた」

「それがどうした？」

ぶすっと返すドクターとは対照的に、

「えっ、まさか……」

瞬時に小林君は、俊一郎の考えを察したらしい。

「あの中に、魔女のマスクと着物があった。これらで仮装すれば、馬骨婆に化けることができないか」

「いや、けどな——」

反論しようとするドクターに、俊一郎が畳みかけた。

「ブラックは寝こみを、アキバは濃い霧の中で、それぞれ襲われた。猫娘の場合は、せまいトイレの中だ。つまり三人とも、はっきりと犯人を認める暇がなかったんじゃないか」

「ちょっと待て」

ドクターは片手をあげて制すると、

「犯人が変装したにしても、それが的場だという推理は、猫娘殺しには当てはまらないぞ。彼女の遺体を見つけたあと、学者と俺とで、外部から侵入した痕跡が一切ないことを、ちゃんと確かめたんだからな」

「うん。だから今は、この中に真犯人がいると考えている」

俊一郎の爆弾発言に、その場が寂とした。

「ブラック殺しは保養所内なので、別に問題はない。アキバ殺しは、荷物の中に忍ばせておいた仮装グッズを使い、あの霧をとっさに利用して行なわれた。猫娘殺しは、俺が居眠りをした隙をついて実行された」

「推理に穴が有り過ぎる」

ドクターが頭《かぶり》をふった。

「あの霧にまかれるなんて、犯人が予測できたわけないだろ」

「そうかな。委員長と的場が町へ行ったとき、霧が自分たちのほうへ近づいていると感じた。それを俺は、結界が縮んでいるのではないかと推測した。それで犯人も、我々が目的地を目指している間に、きっと霧にまかれると踏んだんじゃないか」

「学者の居眠りは、どうなる？」

「犯人が予測したわけじゃ、当然ない。さすがに無理だろ。ただ、みんな疲れている。そういうチャンスがあるかもしれない。それくらいは考えたはずだ。そして犯人は見事に、その機会を逃さずに、猫娘殺しを行なった」

「そのチャンスがなかったら、まだ猫娘は生きてたって言うのか」

「夜明けまでに、絶対に彼女を亡き者にしなければならない、という強い理由が、犯人にあったとは思えないからな」

「いつでも良かったのか。ブラックもアキバも、それは同じか」

「断定はできないけど、恐らく……」

「殺しの動機は何だ？」

「分からない」

そこで改めて俊一郎は、委員長、蝶々さん、小林君、ドクターの顔を、一人ずつ順に見つめた。

いったい誰が真犯人なのか。

ただ、そんな疑いの眼差《まなざ》しを向けながらも、実はドクターの指摘通り、自分の推理に穴があることを、とっくに彼は気づいていた。

「あのー」

そのとき小林君が、遠慮がちに片手をあげた。

「犯人が仮装をしたのは、馬骨婆に化けるためですよね」

「一番の目的は、もちろん自分の正体を隠すためだろう。犯行が失敗して逃げる羽目になっても、仮装をしていれば大丈夫だからな」

「それでも魔女のマスクと着物を選んだのは、猫娘さんの話がヒントになったからじゃないですか」

「小林君は、どうやら気づいたようだな」

「えっ？　学者さんも分かってるんですか。それなのに、僕たちの中に犯人がいるなんて……」

「一種のショック療法だよ。それで誰かが襤褸《ぼろ》でも出さないかと思ったんだが、やっぱり甘かった」

「おい、何のことだ？」

ドクターが交互に二人を睨《にら》んだので、小林君は首をすくめた。しかし俊一郎に促されると、どこか嬉々《きき》とした表情で話し出した。

「犯人が仮装したのは、自分の正体を隠すためです。魔女のマスクと着物は、猫娘さんの馬骨婆の話をヒントにしたから。何の意味もない仮装より、この場に関係のある格好のほうが、僕たちに与える心理的な影響が大きくなると、きっと考えたからでしょう。ここまでの推理は、いいですか」

小林君の問いかけに、

「筋は通っていますね」

委員長が答え、蝶々さんはうなずいた。ドクターだけ無反応だったが、小林君はそのまま続けた。

「何ですか」

「だけど、そうなると可怪《おか》しな点が、一つ出てくるんです」

「僕たちが馬骨婆の話を知ったのは、アキバさん殺しのあとだった……という問題です」

「……そうだった」

ドクターのつぶやきには、悔しさが滲《にじ》んでいる。

「ですから事前に、荷物の中に魔女のマスクと着物を忍ばせることなど、僕たちにはできなかったはずなんです」

ここで小林君は思わせぶりに、いったん言葉を切ると、

「ただし一人だけ、それが可能だった人物がいます」

「誰だ？」

「猫娘さんから前もって馬骨婆の話を聞いていたらしい、学者さんです」

はっとした表情で、委員長と蝶々さんが俊一郎を見た。ドクターは何かを思い出しているような顔つきで、

「そう言えば霧から逃げる前に、猫娘に馬骨婆の話をするように……って、学者が促してたよな」

「つまり学者さんは、馬骨婆の伝承を知っていたわけです」

「いつ聞いたんだ？」

ドクターに尋ねられ、俊一郎は正直に答えた。

「バスの中だよ。高速を降りて一般道を走り出したとき、猫娘が席を移ってきて、バスが向かっているのは、七人峠かもしれないって教えられた。そこで馬骨婆の話も聞かされたわけだ」

「だから学者は仮装して、アキバ殺しが実行できた。よく考えれば、猫娘殺しをもっとも簡単にできたのも、見張りが同じ組だった学者じゃないか」

「学者さん、あなたが犯人なんですか」

委員長に正面から訊《き》かれ、さすがに俊一郎も返答に詰まったが、

「……いいや、違う」

なんとか否定だけはした。とはいえ、それで四人が納得したとは思えない。実際にド

クターと小林君は、

「お前は他のやつと、どこか違うと、ずっと俺は思ってたんだ」

「僕もそうです。だから探偵かなって疑ってたんですけど、犯人だったとは……」

「探偵で、かつ犯人だったんだろ」

「それは、まだ分かりませんよ」

二人のやり取りを聞いていた委員長が、そこでまた俊一郎に質問した。

「あなたは、探偵なんですか」

いっそのこと自分の正体を打ち明けて、そのうえで事件に取り組むべきではないのか、と俊一郎は悩んだ。だが、その答えを彼が出す前に、

「ちょっと貸して」

ドクターが持っていたスマホを、蝶々さんが取り上げたかと思うと、

「あっ、やっぱりそうよね」

「何だ？」

ドクターに訊かれ、彼女はスマホの画面をみんなに向けながら、

「猫娘ちゃんが、最後に打ってるでしょ。『両手　出た』って」

「ああ、そうだな」

「これって、どっから出たの？　彼女は個室に逃げこんで、扉に鍵《かぎ》をかけたはずでしょう」

「その扉を乗り越えようとしている学者の両手が、猫娘に見えたんだろ」

「だったら『扉の上に』とか、『上から入ってくる』とか、書かない？」

「そんな暇があるか」

「でも、『両手　出た』のあとに、『いやのび』ってあるのは、『出たというよりも伸びたんだ』って、わざわざ説明しようとしてるみたいじゃない？」

ドクターは猫娘のスマホを、乱暴に蝶々さんから取り返すと、しばらく画面を眺めていた。それから委員長と小林君、少し迷ってから俊一郎にも見せて、三人の意見を求めた。

「蝶々さんの言うことは、もっともかもしれません」

「この部分は確かに、両手が伸びた……という風に読めますね」

委員長と小林君が、意外にも彼女の解釈を受け入れたので、俊一郎は驚いた。もちろん彼には有利な展開である。

だがドクターは、特にびっくりした様子もなく、

「学者は、どうだ？」

俊一郎の意見を求めてきた。

「どんな状況か分からないけど、本当に両手が伸びたのなら、真犯人は人間じゃなくて、人外のものってことになる」

「馬骨婆か」

「うん。ただ……」

「何だ？」

「猫娘は馬骨婆の存在を、かなり信じていた。そのうえ彼女には、どこか夢見がちなところがあった」

「だから追いつめられた状態で、有りもしない幻覚を視《み》たっていうのか」

「そういう可能性も、ここは考えるべきだろう」

「ふん」

ドクターは皮肉っぽく笑うと、

「せっかく自分の容疑が晴れそうなのに、馬骨婆犯人説に異を唱えるとはな」

「学者さんって、やっぱり面白い人ですね」

小林君も、妙にはしゃいだ声を出している。

「どうします？」

みんなの顔を見ながら、委員長が提案した。

「犯人捜しも、ここで行き詰まったようですから、夜明けまで寝直しませんか。それから朝食にして、的場さんのいる保養所まで戻る。その間に、犯人捜しを再開するということで、いかがでしょう」

全員が賛成した。ただし小林君だけは、

「実は、ちょっと気づいたことがあるんですが……」

そう言い出した。しかも、なぜかドクターのほうを、ちらちらと見ている。

「何だよ、今さら遠慮する柄か」

「いえ、ホラー映画がらみなので……」

「お前なぁ」

ドクターは大きくため息をついたが、すぐに苦笑を浮かべながら、

「別にいいよ。で、何に気づいたんだ？」

そこで小林君は、俊一郎に向き直ると、

「バスの事故のあと、僕は『ファイナル・デスティネーション』を、ふと思い出しました」

「どういう映画だ？」

ドクターの問いかけに、小林君が答えた。

「ハイスクールの学生たちが、卒業旅行のため飛行機に乗ります。ところが、当の飛行機が離陸した直後に爆発して墜落する夢を、主人公が座席で見ます。予知夢だと思った彼は騒ぎ出し、それに巻きこまれた同級生たちといっしょに、飛行機を降ろされてしまう。もちろん同級生たちは怒って、彼を責めます。卒業旅行に行けなくなったんですからね。でも、すぐに彼の夢の通りに、本当に飛行機が爆発して墜《お》ちます。直前に降ろされた彼らだけが、奇跡的に助かったわけです」

「別に俺たちの状況と、ちっとも似てないぞ」

ドクターの突っこみに、小林君はうなずきながら、

「肝心なのは、ここからです。助かった学生たちが、やがて一人、また一人と死にはじめます」

「こ、殺されるのか」

「いいえ、すべて事故です。ただし、普通なら有り得ないような状況で、彼らは死んでいきます」

「どういうことだ？」

「つまり犯人は、死神なんですよ。本来なら、飛行機に乗ったハイスクールの学生たちは、全員が死ぬはずだった。その悲劇の運命を、主人公が狂わせてしまった。だから死神が、それを修正しようとして、助かった者に死の罠《わな》を仕掛けはじめた。というのが、この作品の内容なんです」

「つまり、何か――」

ドクターが信じられないという表情で、

「俺たちも全員が、あの事故で死ぬはずだった。ところが、黒術師の結界のお蔭《かげ》で助かった。そこで死神が、俺たちを亡き者にしようと……」

「それは可怪《おか》しい」

すぐさま俊一郎は異を唱えた。

「俺たちが生き延びたのは、呪符《じゅふ》に護《まも》られたからだと考えた場合、その結界の力は、そ

の後も続いてると思われる。いかに死神とはいえ、結界内の人間に手出しはできないだろう」

「黒術師よりも、死神の力のほうが勝ってるとしたら、どうだ？」

「それは有り得るけど、そもそも黒術師とは、死神に近い存在じゃないか。完全にそっち側と見なしてもいい。そんな関係なのに、映画と同じ現象が起きるとは、とうてい思えない」

「それは馬骨婆にも、やっぱり言えることじゃないか」

「うん。でも馬骨婆は、結界に閉じこめられた地域に、昔から伝わる存在だ。だから俺たちを襲おうと思えば、いくらでも可能なわけだ」

「なるほど。残念だったな」

ドクターが皮肉っぽい顔つきで、小林君を見やった。しかし彼は、慌てて首を大きくふりながら、

「いえ、違います。あの映画のように、僕たちを狙ってるのが死神だと、そう言いたかったわけじゃないんです」

「なら、何だ？」

小林君は、再び俊一郎のほうを向くと、

「映画では途中で、死んでいく人の順番が、問題になりましたよね」

「ああ、確か爆発が起きたとき、飛行機内に噴き出した炎が、どのように座席を走った

かを突き止めて、どこに誰が座っていたか……」

と説明している最中に、あっと俊一郎は声をあげそうになった。

「……最初に死んだのがビッグなので、まったく気づけなかったよ」

「でも分かると、どうです？　いかにも意味がありそうじゃないですか」

二人のやり取りに、ドクターが痺《しび》れを切らした。

「ちゃんと説明しろ」

俊一郎に促されて、小林君が話し出した。

「ビッグさんは事故死なので、除外します。するとブラックさん、アキバさん、猫娘さんと並べた場合、みなさんがバスで着いた座席の、まさに後ろからの順番になるのです」

「運転手の的場さんが、一番前で――」

委員長が確認するように、

「二番目が私、三番目が蝶々さん、四番目がビッグさん、五番目が小林君、六番目がドクター、七番目が猫娘さん、八番目がアキバさん、九番目がブラックさん、十番目が学者さんでしたね」

「九番、八番、七番って……ほんとだ。怖いよ」

怯《おび》える蝶々さんに、ドクターは何とも言えない表情で、

「それは、こっちの台詞《せりふ》だろ。なんせ六番は、俺なんだからな」

「ドクターで、止めてよ」

「どうやって？」

「分かんないから、頼んでるんじゃない」

「あのなぁ」

二人を分けるように、委員長が言った。

「ビッグさんを除外するのは理解できますが、どうして一番後ろだった学者さんも、例外になってるんでしょう」

すると小林君が、まっすぐ俊一郎を見つめながら、

「それは真犯人が、やっぱり学者さんだから、じゃないですか」

十七　五里霧中

外が明るくなるまで再び寝直してから、俊一郎たちは軽く朝食を摂《と》り、二軒目の保養所をあとにした。目指すのは、的場が残っているはずの一軒目の保養所である。

その道すがらドクターが、やたらと俊一郎に話しかけてきたのは、小林君の読み通りに、次の被害者は自分だと考えたからか。そこに当の小林君が加わったのは、もちろん言うまでもない。

「改めて訊《き》くけど、学者は犯人じゃないんだな？」

ドクターには悪かったが、俊一郎は笑いそうになった。

「ああ、違う。けど仮に犯人だった場合、『はい、そうです』と認めるか」

「ここまで人数が減ったんだ。そろそろ腹を割って、本音で話し合ってもいいころだろ」

「霧の脅威もありますしね」

小林君に言われて後ろを見たが、幸いまだ霧は迫ってきていない。とはいえ遅かれ早かれ、彼らのあとを追うように流れてくるはずである。

「それは俺も、まったく同じ台詞を犯人に言いたいよ」

俊一郎が応《こた》えると、しばらくドクターは考えこんでから、

「お前、探偵だろ」

いきなり確信あり気に、ずばっと断言した。

「どうして？」

動揺を顔に出さないように、俊一郎が尋ねると、

「学者の推理通りに、真犯人が運転手の的場だからだよ」

さらに訳の分からないことを言い出した。

「説明してくれ」

「といっても、的場の動機は分からない。ただ、やつはバスツアーの参加者を亡き者にしたいと考え、それを実行することにした。ところが何らかの理由で、学者が探偵だと

知った。その結果、このツアーの正式な参加者ではない十番目の学者を除いて、ブラックから殺しはじめた」

「犯人自身が、一番目ですからね」

感心した声を小林君が出したが、逆に委員長は不安そうに、

「学者さんを除いて、皆殺しになるってことですか」

「そんな、厭《いや》よ」

すかさず蝶々さんも反応する。

「一見もっともらしくて、筋が通ってるように聞こえるけど――」

俊一郎は困った顔で、しげしげとドクターを眺めながら、

「なぜバスの座席順に、それも後列から殺害するのか、という謎をはじめ、ほとんど何も解いてないに等しいことは、ドクターが一番よく分かってるんじゃないか」

「……そうだよなぁ」

落ちこむドクターと違い、小林君はいかにも残念そうに、

「連続殺人事件の構図としては、なかなか美しいんですけどねぇ」

「この子は、まったく……」

蝶々さんが何か言いかけて、結局は黙ってしまった。そこからは全員が、急に無口になった。時折ドクターや小林君が意見を口にするが、特に目新しさはなく、議論にさえならなかった。

俊一郎は口を閉ざしながらも、ある機会をうかがっていた。いや、そんな言い訳を自分にしているだけで、本当は実行するのが怖かったのかもしれない。別に時と場所を選ばなくても、やろうと思えばできる行為だったからだ。

ドクターを死視する。

その死相が薄れていれば、次の被害者は、ほぼ間違いなく彼だろう。つまり小林君が気づいたように、バスの座席順通りに連続殺人事件が起きていることになる。今すぐ確認できるのに、先延ばしにするのは愚かではないか。

それとなくドクターの後ろに回ると、思いきって俊一郎は死視した。

……どういうことなんだ？

彼の頭は大いに混乱した。一昨日の夜、全員を死視したとき、ブラックの死相だけ薄かったときも悩んだが、今回はそれ以上だったかもしれない。

逆に濃くなってる……。

ブラックと猫娘の死相が薄れたのと反対に、ドクターのそれは濃さを増していた。通常なら、より死に近づいたためと解釈できる。だが、死相の薄れた二人が殺害された事実を考えると、そう簡単ではなくなる。

むしろ助かるってことか。

死相の薄れが「死」を指し示すのなら、その逆は「生」を表すのではないか。それが論理的な推理というものだろう。

では、黒のミステリーツアー座席順連続殺人という事件全体の構図は、いったいどうなるのか。

念のために俊一郎は、残りの三人も死視したが、結果は以前と同じだった。死相の変化は、やはりドクターだけに現れていた。

ブラック、猫娘、ドクターと、確かにバスの座席順に、その死相に変化が出ているのは間違いない。しかしブラックと猫娘は殺され、これでドクターが仮に助かった場合は、どう考えれば良いのか。座席順に事は起きているのに、なぜ明暗が分かれるのか。そもそも助かるとは、この異界から無事に抜け出して、元の世界に帰れることを意味しているのか。

こうして謎は、さらに深まってしまった。

そこから俊一郎は、ひたすら沈思黙考した。全員がバスに乗る前から現在までに起きた出来事を、一つずつふり返ってみる。その中に手掛かりがあるはずなのだ。何か一つでも見つけられれば、それを基点に推理をくり広げることができる。

しかし、いくら頭をふり絞っても、まったく雲をつかむごとくだった。いつものような冴《さ》えが、まったく望めない。

……五里霧中か。

思わず四字熟語が思い浮かんでしまう。手掛かりが何もつかめずに、いかなる方針を立てるべきか分からない。そんな状態を指す五里霧中という言葉が、まさに今の彼にはぴったりだった。

祖母《ばあ》ちゃん、どうすればいい？

つい祖母に頼りたくなった。ここが現実世界なら、とっくに奈良の家に電話をかけているだろう。

僕にゃん、俺はどうしたら……。

そんな風に心の中で、祖母と僕に呼びかけたところで、すでに助けてもらっていることを、俊一郎は思い出した。

そうか。あの霧にまかれたとき、進むべき方向を教えてくれたんだ。

恐らく現実世界にいる祖母も僕も、あれが精一杯だったのではないか。それも俊一郎の命が危ないと察したからこそ、思わぬ力が発揮できたのかもしれない。だとすれば、もう助けは望めそうにもない。

いや、まだ祖父《じい》ちゃんがいるか。

彼は一瞬、希望を持ちそうになった。だが思い返してみれば、そういう形で祖父に助けられた覚えが一度もない。

祖父ちゃんには無理か。

何が何でも俊一郎独りで、ここは乗り切るしかなさそうだった。とはいえ死視した死相さえ、通常とは逆に視《み》える特異な世界で、果たして論理的な推理が通用するのかどうか。それさえも未知数な状況で、いったい死相学探偵に何ができるというのか。

とっさに彼は、もう絶望しそうになった。そのとき、ふと何かが引っかかった。それは間違いないのに、その肝心の何かが分からない。ただし死相学探偵としての直感が、あることをせよと告げていた。

なぜ？

もどかしい思いを抱きながらも、俊一郎は己の勘を信じた。そこに突破口があるに違いないと、この一年間の経験が教えてくれている気がした。

一軒目の保養所までは、ずっと下り坂になる。そのため午後の早い時間に、舗装路から分かれた枝道に辿《たど》り着くことができた。滞りがちだった会話も、その手前で一気に活発化した。

ただ、それも俊一郎が、次の台詞《せりふ》を口にするまでだった。

「ここから俺は、別行動を取らせてもらう」

他の四人は、まるで日本語ではない言語を耳にしたような、訳が分からないという顔をしている。

「どうするつもりだ？」

少し遅れて返したのは、ドクターだった。

「バスを調べたい」

「なぜ？」

「それが分かれば苦労はないんだけど……」

俊一郎の返答に、ドクターが疑わしそうな表情を見せたので、どきっとした。何をしたいのか、実はよく分かっている。ただし、そうすることに何の意味があるのか、そこが自分でも曖昧《あいまい》だったのだ。

「独りでか」

「うん。でも誰かがいっしょに来たいって言うなら、別に拒まない」

これに反応したのは、ドクターと小林君である。委員長と蝶々さんには、まったくその気がないらしい。二人の気持ちは的場が待つ保養所に、すでに向けられているようだった。

「何を調べるのかも分からないのに、バスに戻るのか」

「あのバスから、すべてはじまったと言える。この世界に囚《とら》われたのも、バス事故が原因だ。完全に行き詰まった今、ふり出しに戻るべきかもしれない。そう考えたのが理由なんだが……」

「けど、わざわざ何のために行くのか、それは不明ってことか」

「残念ながら」

とはいえ俊一郎は、どちらかが同行するだろうと踏んでいた。これまでの二人とのやり取りから、彼らなら興味を覚えるに違いないと思ったからだ。

ところが意外にも、二人とも首をふった。

「成功を祈ってる」

「何か手掛かりが見つかるといいですね」

そう声をかけてくれたが、自分が行く気はないらしい。

「バスに戻ったあとは、保養所に来るんでしょ」

「とにかく充分に、注意して下さい」

蝶々さんと委員長には、別れ際にそう言われた。

枝道へそれる四人に軽く手をふると、俊一郎はそれまで通りに舗装路を辿り出した。歩く距離は長くなるが、一昨日バスから登った斜面を下りるよりは、はるかに安全だったからだ。

みんなと別れて少し経つと、急に居た堪《たま》れないような気分を覚えた。この感情が何なのか、最初はまったく分からなかった。それが自然に、ふっと悟れた。

……淋《さび》しいんだ。

まさかと笑いそうになったが、どうやらその通りらしい。思えば子供時代の彼に、友達と呼べる存在はいなかった。それが今、こんな状況にもかかわらず、図らずも親しく接した者が何人もいる。

でも、全員が容疑者だ。しかも、黒術師の崇拝者かもしれないのに……。

そんな連中と少し離れただけで、物淋しさを覚えるなど、どうかしているのではないか、と俊一郎は自分を責めた。

しかし、よく考えてみれば、真犯人以外の他の者は何の関係もない。黒術師に対する崇拝についても、当てはまるのはアキバくらいである。この二人を除けば、別に親しくなって悪い相手でもないだろう。

いや、違う。やっぱり駄目だ。

危うく己を甘やかすところだったと、俊一郎は大いに反省した。この現状で、そんな風に感じたこと自体、精神的に参っている証拠ではないか。

実際、こうして独りで歩いていると、この異様な世界にいるのは、自分だけのような気がしてくる。もう委員長たちとは二度と会えぬまま、迫りくる霧に取り巻かれ、悲惨な最期を迎える。そういう未来が、あたかも見えそうである。

それもこれも、独りになったせいだ。

俊一郎はそう結論づけると、先を急いだ。とにかく今は、よけいな感傷にとらわれることなく、具体的な行動を取るべきなのだ。仮に悩むにしても、それは事件に対してだろう。

やがて、バスがガードレールを突き破った現場に辿り着いた。そのとたん、落ちる瞬間の記憶が蘇《よみがえ》り、あまりの恐ろしさに両膝《りょうひざ》が震えた。

恐る恐る崖《がけ》の下を覗《のぞ》くと、無残にもひしゃげたバスの車体が見える。本当なら死んでいたはずの現場を改めて目にして、さらに両膝の震えが増す。ある意味それは貴重な体験だったわけだが、もちろん少しもうれしくない。

そこから俊一郎はさらに舗装された道路を下り、ぐるっと回ったカーブを辿ってしばらく進んでから、ようやくバスの転落現場に到着できた。

大変なのは、ここからだった。一昨日は委員長とドクターの手助けもあり、硝子《ガラス》を取り除いた窓から比較的すんなりと車内に入れたが、今回は彼だけである。まったく補助のない状態を考えると、車体の破損が激しいために、窓が地面近くにあるバスの前方部分から潜入するしかない。しかし、そのあたりは潰《つぶ》れ具合が酷《ひど》く、かなり危険に映る。それに入ってからも、這《は》って進む必要がありそうだった。

困ったな。

割れた硝子が散乱している床の上は、いくら何でも這えない。おまけに車体が斜めに傾いているため、四つん這いになるのも一苦労である。とはいえ独りで潜りこめるのは、やはりバスの前半分あたりだろう。

バスの周囲を何度も回りながら、何か上手《うま》い方法はないかと俊一郎は考えた。

ビッグが座っていたのは、運転席から通路を見て右側の三列目だった。バスは左側を下にした格好で斜めに倒れている。つまり車体の左側に潜りこめば、窓越しにビッグが見えるのではないか。

彼がここまで戻ったのは、ビッグの遺体を検《あらた》めるためだった。

とはいえ斜めに傾いた車体の下に入るのである。硝子まみれの床の上を這うよりも、もっと危険ではないか。

けど、他に手段はなさそうだな。

俊一郎は覚悟を決めると、できるだけビッグの遺体に近そうな位置から、車体の下に潜りこんだ。そこからの移動は、いわゆる匍匐《ほふく》前進である。両腕の肘《ひじ》を交互に前へと出して、雑草に覆われた地面の上を這ってゆく。

幸い進む距離は短かった。ほとんど原形を留《とど》めていない車体の前方左側の窓まで、すぐに辿り着くことができた。

そこで俊一郎は、予想外の光景を目にした。にもかかわらず妙に納得している自分がいた。予測していたわけではないのに、当然のように受け入れている。もしかすると近い現象を、無意識に察していたのだろうか。

車体の下から這い出しながらも、すでに俊一郎の脳細胞は、かなり活発に働きはじめていた。いつものような推理が、彼の脳内で閃《ひらめ》き出していた。

いや、まだ早いな。ブラックの遺体も確かめる必要がある。

本当ならアキバと猫娘も検めたいが、それでは時間がかかり過ぎる。ビッグとブラックの二人だけで、ここは判断を下すしかない。

俊一郎はバスの転落現場を離れると、一昨日と同じ山肌の斜面ルートを急いで登りかけて、あっと声を上げそうになった。

……町が見えなくなってる。

高速道路から降りたあと、バスで通過した町が、すっぽりと霧に覆われていた。その様は霧に包まれたというより、沈まされたと言うべき無気味な眺めだった。しかも霧は確実に、俊一郎たちのいる山へと迫ってきている。

急がないと。

みんなが待つ保養所に向けて、彼は登りはじめた。舗装道路を下るのと違い、それは苦しくて大変な道程だった。救いがあったとすれば、一昨日の経験だけとはいえ、すでに一度は通っていることだろうか。それでも傾斜が険しく、かつ足場の悪い斜面を辿《たど》るのは、かなり辛《つら》かった。これほどの悪路を、よく蝶々さんやアキバが登れたものである。ともすれば脳裏を過《よ》ぎる推理を、俊一郎はあえて断った。今は足元に注意を向けていないと、下手をすると滑落してしまう。

重い両脚をひたすら交互に前へ出す、という苦行が永遠に続くかのようだった。これも地獄の責苦の一つではないのか、と俊一郎が疑いはじめたころ、ようやく傾斜が緩やかになった。そこから枝道までは、本当にすぐだった。

ふうっ、やっと着いた。

俊一郎は心から安堵《あんど》したが、それも束の間に過ぎなかった。

……えっ。

鬱蒼《うっそう》と生い茂った樹木の間を縫うように、霧が蠢《うごめ》いている。峠を越えた先で彼らが遭遇したあの霧が、もう追いついてきたらしい。

そんな、早過ぎないか。

目の前の光景が信じられなかった。町に押し寄せた霧の動きから考えても、峠の向こうの霧がここまで来るには、まだまだ時間がかかるはずである。

いったい、どうして？

知らぬ間に立ち止まっていた俊一郎は、そこで突然ある重大な仮説に思い至り、ぶるっと身体が震えた。

バスの転落した草地が、もしも結界の中心になってるとしたら……。

その結界の境である霧が縮まり、せばまっていく先の中心点は、あの転落現場ということになる。この異様な世界で最後まで残る場所は、もしかするとバスの車内なのかもしれない。

みんなに知らせないと。

俊一郎は駆け出した。疲れ切った両脚には酷だったが、とにかく保養所を目指して走った。

土道を突っ走り、駐車場代わりの広場に出たところで、とっさに森を見やる。すると樹々の合間を這うように、ゆっくりと霧が流れていた。これなら全員を保養所から避難させる余裕が、まだ充分にありそうだった。

俊一郎は玄関まで行き、扉に手をかけた。だが、内側から鍵《かぎ》がかけられていて開かない。

「おーい！　俺だぁ、学者だ！」

そう叫びながら、どんどんっと扉をたたく。しかし、いくら待っても、一向に誰も姿を見せない。

「おーい！　霧がそこまで来てるんだぁ」

なおも叫びながら扉を叩《たた》くが、まったく応答がない。保養所内は、完全に静まり返っている。

何があったんだ？

五人の身に恐ろしい出来事が降りかかったのではないか、と心配した俊一郎は、焦ると同時に怯《おび》えた。一刻も早く全員を助けなければと思いながらも、すぐに逃げ出すべきだと感じている自分もいる。その矛盾に、彼は苦しんだ。

とほうに暮れかけたとき、ロビー東側の壁から、ちらっと顔を出した小林君が目に入った。

「小林君！　俺だよ。ここを開けてくれ」

ところが彼は、確かに俊一郎を認めたはずなのに、さっと引っこんでしまった。

どうして……？

次の瞬間、俊一郎は悟れたような気がした。

委員長たちは的場と合流して、これまでの経緯を話し合ったのではないか。その結果、やはり学者が怪しいという結論に達した。学者こそ探偵であり、かつ真犯人なのだ。この推理に、きっと全員が納得したのだろう。充分に予測できる展開ではないだろうか。

「俺は真犯人じゃない！」

思わず叫んだが、これでは逆効果だと考え直して、

「聞いてくれ。霧が迫ってる。今すぐ逃げないと、あの霧に包まれてしまうぞ」

いかに危険な状態にあるかを訴えたが、もう二度と小林君は顔を出さなかった。他の者も同じである。

後ろをふり返り、俊一郎はぞっとした。いつの間に近づいたのか、すでに霧が駐車場の半ばを越えている。まるで彼が姿を見せたとたん、それまでの遅い歩みを改め、一気に這い進んできたかのようである。

これは、まずいぞ。

俊一郎の背後から、ひたひたと死が近づいていた。

十八　絶体絶命

もっと強く扉をたたこうとして、いくらやっても無駄だと俊一郎は判断した。別の手を考える必要がある。そのとき、はっと思い出した。

二階の大浴場の窓だ。

俊一郎は西の非常階段に向かって走ると、それを駆け足で上がった。もっとも誰かが

この侵入口を覚えていて、内側から鍵をかけていたら終わりである。その場合はぎりぎりまで説得して、それで駄目なら彼独りで逃げるしかない。

一昨日と同じように、ベランダを伝って大浴場の外まで辿り着くと、すぐに窓の内側を見た。幸い鍵はかかっておらず、すんなり入ることができた。

俊一郎は物音を立てないように廊下へ出ると、まず二〇五号室を覗《のぞ》いて、ブラックの遺体を検《あらた》めた。今度は覚悟していたため、ビッグのときのような衝撃は受けない。それでも気色悪さを禁じ得ないのは、二人の遺体に起きた現象が、あまりにも常軌を逸していたせいだろう。

廊下からラウンジをうかがうと、ぼそぼそした声が漏れている。どうやら全員が、ここに集まっているらしい。

「どうも」

俊一郎が顔を出した瞬間の、みんなの反応は見物だった。悲鳴をあげたのは蝶々さんだけだったが、男性四人も度肝を抜かれたようである。

「あっ、風呂場《ふろば》の窓か」

すぐに察したのは、やはりドクターだった。

「あそこを閉め忘れるとは、とんだミスだな」

揶揄《やゆ》する俊一郎の口調に、悔しそうな顔をしている。

「ご自分の正体がばれても学者さんは、連続殺人を続けるつもりなんですか」

小林君が無邪気な表情で、いきなり訊《き》いてきた。

「五人で議論した結果、俺が探偵であり、かつ真犯人だと結論を出したわけか」

「さすがです。もうそこまで推理してるんですね」

「だがな、それは間違ってる。いや、今はそれよりも、一刻も早くここから逃げる必要がある。あの霧が、すぐそこまで来てるんだよ」

「おいおい、そんなこと言って――」

立ち直ったドクターが、その手には乗らないとばかりに反論しかけたが、

「嘘じゃない。正面を見てみろ」

俊一郎の返しに、まず委員長が動いた。彼を避《よ》けるように廊下へ出ると、そのまま表側の窓まで行き、そこで大声をあげた。

「き、霧が！　本当です、もうそこまで来てます！」

残りの四人も同じ窓へと駆け寄り、外の光景を目にして唖然《あぜん》とした。

「逃げよう」

ドクターの掛け声で、全員が荷物を取りにラウンジへ戻った。

「しかし、いったいどこに行けば……」

委員長が、まずドクターに顔を向け、それから俊一郎を見た。

「バスの転落現場まで、とにかく逃げるしかない」

そう言いながら俊一郎は、そこが結界の中心ではないか、という彼の説を述べた。そ

の仮説に反対を唱える者は、誰もいなかった。

俊一郎を先頭に、全員で階段を駆け下りる。そのままロビーを突っ切り、玄関扉から外へ出ようとして、みんなが固まった。

硝子《ガラス》の扉の向こうは、すでに真っ白だった。乳色の濃い霧が、硝子一枚を隔てた向こう側で、盛大に渦巻いている。あたかも意思を持っているかのように、ふわふわ、ぐるぐる、もわもわ……と勢いよく蠢《うごめ》いていた。

「くそっ。遅かったか」

悪態をつくドクターの横で、俊一郎は委員長に確認した。

「確か非常口が、東西の端になかったか」

「あります。でも、どっちに逃げるんです？」

「東のほうが、ここに通じる土道に近い。表の霧は、例の峠の向こうから、俺たちを追いかけてきた。だから反対側に逃げれば、きっと助かる」

全員で東棟の奥へと走る中、蝶々さんが話しかけてきた。

「私は最後まで、学者さんの味方だったのよ」

「それは、どうも」

すると小林君が後ろから、

「僕は最初から、学者さんを疑ってました」

「わざわざ言うか」

俊一郎が呆《あき》れている間に、委員長とドクターに追い抜かれた。

非常口に着いたのは、委員長が早かった。そこで彼が扉を内側に開けたのだが、そのとたん、もわっと霧が侵入してきた。

「危ない！」

ドクターが叫びながら委員長を突き飛ばし、急いで扉を閉めかけたときである。信じられない出来事が、目の前で起きた。

半分以上が霧に覆われかけた扉の向こうから、しゅるるるっと白くて太い触手のようなものが伸びてきて、べちゃっとドクターの頭部に貼りついたかと思うと、ずずずずぅぅぅずぽっと彼の頭髪と顔面の皮膚を、まるで果物の皮をむくように剝《は》ぎ取ってしまった。

あとに残ったのは、まるで熟し過ぎて腐った石榴《ざくろ》のような色合いの、ドクターの恐ろしい顔だった。べろっと顔面のすべての皮を剝がれたせいで、その下の深層筋と浅層筋が剝《む》き出しになって、あたかも溶けかけの蠟《ろう》人形の顔のように見える。

どさっ……と物音を立てて、彼が廊下に倒れると、

「ぎぃやあぁぁぁぁぁぁぁっ」

人間の声とは思えない、蝶々さんの絶叫が響き渡った。その横で小林君は、床の上に嘔吐《おうと》している。的場は腰が抜けたのか、その場に座りこみ、委員長は半分ほど口を開けた状態で、愕然《がくぜん》と立ちすくんでいる。

このままでは霧に侵入される！

俊一郎は非常口を閉めるために、急いで扉に近づいた。

しゅるるるっ。

そこへ触手が伸びてきた。小さな歯のようなものを無数に生やした、あの悍《おぞ》ましい内側をばぁっと広げながら、彼の顔を捕まえんとばかりに、物凄《ものすご》い勢いで襲いかかってきた。

反射的に俊一郎は上半身をのけ反らせると、間一髪で触手の攻撃をかわし、野球のスライディングの要領で、そのまま非常口へと滑りこんだ。すると右足の先が扉に当たり、ばんっと非常口が閉じた。

ぶちっ。

と同時に頭の上で、何かが潰《つぶ》れた気色の悪い音がして、べたっと白くて太い触手が落ちてきた。どうやら扉にはさまれて、切断されたらしい。

それは血を吸い過ぎて丸々と肥えた、巨大な蛭《ひる》のようだった。しかも、まだ動いている。すぐ側の床に横たわる彼のほうへ、それは這《は》いながら近づこうとした。

「逃げるぞ」

俊一郎は急いで立ち上がると、四人を促した。だが、すぐに反応したのは小林君だけだった。残りの三人は、まったく動く気配がない。

「どこへ逃げるんです？」

小林君に訊かれ、とっさに返答に困る。恐らく保養所は、もう霧に取り巻かれているに違いない。バスの転落現場まで行くのは、とても無理だろう。

「飲み水と食べ物は？」

「上のラウンジに、かなりの量を運んであります」

「そこに立て籠《こも》るしかないか」

「この建物内だと、あそこしかないかもしれません」

「それじゃ――」

俊一郎が残りの三人に呼びかけようとして、

「あっ……」

小林君の小さな叫びに遮られた。

「あそこ」

彼が指差したほうを見やると、保養所の裏に面した窓の端から、白い煙のようなものが、かすかに流れこんでいた。

「……霧か」

「そうみたいですね」

小林君の声音には、深い絶望が滲《にじ》んでいる。

「少しでも隙間があれば、あの霧は侵入してくるのか」

「もうお終《しま》いだ」

床の上に座りこんだまま、ぼそっと的場がつぶやいた。

「……厭《いや》だぁ。あんな風に、死にたくないよぉ」

蝶々さんが泣き出すのを見て、逆に委員長は我に返ったようで、

「どこに閉じ籠るにしても、すべての扉や窓の隙間を、タオルで塞げばいいんです」

建設的な意見を述べたが、俊一郎は首をふった。

「少しは効果的かもしれないけど、それで完全に霧を防げるかというと、あまり期待できないと思う」

「相手は気体ですからね」

そう小林君は言ってから、慌てた様子で付け加えた。

「別に洒落《しゃれ》じゃないですよ」

すると蝶々さんが、いきなり笑い出した。くすくす程度の笑いだったが、俊一郎はぎょっとした。恐怖のあまりに彼女の頭が、ついに可怪《おか》しくなったのかと懼《おそ》れた。しかし、どうやら違うらしい。むしろ正気づいたと見るべきか。

するとと今度は彼女とは反対に、委員長ががっくりと首を落とした。

「保養所のどこに隠れても、あの霧からは逃れられないってことですか」

「……恐らく」

俊一郎の短い返答に、応じたのは小林君だった。

「学者さんの考えによると、最後まで霧が来ない場所は、バスの転落現場になりますけ

ど……」

「うん」

「あそこへ戻ることで、僕たちが元の世界に帰れるなんてことは、ないでしょうか」

「逆の現象が起きるかもしれない……と？」

「はい。結界が閉じると同時に、僕たちは現実世界で目を覚ます」

委員長と蝶々さんが期待に満ちた眼差《まなざ》しで、俊一郎を見つめている。

「その根拠は？」

「……ありません」

「希望的観測か」

「確かにそうですけど、今はそれに賭《か》けるしか、もう助かる道はないんじゃありませんか」

「しかしな、バスの転落現場に着く前に──いや、この保養所を出て、いくらも進まないうちに、あの触手にやられるのが落ちだろう」

「強行突破です」

「そんな勢いだけで、外の霧に立ち向かえるか」

「でも現状を考えれば、やるしかありません」

「小林君の意見にも、一理あります」

委員長が賛成に回ったので、まずいなと俊一郎は感じた。

「これは俺の見解だけど、霧の動きが敏捷《びんしょう》になってる気がする」

「あの触手ですか」

「昨日、峠の向こうで、俺もあれに襲われた。そのときは逃げられたけど、さっきは本当に危なかった。触手だけじゃない。霧そのものの動きが、どうも活発化してる気がしてならない。そんな中へ出て行くなんて、まさに自殺行為だ」

黙ってしまった委員長と小林君を前に、俊一郎もまた口を閉ざした。小林君の案を否定しただけで、他の解決策を見出《みいだ》せなかったからだ。

ここには豊富な飲食物が、せっかくあるのに……。

と思った瞬間、彼の脳裏に理想的な避難場所が、ぱっと浮かんだ。

「地下の貯蔵室に籠ろう」

「はっ？」

委員長がぽかんとしたのに対して、

「あっ、そうか。あそこなら気密性が、他の部屋よりも高そうですね」

すぐに小林君が賛同した。

「そうでした。飲み水と食べ物はあるから、蒲団《ふとん》や毛布を運び入れましょう」

ついで委員長が、それから蝶々さんも賛成したのだが、

「籠ってどうする？」

意外にも的場が絡んできた。

「それからのことは、また考えましょう」

委員長が取りなすように、

「とにかく今は、少しでも霧の脅威から逃れることを――」

ところが的場は、彼の言葉を遮って、

「この学者が、真犯人なんだろ。そんなやつといっしょに籠って、無事にすむと思うのか」

とんでもないことを言い出した。もちろん彼から見れば、当然の不安だったかもしれない。だが、その発言によって残りの三人まで、なんとなくためらいを見せ出したのは、どうにも厄介だった。

「委員長の言うように、今は霧から逃れる必要がある」

それでも正面から説得すれば大丈夫だと、俊一郎は考えたのだが、

「そうやって貯蔵室に、みんなを誘《おび》き寄せて、一気に殺すつもりだろう」

まったく通じない。元々の丁寧な口調を思い返すと、かなり精神的に追い詰められていることが分かる。

「仮に俺が真犯人だとして、みんなを貯蔵室に集めて殺したあと、いったいどうするんだ？　いずれは霧に侵入されて、俺も死んでしまうのに」

「そんなこと知るか。こんな状況でも、人殺しを続けてるんだ。頭が可怪しいに違いない。そういうやつの考えなんか、こっちに分かるわけがない」

たとえ話が悪かったなと、俊一郎は悔やんだ。だが、どう言えば良いのか。そうこうしている間も、扉と窓の隙間から、どんどん霧が流れこんでいる。

「手遅れにならないうちに、取りあえず各自で蒲団や毛布を持って、階段のところまで行く。まずはそこまでしないか」

この俊一郎の提案に、幸いにも委員長が乗った。

「学者さんの言う通りです。貯蔵室に下りるかどうかは、そのとき改めて判断しましょう」

五人はバラバラに、近くの部屋に入って、蒲団《うつす》や毛布を持ち出してきた。それからロビーまで戻ったのだが、すでに床の上には薄らと霧が這《は》いはじめ、無気味に蠢《うごめ》いていた。

「この霧が実体化して、蛞蝓《なめくじ》人間になるのも、もう時間の問題だぞ」

俊一郎の警告に、明らかに四人は怯《おび》えた。にもかかわらず誰も、階段を下りようとはしない。

こうなったらショック療法しかないと、俊一郎は決断した。一か八《ばち》かだったが、やるしかないと覚悟した。

「貯蔵室に入ってから言うつもりだったけど、みんなが捜してる探偵は、俺だよ」

「えっ……」

「……嘘ぉ」

「やっぱり！」

委員長と蝶々さんと小林君が、ほぼ同時に声をあげ、的場は無言だった。

「探偵であることは認める。ただし、真犯人ではない」

「それを信用しろ、と言うのですか」

小林君の台詞《せりふ》は、他の三人の意見でもあるらしい。

「みんなが知らなくて、真犯人がしたある行為を教えよう」

「何です？」

「遺体の始末だ」

今度は全員が、黙ったままだった。とっさに反応できなかった、と言うべきかもしれない。

「もっとも確認できたのは、ビッグとブラックの二人だけで、アキバと猫娘は分からない。でも、恐らく二人の遺体も消えてると思う」

「……どういうことです？」

「バスの中に、ビッグの遺体はなかった。この保養所の二〇五号室にも、ブラックの遺体がない」

「待って下さい。ビッグさんは、そもそも事故死で――」

「騙《だま》されるな！」

急に的場が吠《ほ》えて、小林君がびくっとなった。しかし、そこから彼は、

「ちょっと見てきます」

言うが早いか、さっと階段を駆け上がっていった。

「もう時間がないぞ！」

その後ろ姿に、俊一郎が声をかけた。委員長と蝶々さんも、心配そうな顔で天井を見上げている。

俊一郎たちが焦りはじめる前に、

「ブラックさんの遺体は、確かにありませんでした」

小林君は叫びながら、一気に階段を駆け下りてきた。

「これで少しは、信用してもらえたかな」

ところが、その俊一郎の台詞に、異を唱えたのも彼だった。

「でも、バスの転落現場に行ったふりをして、その間に学者さんが、ブラックさんの遺体を隠したとも考えられますよね」

「あのなぁ」

俊一郎は呆《あき》れ返ったが、そうすれば確かに可能だったので、とっさに反論できない。

「けど学者さんは――」

すると委員長が横から、非常に説得力のある指摘をした。

「私たちをバスの転落現場まで、わざわざ誘導しようとしました。もし本当にブラックさんの遺体を始末していて、あの事故現場に行っていないのなら、そこへ私たちを誘《いざな》うことで、ビッグさんの遺体が消えたという話が、すぐに嘘だとばれてしまうでしょう。

つまり学者さんの言ってることは、事実なんじゃないですか」

またしても全員が沈黙する中、蝶々さんが恐る恐るといった様子で、

「学者さんには、真犯人が誰なのか、それが分かってるの？」

俊一郎は力強くうなずいてから、

「まずは貯蔵室に逃げよう。そこも時間稼ぎができるだけで、あの霧から完全に逃れることはできないけど、大丈夫だ。助かる道が、一つだけある」

「ほんと？」

蝶々さんだけでなく他の三人も、物凄《ものすご》い形相になっている。そんな全員の顔を、俊一郎は一人ずつ見ながら、

「その前に、この結界内連続殺人事件の真犯人を、まず暴きたいと思う」

十九　真相？

俊一郎たちが階段を下りようとしたとき、すでにロビーには蛞蝓人間らしき白い影が、わらわらと霧の中に蠢きはじめていた。まさに本物の地獄が、彼らの眼前に現出せんとしている眺めだった。

かたくなに抵抗していた的場も、その異形の影を目にしたとたん、真っ先に階段を駆け下りて行った。

地下の貯蔵室は、間違いなく気密性に優れていた。だが、保存のきく飲食物を備蓄するための部屋なので、人間の入れる空間は棚の間の通路しかなく、それも非常にせまかった。

的場が通路の一番奥を占めてしまったので、彼の前に蝶々さん、小林君、委員長、俊一郎という順に、ほぼ一列に並んで座る格好になった。ちなみに委員長たち四人は扉のほうを向いていたが、俊一郎だけは逆だった。みんなの顔が見えるように、扉を背にしている。

「事件の解決を図る前に、みなさんに話しておきたいことがあります」

俊一郎が改まった口調でそう言うと、小林君が目を丸くして、

「どうして急に、そんな丁寧なしゃべり方になるんです？」

「ああ、これは癖みたいなものです」

小林君だけでなく全員が、訳が分からないという顔をしている。

「推理を述べる段になると、なぜか口調が改まるようです。自分では意識していないので、どうしてそうなるのか、まったく分かりません」

「推理って、それじゃ本物の探偵みたいじゃないですか」

驚く小林君に、俊一郎は笑いかけながら、

「俺は探偵です。それも死相学探偵です」

そう断ってから、これまでの弦矢俊一郎探偵事務所の活動について、簡単に説明した。もちろん祖父母のこと——特に祖母の能力について——、死視と死相のこと、黒術師との因縁、黒捜課の存在まで、その話の中には入っていた。

俊一郎の語りが進むに従い、四人の表情は少しずつ変わっていった。普通ならにわかには信じられなかっただろうが、今の状況があまりにも特異なせいか、案外すんなりと受け入れたようだった。

それでも全員が、もっとも反応を示したのが、黒のミステリーツアーが黒捜課の監視下にあったという事実である。

「私たちは警察に、なんと目をつけられてたんですか」

ショックを隠せないらしい委員長のつぶやきは、他の三人の気持ちも代弁していたに違いない。それを証明するかのように、

「……わ、私は、何の関係もないからな」

的場が奥から声をあげた。確かに運転手の彼だけは、不幸にも巻きこまれた唯一の人物だったので、そう言って俊一郎は安心させた。

「すると的場さんは、やっぱり真犯人じゃないんですね」

「うん、違います」

小林君の確認に、俊一郎がうなずく。

「じゃあ真犯人は、いったい誰なの？」

蝶々さんの問いかけに、俊一郎は答えた。

「うちの祖母です」

一瞬、その場が静まり返ってから、

「それって学者さんの——あっ、今までの呼び方でいいわよね——愛染様とかいうお祖母《ば》《あ》さんのこと？」

俊一郎はブラックと猫娘の二人の死相が、他の者に比べて薄く視《み》えた事実を話してから、

「ブラックさんを死視したとき、どういう方法か見当はつかないけど、これは彼が助かる未来を暗示しているのだ、と俺は考えました。死相が薄まってる以上、そう解釈するのが自然です。ところが彼は、呪符《じゅふ》を破られて死んでしまった。アキバさんの死視はできませんでしたが、猫娘さんにもブラックさんと同じ死相が視え、彼女も殺されてしまった。そのためこの特異な結界内では、死視の力が歪《ゆが》められてしまい、現実世界とは反対の現象が出るに違いないと、俺は結論づけたわけです。でも、それが間違っていたら？　死視の結果に、何ら変わりがなかったとしたら、どうでしょう？」

「ブラックさんたちは、つまり殺されたのでなく……」

小林君はそう言いかけながらも、口を濁してしまったので、俊一郎が続けた。

「うちの祖母により、八獄の界の呪符を破られ、結界から現実世界へと戻してもらった

のかもしれない――という解釈が可能になってきます」

俊一郎は胸の呪符を指差しながら、

「ブラックさんたちの呪符は、どれも八つの円が切られていました。それも呪符を破ったせいではなく、墨で描かれたらしい円そのものを、こすって途切れさせたように見えました。あれは祖母が現実世界で、何らかの祈禱《きとう》を行ない、八つの円を一つずつ突破していった、その証《あかし》だったのではないでしょうか」

「一回の祈禱につき、一人ずつ助けているのですか」

委員長が質問した。

「恐らくそうでしょう。その気配を、機敏にもブラックさんは察したわけです」

俊一郎が彼の奇妙な態度を説明すると、まず蝶々さんが納得した。

「ブラックってさ、いつも周囲を観察してる感じがあったから、きっと変だって気づいたのよ」

「そうすると……」

まだ完全には理解できない、という顔で委員長が、

「あのバス事故により、本来なら私たちは死んでいた。でも、黒術師の八獄の界のお蔭《かげ》で命拾いをした。けど、その結界内に閉じこめられてしまった。それを愛染様が、各自の呪符の結界を破ることで、一人ずつ元の世界に戻そうとしている。そういうことになるのでしょうか」

「猫娘さんの疑問を覚えてますか」

俊一郎が訊《き》くと、全員が首をふった。

「あのバス事故は現実の世界で、果たしてどうなっているのか、という問題です」

「ああ、そうでしたね」

委員長があいづちを打つと、他の三人も思い出したらしい顔をした。

「あのとき俺は、現実の世界でもバスの事故は起きているが、運転手と乗客の全員が消えた状態ではないか――と考えました。なぜならビッグさんの遺体は車内にあり、我々は車外の草地で目を覚ましたからです」

「……違うのですか」

どこか怯《おび》えた表情を、委員長が浮かべている。

「もしかすると我々の肉体は、現実世界にあるのではないでしょうか。バス事故のあと、ビッグさん以外の九人は、奇跡的に無傷で助け出された。しかし、なぜか意識不明の状態が続いている。八獄の界のお蔭で無事にすんだものの、その魂が結界内に囚《とら》われたせいで目が覚めない。そういう状態に、我々がいるとしたら……」

「そんなぁ……、私たちって、幽霊なの」

呆然《ぼうぜん》とした口調の蝶々さんと同様、男たちもショックを受けているのが分かる。

「いえ、違います」

そこで俊一郎は、即座に否定した。

「幽霊だと、もう死んでることになりますよね。しかし我々は、その魂が——意識と言い直しても良いですが——結界内に囚われてるために、現実世界で目覚めることができないだけなんです。恐らく肉体は五体満足な状態と思われるので、そこに魂を戻すことさえできれば、元の世界に帰れるはずです」

「魂って言われても……」

蝶々さんは自分の両手を見つめ、それを顔に当てながら、

「私はこうして、ここにいるわよ」

「鮮明で実感のある夢を見ているのと、同じような状態かもしれません。ただし夢の中ですから、現実的ではない出来事も起こります」

「あの霧とか」

彼女の声音には、霧が現実でなければ良いのに、という願望が感じられた。だが、俊一郎は申し訳なさそうに、

「夢のような状態というだけで、実際は夢ではありません。ここは八獄の界の、結界内です。ですから霧も化物も、ここに実在するものです。正確には、結界の境にいるらしい存在と言うべきでしょうか」

「だったら、現実的でない出来事って何？」

「蝶々さんが高いヒールをはいてるにもかかわらず、あの険しい山の斜面を登れたことです」

「ええっ……、だってあれは、私が頑張ったからよ」

「そんなヒールをはいたままで、あんな傾斜を登れるはずありません」

「でも……」

「普通の人より綺麗《きれい》好きな蝶々さんが、一昨日《おととい》も昨日も、シャワーさえ浴びていないのは、どうしてですか」

「それは……」

「同じことが、運転手さんにも言えます。アキバさん以上に太ってる的場さんが、委員長といっしょに町まで、果たして往復できたでしょうか」

「言われてみれば……」

反応したのは的場ではなく、委員長だった。

「運転手さんは遅れることもありましたが、私と同じように行動してました」

「昨日と今日と、みなさんは昼食を摂《と》りましたか」

俊一郎の問いかけに、

「当たり前じゃ――」

と言いかけて、蝶々さんが口籠《くちご》もった。

「……食べた記憶が、僕はありません」

小林君が認めると、委員長もうなずいた。そのあと蝶々さんも、しぶしぶといった様子で認めた。的場だけが無反応だった。

「朝食は起きたあとで、夕食は保養所に着いてから摂るため、まず忘れることがなかったのでしょう。しかし昼食は、どちらも移動中に食べる必要がありました。そのため、つい失念してしまった。それでもお腹が空《す》かないのは、我々が生身の身体ではない証拠です」

委員長が考えこむ顔つきで、

「自分で明確に意識しない出来事は、そもそも現象として起こらない。そういうことですか」

「はい。ただし、誰かが意識したことは、他の人たちにも伝わるのではないでしょうか。そのため同じ現実を共有できるわけです。でも、全員が失念していることは、ないものになってしまう。昨日と今日の昼食のように」

「つまり現実の世界じゃ——」

蝶々さんが真剣な表情で、俊一郎を見つめながら、

「愛染様のお力で、ブラック、アキバ、そして猫娘ちゃんの順に、三人とも意識を取り戻してるってこと？」

「そうです。アキバさんの『……ばぁ……ばぁ』という言葉は、『ばあさん』もしくは『ばあちゃん』を目にした、という意味だったのでしょう。また猫娘さんがトイレで見たのは、現実世界からこちらの世界を、まさに手探りで確かめようとしている、祖母の姿そのものだったのです」

「なーんだ」

ようやく安堵《あんど》した顔になった彼女の前で、小林君が首をかしげた。

「するとビッグさんは、どういう状態でいるんでしょう？」

「彼は呪符《じゅふ》を胸につけておらず、そのため結界に護《まも》られなかったとすると、残念ながら現実世界でも、亡くなって発見された可能性が高いです」

「けど、それならビッグさんの遺体に、事故の傷があったはずじゃないですか」

「俺とドクターがバスの中で見つけたのは、ビッグさんの魂かもしれません。ただし我々とは違って、すでに亡くなっている彼の意識です。それは本人が死ぬと同時に消えるものでは、きっとないのでしょう。しかし時と共に、やがては消失してしまう。だから今日、バスの中を検《あらた》めたとき、もう見えなかったわけです」

「……成仏ですか」

ぽつりと口にした委員長の言葉が、その場で静かに広まっていくような、そんな不思議な感覚があった。

「アキバさんと猫娘さんの遺体も、時間の経過と共に消えてしまうんですね。もしくは、もう消えているのか」

「きっとそうでしょう」

「つまり私たちは、助かるのよね」

蝶々さんの期待に満ちた問いかけに、すぐには俊一郎が答えられないでいると、小林君が鋭く訊いてきた。

「どうして愛染様は、僕たちの呪符の結界を破るのに、バスの座席順に拘《こだわ》るのでしょう？　それに席順を守るのなら、孫の学者さんが一番になるはずなのに、なぜ飛ばしたんですか」

「我々の肉体は無傷ではないか、という推測には、それなりの自信があります。ただし、意識が戻らない状態には、個人差があると考えるべきでしょう」

「……はい」

小林君はあいづちを打ちながらも、俊一郎が言わんとしていることに、まだ気づいていないらしい。

「なぜなら転落したバスの車体は、前半分の損傷が激しかったからです。仮に八獄の界の結界がなければ、前のほうに座っていた人たちの生存は、ほぼ絶望的だったと思われます。その一方で、後ろの座席の人たちは、まだ助かる見込みがあったかもしれません」

はっと息を吞《の》んでから、委員長が言った。

「その差が、事故後の昏睡《こんすい》状態の差となって、各人に出ている可能性があると、学者さんは見ているのですね」

「そうです。バスの転落現場で目覚めたとき、身体の不調を訴える人がいました。蝶々さん、ドクター、小林君、それに委員長と、座席が前方の人ばかりでした。運転手の的場さんは何も言ってませんが、それは彼があのとき、それどころではなかったからです」

「つまり愛染様は、助かる可能性の高い人から――」

「逆じゃないの」

きつい声を蝶々さんが出した。

「重症の人から救うのが、当然でしょ」

俊一郎は険しい顔になると、

「同じ結界を破るにしても、重症の人の場合は時間がかかるのかもしれません。ここで問題になるのが、結界の縮小化です。祖母のことですから、この厄介な現象には気づいてるはずです。この世界が消滅する前に、一人でも多くの参加者を助けたい。それには症状が軽くて、結界を打ち破りやすい人を優先する必要があった。そう見なすと、辻褄《つじつま》が合いませんか」

「でもそれなら、やっぱり真っ先に学者さんを――」

反論する小林君に、俊一郎は笑いかけながら、

「祖母は、きっとこう考えたんでしょう。孫は黒捜課の依頼を受けて、死相学探偵としてバスツアーに潜入した。そのため彼には、他の九人を助ける義務がある。だから自分も、最初に孫を救うわけにはいかない」

「そんな……」

「また祖母は、こうも思ったはずです。死相学探偵なら、自らが陥った危機的状況を悟り、自分の力で脱出しろ――と」

「…………」

もう何も言えなくなった小林君に代わり、奥から的場の声が聞こえた。

「自力で脱出できる方法が、それで分かったのか」

「はい。そのつもりです」

「どうすればいい？　難しいことなのか」

ぶっきら棒で冷たかった口調に、急に熱が籠った。

「いえ、簡単です。胸の呪符を、自分で引き裂くだけですから」

しーん……と貯蔵室内が静まり返ったあと、

「これまでの学者さんの推理が正しければ、そうなりますか」

委員長が口を開いたが、

「すべては状況証拠に過ぎない、とも言えますよね」

小林君の指摘に、再びその場に重い沈黙が降りた。

「な、何か、証明できる方法はないのか」

的場に訊《き》かれ、俊一郎は首をふった。

「まず俺が自分で試して、その結果をみなさんに伝えられれば良いのですが、それは無理でしょう。もし可能なら、とっくに祖母がやってるはずです。また少なくとも猫娘さんは、我々に知らせようとしたでしょうね。でも、そんなメッセージは、まったく受け取っていません」

「このまま、何もしなければ……」

蝶々さんの慄《おのの》いたような眼差《まなざ》しを、俊一郎はしっかりと見つめながら、

「どんどん小さくなっていく結界に、ついには押し潰《つぶ》されるか、その前に、あの霧の中の化物にやられてしまうか」

「そうよ！　ドクターはどうなるの？」

すっかり忘れていたとばかりに、蝶々さんが叫んだ。

「彼の死相だけ濃く視《み》えたのは、祖母によって助けられる未来の暗示ではなく、霧の化物に殺される運命だったからです」

「それじゃ……」

「ドクターを助けることは、もうできません」

うなだれる蝶々さんの後ろから、的場の声が飛んできた。

「このまま何もしなければ、結界に潰されるとか、化物にやられるとか、そういう考えにも、何の証拠もないんだろ」

「ええ、その通りです」

「だったら私は、ここに籠《こも》る」

そんな的場を、なんとか俊一郎は説得しようとした。だが、いくら言っても無理だと、そのうち諦《あきら》めざるを得なくなった。

「蝶々さん、小林君、委員長は、どうしますか」

この三人は一応、俊一郎の推理を受け入れている節があった。それでも実際に呪符を破ると決意するのは、並大抵のことではない。

「では、あとは各自の判断に任せたいと思います」

そう言いながらも俊一郎は、的場もふくめて一人ずつの顔を見ながら、

「ただ、ここに残った場合と、呪符を引き裂いた場合とを比べると、生き残る確率が高いのは、やはり後者だと俺は信じます。よーく考えて、ぜひ悔いのない結論を出して下さい」

最後の説得を試みたあと、ビニールケースから呪符を取り出すと、

「元の世界で、また会えることを祈って――」

その半分を一気に引き裂いた。

終章

胸苦しさに俊一郎が目を覚ますと、ぼうっと白っぽいものが見えた。

あの霧の中か……。

貯蔵室で披露した推理は、どうやら外れていたらしい。そのため呪符を破ったことで、

真っ白な地獄に落とされたに違いない。思わず絶望する彼を、再び胸の苦しさが襲った。蛞蝓《なめくじ》人間の触手が吸いついてるのか。

ぞっとしながら苦労して頭を持ち上げると、なんとも妙なものが見えた。

……毛むくじゃらの丸っこいもの？

そのとたん、くるっと目の前でそれが動いたと思ったら、

にゃー、みゃぁ、にゃー、みゃぁ、にゃー。

あふれんばかりの喜びの鳴き声をあげる僕と、俊一郎は対面していた。毛むくじゃらの丸っこいものは僕の可愛いお尻《しり》で、白っぽく見えたのは病室らしい部屋の天井だったのだ。

甘えた声を出しながら、僕がしきりに顔をなめ出した。くすぐったくて笑ってしまうが、なんとも心地好《よ》い。

あぁ、戻ってこられたんだ。

大いなる安堵感《あんどかん》に俊一郎が包まれていると、彼の首筋に顔を埋《うず》めるようにして、僕が寝てしまった。

ごろごろっ、ごろごろっ。

その満足そうな喉《のど》のうなりを聞きながら、しばらく静かに横たわる。本当は僕が起きるまで、こうしていたい。僕の気がすむまで、添い寝を続けたかった。だが、そういうわけにもいかない。

俊一郎がナースコールを押すと、すぐに看護師がやって来た。その前に僕が姿を消したのは、もちろん言うまでもない。

三十分もしないうちに、黒捜課の新恒と曲矢が顔を見せた。まず黒のミステリーツアー参加者の安否を尋ねたところ、俊一郎の推理が当たっていたことが、即座に分かった。ちなみにサービスエリアのトイレに残した彼のメモは、ちゃんと捜査員が回収したらしい。さすがである。ただし、残念な報告も受けた。

バスの転落事故に遭った十人のうち、命にかかわる重体はビッグだけだった。あとの九人は信じられないことに、まったく無傷で発見された。だが九人の誰一人、まったく目覚めない。医学的には何の問題もないと、医者は診断している。にもかかわらず意識の戻らない状態が続いた。

俊一郎の祖母の見立てにより、九人は黒術師が張った八獄の界の結界に囚《とら》われていると分かった。そこで祖母が一人ずつ救出することになったのだが、ブラックを助けたところで、ビッグが死亡する。俊一郎が死視した通りになったわけだ。

その後、アキバと猫娘を生還させたが、祖母の予想以上に時間がかかった。これでは全員を救い出せない。そんな懼《おそ》れを新恒たちは抱いたらしい。

「まず弦矢くんを助けて下さいと、私も曲矢主任も、強く主張したのですが……」

新恒の苦しそうな声音に、

「あの祖母《ばあ》さん、お前に似て頑固でなぁ」

曲矢のどこかすっ呆《とぼ》けた物言いが続いた。

「祖母ちゃんが、俺に似るわけないだろ。迷惑にも俺が、祖母ちゃんに似てしまったんだよ」

すかさず俊一郎が突っこんだが、もちろん曲矢には通じない。

「どっちにしろ、似た者同士ってわけだ」

「それで――」

曲矢を無視して、俊一郎は新恒に問いかけた。

「俺のあとの人は、どうなりました？」

「君は自分で、八獄の界の呪符《じゅふ》を破ったんですね」

「そうです」

「愛染様がおっしゃっていた通りでした。君なら、きっとそうするはずだと」

「その前に、残った四人にも、呪符を引き裂くように言ったんですが……」

「弦矢くんが生還する前、一人が亡くなりました。君たちが、ドクターと名づけた男性です。正確には、結界内での生命反応が消えた……と表現するべきでしょうか。彼に何が起こったのか、愛染様にも分からないということでした。彼は病院のベッドに寝かされ、一度も意識が戻らない状態で、突然に亡くなったのです」

俊一郎がドクターの死に様を教えると、さすがに新恒も曲矢も、にわかには信じられない様子だった。しかし、そこには触れずに、彼らは話を続けた。ちなみに全員の本名は判明していたが、俊一郎が混乱を起こさないようにと、結界内で決めたニックネームが使われた。

「君が自力で戻ったあと、愛染様は残りの四人を救出するために、それは大変な奮闘を続けられました」

「病院で、ですか」

どんな祈禱《きとう》をするにせよ、普通は認められないだろう。それを俊一郎は心配したのだが、

「問題ありません。愛染様に祈禱をお願いすると決めた段階で、病院を移りました。ここは水道橋《すいどうばし》の万寿会《まんじゅかい》病院です。院長のご親族である山口由貴《やまぐちゆき》さんが、色々と便宜を図って下さいました」

新恒は安心しきっているらしい。しかし彼は、訳が分からない。

「おいおい、忘れたのか」

すると曲矢が横から、

「無辺館殺人事件のとき、ここへ四歳の女の子に会いに来ただろ」

「あっ、あの病院か」

山口由貴は弦矢俊一郎探偵事務所の依頼人で、彼は彼女の命を救っていた。その実績があったので、きっと今回も協力してくれたのだろう。

「それで、あとの四人は助かったんですか」

再び俊一郎が尋ねると、無念そうに新恒が首をふった。

「愛染様によると、ドクターと同様に、その四人も結界内での生命反応がなくなったらしいのです」

「そんな……」

ショックを受けた俊一郎を気遣うように、すぐに新恒が補足した。

「ただ、何が原因で亡くなったのか、それは不明とのことです」

「それは……」

あの化物にやられたか、または霧に包まれたか、いずれかの可能性しかないだろうと俊一郎は思った。そのとたん、なぜ結界は縮小化したのか、という例の疑問が頭をもたげた。

「結界が縮まった現象について、祖母は何と？」

「まずはバス事故の影響が考えられるそうです。ただ、それだけで起きたと見なすには、ちょっと無理があるともおっしゃってました」

ブラックの見立てが、どうやら当たっていたらしい。

「でも事故の他に、原因が見当たらない？」

「そうですね」

新恒はあいづちを打ちながらも、どこかためらっているように見える。

「何ですか。遠慮は無用です。はっきり言って下さい」

「愛染様のお考えでは、黒術師の差し金かもしれない……と」

「まさか、バスの事故も……」

「いえ、あれは本当に事故だったと思われます。ただ、そのあと参加者が八獄の界のお蔭《かげ》で助かり、かつ結界内に囚われたと知るや否や、黒術師は全員の抹殺を目論《もくろ》んだのではないか……と」

「何のために？」

そこで新恒は、再びためらってから、

「バスツアーに潜入した、弦矢君を始末するために、です」

「俺のせいで、残りの九人は巻きこまれたのか」

「あくまでも仮説ですよ」

すぐさま新恒は断ったものの、

「もっともあの黒術師なら、やりかねないでしょうね。だからといって君が気に病む必要は、まったくありません」

彼自身もその解釈には納得していることを示し、かつ俊一郎を気遣った。

「けど……」

九人のうち助かったのは、三人だけである。あとの六人は……。

と胸が苦しくなったところで、最後に貯蔵室で対面した四人のことが改めて気になった。

俊一郎の推理に、委員長と蝶々さんと小林君は、少なくとも納得したはずである。特に男二人のほうは、充分に理解しているように見えた。彼らのどちらかが俊一郎に続けば、的場は無理としても、残りの一人と蝶々さんも、きっと同じ選択をしたに違いないのだ。

「どうして委員長と小林君は、俺に続かなかったんだ……」

落ちこむ彼に、新恒が意外な事実を告げた。

「愛染様のお話では、結界内で自ら呪符を破いた場合、必ず現実世界に戻れるとは限らないらしいのです」

「それじゃ、お、俺は……」

パニックに陥りそうな俊一郎を、新恒は優しくなだめる口調で、

「弦矢くんは、やはり愛染様の血がものを言ったのだろう……というのが、ご本人の見立てです」

いつもなら、そんなことあるかと思うところだが、今回はさすがに俊一郎も、素直に感謝する気になった。

「まったくの素人が呪符を引き裂いた場合、次元の違う世界へ飛ばされる懼れがあるらしいのです」

あの白い地獄よりも、そこはもっと恐ろしい世界なのかもしれない。そう想像しただけで、俊一郎は後悔の念に囚われた。

「もちろん、現実世界に戻れている可能性もあります」

彼の反応をいち早く見取ったのか、新恒がそう言った。

「けど、それなら……」

「ベッドの上で目を覚ますはず、ですよね」

「……違うんですか」

新恒は困った顔になると、

「実は四人とも突然、ベッドからいなくなってしまったのです」

「えっ？」

「もちろん病室を、勝手に出て行ったわけではありません。いきなり消えてしまったとしか、言いようのない現象が起きたのです」

「祖母は何と？」

「仮に元の世界に戻れたとしても、以前と完全に同じとは限らない。例えば時間軸がずれているとか、何らかの不具合に見舞われる懼《おそ》れもある。とのご見解でした」

十数年後、どこかで俊一郎は、ふいに声をかけられる。

「学者さん？」

ふり向くと、そこには当時と年格好の少しも変わらない小林君がいて——という想像を、つい彼はしてしまった。

そんな妄想をふり払いつつ、俊一郎は尋ねた。

「黒術師に関して、何か新情報はつかめましたか」

「残念ながら、何も」

新恒の忸怩《じくじ》たる思いが、その短い返答から痛いほど伝わってきた。

「運転手と八名の参加者については、その家族から交友関係まで、黒捜課で徹底的に洗うことになります。また助かった三人は今後しばらく、黒捜課の監視下に置かれます。少しでも黒術師につながっていないか、それを検《あらた》める捜査を行ないます」

そう聞いて俊一郎は、サービスエリアの奇妙なレストランを思い出した。あのときは知らせる余裕がなかったので、今さらだったが新恒に話すと、そこも調べると言われた。

「祖母は今、どうしてるんですか」

「すぐに大阪へ向かわれました」

孫の見舞いもせずにか……と俊一郎は嘆いたが、祖母の多忙を知っているので許すことにした。新恒によると、顔無《かおなし》という化物に憑《つ》かれた子供が大阪におり、一刻も早く祓《はら》って欲しいと懇願されているらしい。

完全に身体が回復して退院できたのは、翌日の午後だった。それまでは曲矢の妹の亜弓と僕とが、俊一郎の看病をしてくれた。とはいえ僕は、病室に医者や看護師が来る前に、必ず姿を消した。

「お前は、忍者か」

そのたびに俊一郎は感心したが、当の僕はとっくに姿を消していて、もちろん何も答えない。

探偵事務所に戻った日の夕方、曲矢と唯木と城崎が訪ねてきた。

「退院祝いの会でも開くのか」

部屋に入ってきてソファに座るや否や、曲矢にそう訊《き》かれ、俊一郎は三人を――というよりも曲矢を――呼んだことを早くも後悔した。

「そんなわけあるか」

「なんだよ。ただで飲み食いできると思って、わざわざ来てやったのに」

「それは失礼した。見舞いの品もいただいてないのにな」

俊一郎が皮肉を返すと、当の曲矢よりも唯木が大いに恐縮した。

「申し訳ありません。ご用意するつもりだったのですが……」

「いいえ。どうせ曲矢刑事が、『そんな金のかかるもん、持ってく必要あるかぁ』って言ったんでしょ」

「はい」

素直にうなずく唯木に、曲矢が嚙《か》みついた。

「こういうときは上司をかばって、嘘をついとけ」

「はっ、以後気をつけます」

彼女の返答が大真面目なだけに、さすがの曲矢もそれ以上は何も言えない。

「で、何なんだよ」

その鬱憤《うっぷん》が、たちまち俊一郎に向けられた。

「最初に言っとくけど、珈琲《コーヒー》の出前は取らないからな」

「けっ、けち臭い野郎だ」

「どの口が、そういう台詞《せりふ》を言う？」

思わず返したものの、このままでは悪しき応酬が続くだけなので、俊一郎はすぐさま本題に入ることにした。

「黒のミステリーツアーへの俺の潜入が、事前に漏れた件について、一度ちゃんと話し合っておく必要があると思って、今日は来てもらった」

「その問題については、黒捜課でも検討した」

たちまち曲矢の顔が真剣になった。

「しかしな、どうしても分からん。この事務所に盗聴器が仕掛けられてないのは、絶対に確かだからな」

「黒術師のメールの文面から考えて、この情報が相手に伝わったとき、それを知っていたのは、うちの祖母《ばあ》ちゃん、新恒警部、曲矢主任、唯木捜査官、城崎捜査官、そして俺の六人なのは、絶対に間違いないんだよな」

「ああ、その確認は何度もやった。六人の他に、お前の潜入を知る者は、誰もいなかったはずだ」

「それで黒捜課では、この六人の中に犯人がいると睨《にら》んだのか」

ストレートな俊一郎の物言いに、曲矢は少しも動じることなく、逆にじっと彼を見つめながら聞き返してきた。

「お前は、どう推理した？」

「真っ先に除外したのは、もちろん俺自身だ」

「そりゃそうだろ」

「二番目は、うちの祖母ちゃん」

「当然だな」

「三番目は、新恒警部」

「な、何ぃ？」

曲矢が信じられないといわんばかりの顔で、

「お前と俺は、お前が新恒と知り合うよりも前の、もっと昔からの付き合いだろ」

「昔っていうほどの差はないよ」

「それでも新恒より、俺との付き合いのほうが、はるかに長いぞ」

「つまり他人との信頼関係とは、知り合った歳月の長短で築かれるものではない、ということが証明されたわけだ」

「てめぇ、さんざん俺の世話になっておきながら」

「その言葉、そのまま返すよ——いや、今は不毛なやり取りをしてる場合じゃないから、先に進めるぞ」

なおも何か口にしかけた曲矢を牽制《けんせい》してから、俊一郎は続けた。

「四番目は、曲矢主任」

当人は無言のままそっぽを向いたが、意外にも唯木がフォローした。もっとも、その内容が問題だった。どうにも嚙み合っていないのだ。

「主任は確かに黒捜課内で浮いておられますが、なくてはならない存在だと、新恒警部も認めていらっしゃいます。黒術師に覚える怒りの激しさは、黒捜課の誰にも負けません。そのせいで、確かに失敗も――」

「もういい」

曲矢の一言で、ぴたっと唯木は口を閉ざした。彼女に悪気がまったくないと分かるだけに、俊一郎は笑いを堪《こら》えるのに苦労した。

「ここまでの四人は、過去の黒術師との因縁を考えても、まず容疑者から除外できると考えた」

「当たり前だ」

完全に怒っている曲矢の相手はせずに、俊一郎は先へ進んだ。

「五番目は、唯木捜査官。まだ付き合いは短いけど、黒捜課の捜査に携わる真摯《しんし》さが本物であることは、俺にも分かる。他人の死相を視《み》てるうちに、人間を見る目もある程度はできたからな」

「ほうっ、そりゃ大したもんだ」

「ありがとうございます」

曲矢の皮肉っぽい突っこみと唯木の礼の言葉のあとに、

「それで最後に残ったのが、私というわけですか」

城崎の冷たい声が、無気味なほど事務所内に響いた。

「いや、けどな――」

曲矢が口を開きかけたのを、俊一郎は手ぶりで制すと、

「正直に言うと、最初は城崎さんを疑いました。でも、黒捜課の捜査員に選ばれる人は、事前の身辺調査もかなり厳しいに違いない。そう考えたとたん、疑いは晴れました。あの新恒警部が、中途半端な調査で満足するはずがない。つまり黒捜課は、真の精鋭ぞろいなわけです」

若干一名ほど、そうでない者が交じってるけどな……という台詞を、俊一郎は呑《の》みこんだ。本当は言いたくて仕方なかったのだが、しばらく収拾がつかない騒ぎになるのは目に見えているので、なんとか自重した。

「そうなると……」

当の若干一名が、首をかしげた。

「容疑者が一人もいなくなっちまうぞ」

「あの日、この事務所にいたのは、今と同じ顔ぶれだった」

俊一郎の確認に、曲矢がうなずく。

「祖母と新恒警部はいなかったけど、その二人もふくめた六人は、すでに容疑者ではない」

「ああ、だから他には、誰もいないって言ってるんだ」

「本当にそうか」

「何ぃ？」

「完全に盲点となってる人物が、実はいるんじゃないか」

「そんなやつ、どこに……」

　と尋ねかけた曲矢に、俊一郎は黙って奥の扉を指差した。

「うん？　いったいお前は……」

　そこで曲矢が、急に黙りこんだ。そして次の瞬間、がばっとソファから起き上がったかと思うと、

「て、てめぇは、あ、あ、亜弓が、その裏切り者だって、い、言うつもりかぁ！」

　大声で叫びながら、俊一郎に飛びかかりそうになった。

「しゅ、主任！」

「落ち着いて下さい」

　それを両脇から唯木と城崎が、必死に止めている。

「いや、彼女じゃない」

　ところが俊一郎が、あっさり否定したとたん、

「……へっ？」

曲矢は腰が抜けたかのように、一気にソファに座りこんだ。

「ち、違うのか」

「当たり前だろ」

「し、しかし、てめぇは——」

そこで再び怒鳴りそうになったが、その前に俊一郎が説明した。

「要はそれほど、意表をついた解釈をしない限り、この謎は解けないってことだよ」

「けどな」

いきなり曲矢は静かな口調になると、またしても首をかしげながら、

「確かに亜弓は、完全に盲点だった。それは認める。けど今度こそ本当に、もう容疑者のなり手がいねぇぞ」

「そうかな」

「だって、おめぇ……」

「俺の真後ろに、それがいるじゃないか」

そのとき俊一郎の言う通りに、彼の後方から声がした。

「あらあら、ばれちゃったのね」

少女とも大人の女性ともつかぬ、幼児にも老婆にも聞こえるような、そんな気味の悪い声音が響いた。

「だ、誰だぁ！」

曲矢が誰何《すいか》と同時に立ち上がると、唯木と城崎も続いた。俊一郎もソファから立つと、おもむろに後ろを向いた。

すると彼の事務机の裏から、ゆっくりとした鈍い動作で、ぶくぶく猫が現れた。しかもメタルは姿を見せたとたん、ゆらっと後ろ脚で立ち上がった。丸々と太った身体を、とても支えられそうもない小さな後ろ脚で、すっくと立ったのである。

その直後、机の上で寝ていた僕が、ぱっと起き上がると共に、俊一郎が座っていたソファの背に飛び移った。そして背中の毛を逆立てながら、しゃぁぁぁっと物凄《ものすご》い殺気を立てて、メタルを威嚇した。相手が少しでも俊一郎に近づいたら、真正面から迎え撃つつもりらしい。

「……ね、猫？」

愕然《がくぜん》としたのは、曲矢だけではなかった。唯木も城崎も、明らかにショックを受けている。ただし、すぐに俊一郎を庇《かば》い、彼の前に出ようとしたのは、曲矢が一番早かった。

「これからも、ここに出入りして、色々と情報を得るつもりだったのに、すっかり当てがはずれちゃったわ」

メタルは残念そうに言うと、蛇のような両の眼で、ぎろっと俊一郎を睨《にら》みながら、

「どうして分かったのさ」

「あのとき、この部屋にいた存在の、すべてに容疑をかけたら、当然のようにお前が残

った。それだけだよ」

「まだ当分は、大丈夫だと思ってたのに」

「ちなみに外には、黒捜課の捜査員たちが詰めている。逃げられないぞ」

「あら、そうかしら」

言うが早いか、びろーんっとメタルの身体が、縦に細長く伸びた。それが次に、ぐにぃと途中から曲がったかと思うと、くねくねと波打って今度は平たくなり、奥の扉の下の隙間へ、するするするっと入りこんでしまった。

俊一郎と曲矢が急いで奥の扉を開けると、ぺらぺらになったメタルが、少しだけ開けてあるキッチンの窓から、外へと出ていくところだった。その日、亜弓が奥の部屋にいなくて良かったと、二人が心から思ったのは言うまでもない。

「てめぇ、俺らを出汁《だし》に使いやがったな」

怒りまくる曲矢を相手にせず、俊一郎は事務所を飛び出した。

産土ビルの外では待機していた捜査員たちが、ひらひらと空中を移動する妖怪《ようかい》の一反木綿《いったんもめん》のような物体を、必死に追跡していた。だが、それも残念ながら、すぐに見失ってしまった。

その後、黒捜課は密《ひそ》かにメタルの飼い主を探った。だが、彼女自身に怪しいところは何もなく、ぶくぶく猫も二度と姿を現さなかった。「メタルちゃん帰って来て！」というポスターが、飼い主によって近所中にベタベタと貼りつけられただけである。

この日から一週間、俊一郎はルールを破って、就寝時に僕をベッドに入れることにした。本当に可哀想なくらい、僕の落ちこみようは酷《ひど》かった。友達だと思っていた猫が、実は黒術師の手先だったのだから無理もない。

普段の僕なら、やつの正体くらい見抜けただろうに。

俊一郎も一時は不審がったが、さすがの僕も、相手が猫では油断してしまうだろうと考え直した。

いっしょにベッドで寝るのは、元気のない僕をなぐさめるため、という大きな理由があったが、実は俊一郎も心細かったのかもしれない。

まったく気づきもしない間に、しかも予想できぬほど身近に、黒術師の影が迫っていた。この恐るべき事実は、彼にも多大なショックを与えた。

今後ますます、そういった脅威が増えるのではないか。

そんな風に思うと、もう眠れなくなる。だから彼にとっても、横で眠る僕の存在は有り難かったのである。

俊一郎と僕は頬を寄せ合いながら、いつしか安眠できるようになった。ただ、それがいつまで続くのかは、どちらにも決して分からなかった。

この作品は角川ホラー文庫のために書き下ろされました。

八獄《はちごく》の界《かい》　死相学探偵《しそうがくたんてい》6
三津田信三《みつだしんぞう》

角川ホラー文庫　20071

平成28年11月25日　初版発行
令和6年9月20日　4版発行

発行者——山下直久
発　行——株式会社KADOKAWA
〒102-8177　東京都千代田区富士見2-13-3
電話 0570-002-301（ナビダイヤル）
印刷所——株式会社KADOKAWA
製本所——株式会社KADOKAWA
装幀者——田島照久

ISBN978-4-04-104908-2　C0193

角川文庫発刊に際して

角川源義

　第二次世界大戦の敗北は、軍事力の敗北であった以上に、私たちの若い文化力の敗退であった。私たちの文化が戦争に対して如何に無力であり、単なるあだ花に過ぎなかったかを、私たちは身を以て体験し痛感した。西洋近代文化の摂取にとって、明治以後八十年の歳月は決して短かすぎたとは言えない。にもかかわらず、近代文化の伝統を確立し、自由な批判と柔軟な良識に富む文化層として自らを形成することに私たちは失敗して来た。そしてこれは、各層への文化の普及滲透を任務とする出版人の責任でもあった。

　一九四五年以来、私たちは再び振出しに戻り、第一歩から踏み出すことを余儀なくされた。これは大きな不幸ではあるが、反面、これまでの混沌・未熟・歪曲の中にあった我が国の文化に秩序と確たる基礎を齎らすためには絶好の機会でもある。角川書店は、このような祖国の文化的危機にあたり、微力をも顧みず再建の礎石たるべき抱負と決意とをもって出発したが、ここに創立以来の念願を果すべく角川文庫を発刊する。これまで刊行されたあらゆる全集叢書文庫類の長所と短所とを検討し、古今東西の不朽の典籍を、良心的編集のもとに、廉価に、そして書架にふさわしい美本として、多くのひとびとに提供しようとする。しかし私たちは徒らに百科全書的な知識のジレッタントを作ることを目的とせず、あくまで祖国の文化に秩序と再建への道を示し、この文庫を角川書店の栄ある事業として、今後永久に継続発展せしめ、学芸と教養との殿堂として大成せんことを期したい。多くの読書子の愛情ある忠言と支持とによって、この希望と抱負とを完遂せしめられんことを願う。

一九四九年五月三日

十三の呪

三津田信三

死相学探偵 1

死相学探偵シリーズ第１弾！

幼少の頃から、人間に取り憑いた不吉な死の影が視える弦矢《つるや》俊一郎《しゅんいちろう》。その能力を“売り”にして東京の神保町に構えた探偵事務所に、最初の依頼人がやってきた。アイドル顔負けの容姿をもつ紗綾香《さやか》。ＩＴ系の青年社長に見初められるも、式の直前に婚約者が急死。彼の実家では、次々と怪異現象も起きているという。神妙な面持ちで語る彼女の露出した肌に、俊一郎は不気味な何かが蠢くのを視ていた。死相学探偵シリーズ第１弾！

角川ホラー文庫

ISBN 978-4-04-390201-9

五骨の刃

死相学探偵4

三津田信三

惨劇の館を訪れた女性に迫る死の影とは!?

怖いもの好きの管徳代《かんとくよ》と峰岸柚璃亜《みねぎしゆりあ》は、惨劇の現場〈無辺館〉に忍び込む。そこは約半年前に、5種類の凶器による残忍な無差別連続殺人事件が起こった場所だった。館で2人を襲う、暗闇からの視線、意味不明の囁き、跟《つ》いてくる気配。死相が視える探偵・弦矢俊一郎《つるやしゅんいちろう》に身も凍る体験を語る彼女には、禍々しい死相が浮かんでいた。俊一郎は真相解明に乗り出すが、無辺館事件の関係者から新たな死者が出て!?　大人気シリーズ第4弾!!

ISBN 978-4-04-101285-7

十二の贄《にえ》

死相学探偵5

三津田信三

禍々しい遺産相続殺人の謎を解く!!

中学生の悠真は、莫大な資産を持つ大面《おおつら》グループの総帥・幸子に引き取られた。７人の異母兄姉と５人の叔父・叔母との同居生活は平和に営まれたが、幸子が死亡し、不可解な遺言状が見つかって状況は一変する。遺産相続人13人の生死によって、遺産の取り分が増減するというのだ。しかも早速、事件は起きた。依頼を受けた俊一郎《しゅんいちろう》は死相を手掛かりに解決を目指すが、次々と犠牲者が出てしまい――。大好評シリーズ第５弾!!

角川ホラー文庫

ISBN 978-4-04-103631-0

禍《まが》家《や》

三津田信三

身の毛もよだつ最恐ホラー!!

12歳の少年・棟像《むなかた》貢《こう》太郎《たろう》は、両親を事故で失い、東京郊外の家に越してきた。しかし、初めて見るはずの町並みと家になぜか既視感を覚えると、怪異が次々と貢太郎を襲い始める。ひたひたと憑いて来る足音、人喰いが蠢く森、這い寄る首無しの化物。得体の知れない恐怖に苛まれながらも、貢太郎は友達の生川《おいかわ》礼《れ》奈《な》とともに、怪異の根源を探り始める。やがて貢太郎が見舞われる、忌まわしい惨劇とは!?　背筋が凍る、戦慄の怪異譚!!

角川ホラー文庫

ISBN 978-4-04-101099-0

のぞきめ

三津田信三

読んでは駄目。あれが覗きに来る――

辺鄙《へんぴ》な貸別荘地を訪れた成留《しげる》たち。謎の巡礼母娘に導かれるように彼らは禁じられた廃村に紛れ込み、恐るべき怪異に見舞われる。民俗学者・四十澤《あいざわ》が昭和初期に残したノートから、そこは〈弔い村〉の異名をもち〈のぞきめ〉という憑《つ》き物の伝承が残る、呪われた村だったことが明らかとなる。作家の「僕」が知った２つの怪異譚。その衝撃の関連と真相とは!?　何かに覗かれている――そんな気がする時は、必ず一旦本書を閉じてください。

角川ホラー文庫

ISBN 978-4-04-102722-6

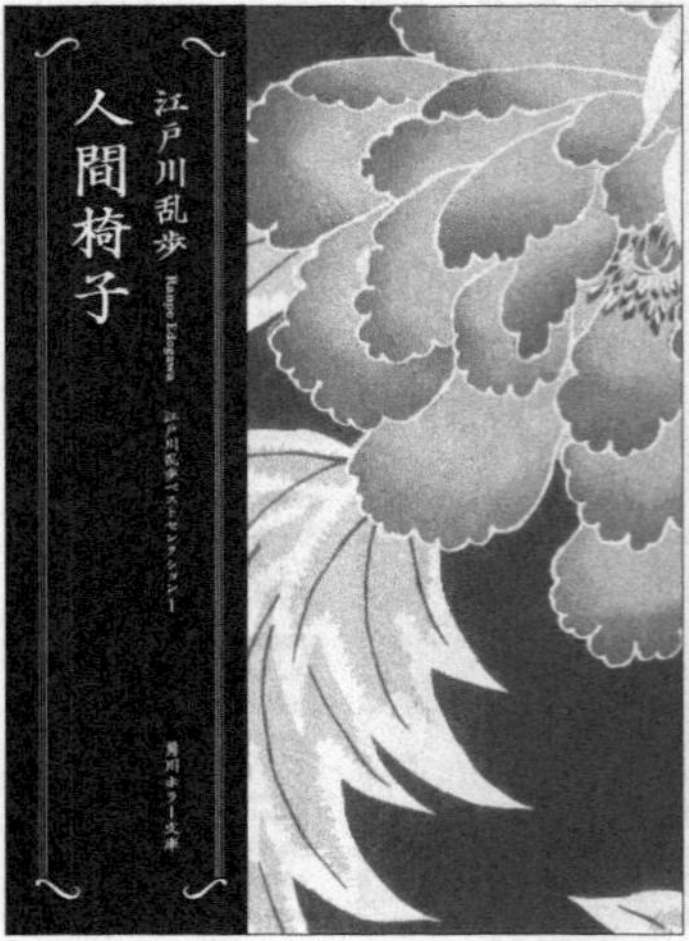

人間椅子

江戸川乱歩

江戸川乱歩ベストセレクション❶

孤独な職人が溺れた妖しい快楽

貧しい椅子職人は、世にも醜い容貌のせいで、常に孤独だった。惨めな日々の中で思いつめた男は、納品前の大きな肘掛椅子の中に身を潜める。その椅子は、若く美しい夫人の住む立派な屋敷に運び込まれ……。椅子の皮一枚を隔てた、女体の感触に溺れる男の偏執的な愛を描く表題作ほか、乱歩自身が代表作と認める怪奇浪漫文学の名品「押絵と旅する男」など、傑作中の傑作を収録するベストセレクション第1弾！　〈解説／大槻ケンヂ〉

角川ホラー文庫

ISBN 978-4-04-105328-7

芋虫

江戸川乱歩ベストセレクション❷

江戸川乱歩

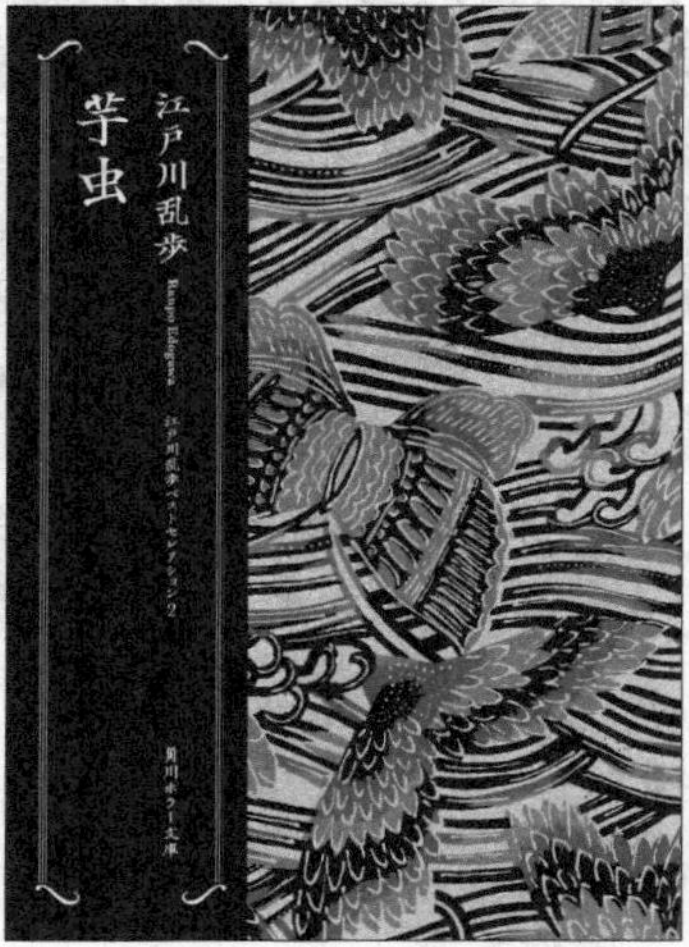

極限を超えた夫婦の愛と絆

時子の夫は、奇跡的に命が助かった元軍人。両手両足を失い、聞くことも話すこともできず、風呂敷包みから傷痕だらけの顔だけ出したようないでたちだ。外では献身的な妻を演じながら、時子は夫を“無力な生きもの”として扱い、弄んでいた。ある夜、夫を見ているうちに、時子は秘めた暗い感情を爆発させ……。

表題作「芋虫」ほか、怪奇趣味と芸術性を極限まで追求したベストセレクション第2弾！　〈解説／三津田信三〉

角川ホラー文庫

ISBN 978-4-04-105329-4